Liebe r... rhard,

i l wünsche dir
alles Liebe!

Wir sehen uns!

Herzliche Gruß
von Utz

Berlin, 23. September 2007

U T Z   R A C H O W S K I

N A M E N L O S E

Mit sieben Fotografien von Bernd Markowsky
und einer Nachrede von Wolf Biermann

BASISDRUCK

Geschah dies in dem Land mit den Truppen und Städten oder in meinem Herzen allein.

Majakowski

WARTESÄLE DES SCHWEIGENS

Die Schläge im Rücken. Marie. Hinter den Schlägen das Rathaus. Hinter dem Rathaus die Ratsherren. Über den Herren das Läuten. Über dem Läuten Gott. Dahinter die Leere. Die Arme gebunden. Kein Laut mehr.

Paulinerkirche Auerbachs Keller Naschmarkt Alte Börse. Vorbei. Marie hat schwarzes Haar. An fröhlichen Tagen Zöpfe. Vorbei. Das war alles. Mein letztes Geschenk. Ein Abend im Juni. Ich legte ihr das Band aus Feuer um den Hals. Das war alles.

Über dem Herz das Messer. Über dem Läuten Gott. Dahinter die Leere. Paulinerkirche Auerbachs Keller Naschmarkt Alte Börse. Kein Laut mehr. Hinter der Leere das Gebrüll. Hinter dem Gebrüll die Menge. Die Herren dahinter.

Auf dem Karren: Ich. Zwei Augen, zwei Schläfen, zwei Ohren, zwei Arme, zwei Beine. Ich sehe, ich höre, ich stehe. Der Karren hat zwei Räder. Die Räder fahren in die gleiche Richtung. Ich habe nur einen Kopf, einen Mund. Das ist zu wenig.

Hinter dem Schweigen das Gebrüll. Hinter dem Gebrüll die Menge. Der Karren dazwischen. Auf dem Karren: Ich. Ihr seht mich hören, ihr seht mich fahren, ihr seht mich euch sehen. Ihr glaubt, daß ich schreie. Deshalb schreit ihr.

Ihr seht nicht, daß ich dich sehe. An fröhlichen Tagen Zöpfe. Vorbei. Du denkst an nichts, du siehst nichts. Du hast dir nie etwas dabei gedacht. Marie. Was für ein Tag ist heute. Wie kommt man zu solch einem Tag. Was hast du dir dabei gedacht.

Warum steige ich jetzt von diesem Karren. Wie geht man die kleine Treppe hinauf, mit Armen, die auf den Rücken gebunden sind. Marie, das frage ich dich. Wie kommt dieser Stein auf den Marktplatz mit den Rinnen für das abfließende Blut. Woher kommen diese Menschen und wozu. Du und ich. Darüber das Läuten. Andere Glocken. Ein anderer Wagen. Und unsere Tochter. Vorbei. Woher kommen diese Menschen. Warum drückt ein Kerl meinen Kopf auf den Stein. Weshalb trägt er die Maske aus Tuch. Warum ist das Tuch schwarz. Dein Haar ist schwarz, Marie. Um deinen Hals ein Feuer. Du sagst nichts, du kannst nichts mehr sagen. Sag mir, welcher Tag heute ist und deinen wirklichen Namen. Dein Name ist: Vorbei.

Marie, so heißen wir nun. Das war alles. Vorbei. Über dem Läuten du und ich, dahinter die Leere. Paulinerkirche Auerbachs Keller Naschmarkt Alte Börse. Dieser Stein mit den Rinnen. Das ist alles.

Über dem Herz das Messer. Unsere Namen, Marie: Vorbei. Du und ich, so heißen wir, so sind wir verbunden. Das Schwert ist über mir. Darüber die Leere. Mein Name ist Johann Christian Woyzeck. Es ist Mittwoch, der siebenundzwanzigste August 1824. Wie kommt man zu solch einem Tag. Marie. Vorbei ist kein Name. Du und ich, dahinter die Leere. Paulinerkirche Auerbachs Keller Naschmarkt Alte Börse. Das Schwert ist über mir. Wie ist dein wirklicher Name, Marie. In drei Sekunden bin ich tot.

1984

Die Straße. Die Straße meiner Kindheit ist eine Pflastersteinstraße mit unbefestigtem Randstreifen. Wo die Randstreifen enden, beginnen Felder. Wo die Felder enden, steht ein Ortsschild.
Auf ihm steht: Reichenbach im Vogtland.

Von diesem Schild aus sind es noch etwa hundert Meter bis zu
einer Siedlung, die Stern-Siedlung heißt und hell am Himmel
meiner Kindheit steht.

Durch sie führen drei Wege, die jedoch nicht Milchstraßen
heißen, wie man vielleicht denken könnte, sondern Randweg,
Mittelweg und Erich-Mühsam-Straße; nach der letzten schließt
sich eine Häusergruppe an, die die Erwachsenen meiner Kindheit
„die SA-Siedlung" nannten, ein Name, der, wie ich mir dachte,
wohl mit ihrer Kindheit zu tun hatte.

Aber ich wohnte in der Stern-Siedlung. Der Mittelweg teilte sie
in zwei Teile und führte, wie sein Name besagt, mitten hindurch.
Gärten zu beiden Seiten, Wiesen, die grün im Schatten hoher Ap-
fel- und Birnbäume lagen, vielfarbige Zäune und dichtgewachse-
ne Sträucher, Johannisbeere, schwarz oder rot, und Stachelbeerbüsche ermutigten, über die kleinen, niedrigen Zäune zu langen.

Blumenbeete, Astern, Tulpen, Löwenmaul, und auf den Wiesen vereinzelte Krokusse und Schneeglöckchen begleiteten den
Blick durch die kurze Jahreszeit meiner Kindheit.

Und es gab eine Vielzahl kleinerer Hunde; Foxe, Pudel und
langhaarige Dackel, die laut bellend an der Innenseite der bunten
Zäune entlangliefen, um am Ende der Gärten, wo der Zaun jeweils einen Knick machte, dem Vorübergehenden wehmütig und
schwanzwedelnd nachzuheulen, als wollten sie sich bei ihm für
ihr wildes Gebell entschuldigen oder begreiflich machen, dies sei
lediglich als freundliches Geleit in eine paradiesische Gegend zu
verstehen gewesen. Vom Mittelweg ab, zwei Meter nach rechts,
der dritte Garten, der mit dem gelben Ginsterstrauch und dem
Pflaumenbaum an der Ecke, gehörte meiner Großmutter.

Ein rotes Gartentor aus zusammengeschweißtem Metallrohr,
an dessen Klang, wenn es von mir zugeschlagen wurde, ich mich
genau erinnere, führte hinein.

Der Weg aus Steinplatten, doppelreihig, dann rechts wieder

Blumenbeete, ein Fliederbaum, zwei Büsche Pfingstrosen, dahinter ein Holzschuppen, dunkelbraun gefirnißt, der anliegende Hühnerstall, ein Kirschbaum, die Wiese, Apfelbaum, Astern, Tulpen, Löwenmaul, vielleicht ein weißer Krokus im März; wer jetzt über den Zaun nach außen stiege, würde auf dem Mittelweg stehen und wäre im Kreis gegangen.

Also erneut durchs rote Gartentor, der metallische Klang einer Kindheit, die ins Schloß fiel.

Der Plattenweg, der Holzschuppen, Fliederbaum, aber jetzt nach links, einmeterfünfzig, drei Schritte. Die Tür zum Haus meiner Großmutter war nie verschlossen; man konnte unbemerkt eintreten.

Im Vorsaal zwei Türen, eine nach links und eine nach rechts, gerade nach oben die steile Holztreppe in den zweiten Stock, von dort durch ein Zimmer weiter bis zum Dachboden.

Aber die rechte Tür führt in die Küche. Wer sie öffnet, sieht meine Großmutter am Küchentisch stehen, links der Kohleherd, dessen Eisenplatten im Winter glühen und vor denen es sich zu hüten gilt.

Also nehmen wir lieber an, es ist Sommer, das Licht ein wenig dunkel, weil im Hof der braune Holzschuppen die Sicht aus dem Fenster verdeckt.

Ich sitze unter dem Fensterbrett auf einer Eckbank, daneben die Nähmaschine mit dem gefährlichen, zum Hineingreifen auffordernden Schwungrad, das jetzt jedoch stillsteht. Ich sitze auf der Bank, meine Großmutter steht am Tisch. Ich packe meine Schultasche für den nächsten Tag, Großmutter rührt Kuchenteig oder Mohnsemmeln. Mohnsemmeln gab es im Dezember, zum Jahreswechsel. Im Sommer Kirschschale.

Manchmal, wenn ich von der Schule kam, mich schnell an den Tisch setzte, nachdem ich die Schultasche unter die Eckbank geworfen hatte, servierte meine Großmutter eine ihrer Spezialitäten. Kirschschale zum Beispiel: Gestampfte Kirschen mit Milch und rotem Zucker. Oder Mohnsemmeln, das Geheimrezept: Wasser und Mohn in einem Steintopf. Mit einem Holzstößel lange und kraftvoll verreiben, bis sich auf der Oberfläche des Breis eine milchige Schicht bildet. Dann gab meine Großmutter einige Weißbrotstücke in den Topf und stellte ihn auf die Kellertreppe; dort mußte er noch einen Tag lang stehen.

Ich sitze am Fenster auf der Bank. Ich kann, wenn ich hinausschaue, eine Ecke vom Garten sehen, den Fliederbaum, die beiden Büsche, an denen Ende Mai die Pfingstrosen blühen. Dahinter die Johannisbeersträucher, Tulpen, Astern, Löwenmaul sehe ich nicht, aber ein Stück vom Zaun, dahinter den Mittelweg, auf dem vielleicht gerade Herr Schimmack spaziert. Schimmack mit kurzen, grauen Haaren und einer Brille. Im offenen Hemd, in knielangen, grünen Lederhosen, Knickerbockern und langen, großgemusterten, schwarzroten Strümpfen, die in ebenfalls grünen Sandalen stecken. Auf offener Straße.

„Ist die Kacke noch so locker, nichts geht durch die Knickerbocker" – ist mir verboten zu rufen. Auf offener Straße und Schimmack nach. Der Schneider, sagt meine Großmutter. Und ich weiß, einmal hat Schimmack eine Hose für meinen Großvater gemacht, ein Großvater, zu dem ich nie „Opa" sagte und der tot ist, gestorben nach einer Operation, an einem „Blutgerinnsel", wie meine Großmutter sagt. Ich habe keine Erinnerung mehr an ihn, aber ein handtellergroßes Stück einer graugrünen Kreide, mit dem Schneider Schimmack einst bei meinem Großvater Maß genommen, verwahre ich noch auf dem Grund meiner Schultasche. Und weiß eigentlich nicht, wem ich dieses stumme Relikt zu danken habe, ob dieses Stück graugrüner Kreide eher meinem Großvater oder dem Schneider Schimmack zuzurechnen ist. Diese beiden, mit ihren unklaren Geschichten. Blutgerinnsel. Und bei Schimmack etwas von einem Beil, mit dem er gegen die Polizei aufgetreten sein soll und anschließendem Gefängnis. Wie gesagt, unklare Geschichten. Aber Schimmack, von dem meine Großmutter „der Schneider" sagt, geht jetzt auf dem Mittelweg hinter den Johannisbeersträuchern entlang. Wozu, weiß ich nicht, vielleicht um ein Schneider zu sein. Großmutter mit ihren Geschichten. Klarer dann schon die über meinen Ur-Großvater, der vor sehr langer Zeit (da waren meine Mutter und mein Vater noch Quark im Schaufenster, wie meine Großmutter sagt), der also damals in einem Land, das Polen heißt, nachts auf einen riesigen Schornstein gestiegen sein soll, um dort oben eine rote Fahne zu hissen. Ganz allein. Und beim Runtersteigen hat er die Stufen der Eisenleiter mit Schmierseife eingerieben, um zu verhindern, daß die Polizei die Fahne wieder abreißt. Solche Geschichten erzählt meine Großmutter und rührt Kirschschale oder Mohnsemmeln. Die rote Fahne hat meinem Ur-Großvater damals einen fünfjährigen Aufenthalt in einem – nun wieder ganz ande-

11

ren Land, das Sibirien heißt, eingebracht. Doch an dieser Stelle wird meine Großmutter immer ganz still und sagt etwas von „verstehst du sowieso nicht". Und zuerst dachte ich, daß das wohl mit diesem anderen Land zusammenhängen würde, aber einmal belauschte ich ein Gespräch zwischen meinem Vater und der Großmutter, aus dem ich entnahm, daß mein Großvater zur Zeit der großen russischen Revolution im Februar 1917 – nicht zu verwechseln mit dem Oktoberputsch – von einigen Bekannten in Petersburg gesehen worden war. Er mußte also vorzeitig aus diesem Land Sibirien entlassen worden sein, war aber nicht zurückgekommen. Die Bekannten berichteten, wie er am hellen Tag durch Petersburg geschlendert sei, laut pfeifend, sagten sie, dazu noch an jedem Arm eine Dame. Nutten, wie meine Großmutter sagt. Ob er jedoch deshalb in Petersburg geblieben war oder wegen dieser Revolution dort, sagte sie nicht. Das scheint auch für meine Großmutter unklar zu sein. Ich konnte lauschen, soviel ich wollte, mit dieser Frage endete jedes Gespräch über meinen Ur-Großvater. Klar blieb nur, daß er nie wieder nach Hause kam, auch wenn, wie ich erfuhr, „zu Hause" damals Polen war.

Noch eine Geschichte? Die von dem Vater meiner Mutter, meinem anderen Großvater? Den ich zwar, genau wie die beiden, in meinem Leben nie gesehen habe, der aber ein lustiger Mensch gewesen sein muß. Als lustiger Mensch war er Mitglied bei einem Stammtisch in einer Kneipe seiner Straße und nahm jeden Abend einen zur Brust. Und jeden Abend ließ die Stammrunde eines ihrer Mitglieder sterben, um daraufhin dessen Tod ausgiebig zu begießen. Mein Großvater kam in der Nacht dann jedes Mal weinend nach Hause und berichtete von einem großen Unglück, das geschehen sei: Der Tod eines nahen Freundes. Worauf sich auch bei meiner Mutter tiefe Betroffenheit eingestellt hätte, wäre ihr nicht eben jener totgesagte Freund am nächsten Tag leicht verkatert über den Weg gelaufen.

Auch ist das Ende dieses Großvaters besser überliefert als das meines Ur-Großvaters. Eines Tages nämlich kaufte er sich ein nagelneues Motorrad mit Seitengespann, fuhr, ohne viel Umstände zu machen, auf Hitlers soeben neuerbauter Autobahn und überschlug sich im Vollrausch. Klarer Fall, daß seine Stammtischrunde eine Mammut-Sitzung ansagte.

Das sind jedenfalls bessere Geschichten als am Mittag grund-

los den Mittelweg in grünen Sandalen und Knickerbockern her-
aufzukommen und Schimmack zu heißen!

Aber vielleicht nicht besser als Mohnsemmeln rühren und Geschichten erzählen zu können, wie meine Großmutter.

Während ich auf die Straße blicke und die zwei alten Frauen
aus dem Haus gegenüber entlangkommen sehe, die „Umsiedlerinnen" heißen, übrigens wieder so ein Wort meiner Großmutter,
von dem ich nicht weiß, was es bedeutet.

Die kleinere Frau, die einen Buckel hat und gekrümmt geht,
arbeitet auf dem Friedhof, der am äußeren Ende des „Randwe-
ges", an der Grenze der Stern-Siedlung zu den Feldern liegt. Dort
wäscht sie Leichen, sagt meine Großmutter, und ich renne jedes
Mal, wenn die Bucklige den Mittelweg entlangkommt, schnell
ins Haus oder verstecke mich hinter dem dunkelbraunen Holzschuppen oder sitze, wenn ich gerade auf den Fliederbaum geklettert bin, ganz still.

Die andere Frau, draußen auf dem Mittelweg, geht aufrecht,
scheint kräftiger als die Bucklige und ist Köchin in einer Be-
triebskantine. Von ihr nehme ich gern jedes Wort entgegen und
die dazu gereichten Süßigkeiten, Schokolade und Pudding, die
sie aus ihrer Kantine mitbringt.

Und einmal, als abends ein Gewitter aufkam und meine
Großmutter im Garten die Wäsche von der Leine nahm, kam diese alte Frau ins Zimmer, bis an mein Bett, in dem ich lag und mir
die Augen zuhielt, setzte sich und brachte mir einen großen Teller Götterspeise.

Die ersten Blitze, das Trommeln der Regentropfen auf dem
Blech des geöffneten Fensters, die grünschillernde Götterspeise,
die mir die „Umsiedlerin" brachte, die mit einer Frau zusammenlebte, die Leichen wusch, diesen Geschmack sollte ich für immer
auf meiner Zunge bewahren.

Aber nun ist ein heller Sommertag, die beiden Frauen gehen
den Mittelweg entlang, erreichen, nachdem sie an drei Gärten
vorbeigegangen sind, an Zäunen, Wiesen und Hunden, eine
größere Pflastersteinstraße mit unbefestigtem Randstreifen. Dort,
nach hundert Metern das Ortsschild: Reichenbach im Vogtland.

Die Straße. Die Straße meiner Kindheit führt von Zwickau
nach Plauen. Und es ist eine vogtländische Straße.

Das Vogtland. Das Vogtland ist ein kleiner Landstrich im
Süden des östlichen Teils von Deutschland. Jenes Deutschland,

13

das heute auf der Landkarte rechts liegt und dessen geographische Physiognomie einem zu Scherzen aufgelegten Betrachter wie ein vertrockneter Zwerg erscheint, mit dem es sich schlecht scherzen läßt. Das Vogtland im Süden grenzt im Norden an Sachsen, zu dem es jedoch keineswegs zählt, was im besonderen aus den auffahrenden Gesten seiner Bewohner hervorgeht, wenn man ihnen sagt, sie seien Sachsen. Vogtland ist Vogtland. Bitte sehr!

Es wird im Westen von Thüringen, im Osten vom Erzgebirge und im Süden von Bayern und Böhmen eingeschlossen. Das Vogtland ist meine Heimat, was nichts anderes heißt, als daß Wälder, Flüsse, Flüßchen, Seen, Dörfer und sonnenüberflutete Marktplätze mit den deutlichen Bildern meiner Erinnerung abwechseln.

Und Wege führen durch alle Erinnerungen, auf den Wegen ich. Mit den Eltern und allein. Allein und mit dem Bruder. Mit dem Fahrrad, dann mit einer Zuckertüte. Und später mit den verständnislosen Gesichtern der Altersgenossen und Schulkameraden, die verständnislose Fragen aufwarfen: Was läßt sich dieser Walther von der Vogelweide mit dem Papst ein?

Fragen und Gesichter, zu denen ich früh schwieg und die Antwort wußte. Allein war. Auf den Marktplätzen und Schulbänken. In die Wälder ging und die Wege wußte.

Denn es gibt dort, neben der bereits erwähnten Autobahn, die dem Vater meiner Mutter zum Verhängnis wurde oder ihn vielleicht vor einem elenden und weißen Tod bei Petersburg und Stalingrad bewahrte, oder vor einem ganz anderen Tod im Land Sibirien, dort gibt es neben dieser Autobahn, die, wie ich hörte, von Hitler allein erbaut wurde, nur noch eine einzige Nord-Süd-Trasse. Das ist, diese allein, die Straße meiner Kindheit.

Die Straße. Zwischen Reichenbach und Zwickau heißt sie Zwickauer Straße, nach Reichenbach, Richtung Plauen, Plauensche Straße, und kurz vor Plauen Reichenbacher Straße. Von dort führt sie weiter bis Bad Brambach. Dann fängt Böhmen an.

Die Straße. Aber damals war ich noch ein junges Mädchen. Sagt meine Großmutter und rührt Mohnsemmeln. Jeden Früh tritt die Kavallerie dort hinaus. Eine endlose Schlange von Wagen und Reitern, die in den Krieg zogen. Da war ich ein junges Mädchen. Meine Großmutter erzählt. Ich sitze am Tisch und schaue in den Garten. Der braune Holzschuppen, der die Sicht behindert. Aber ich sehe die Pfingstrosen. Ich sehe ein Mädchen. Am Fliederbaum vorbei. Durchs rote Gartentor. Der metallische Klang. Ein paar Meter. Ein anderer Zaun. Ein anderer Garten. Andere Büsche. Wieder ein Fliederbaum.

Hier wohnt der Großvater von Martina. Der Fische züchtet und seine Nächte bei ihnen verbringt. Im Sommer kommt Martina zu Besuch. Wenn der Sommer gelb ist, hat Martina blondes Haar. Dann gehen wir baden. Durch die Felder am Rand der Siedlung, die Stern-Siedlung heißt. Dann steht der Raps hoch. Dann hat Martina einen schwarzen Badeanzug. Dann blüht der Raps gelb. Wenn der Sommer blond ist, schlägt unser Herz rot, und weiß blühen die Brüste des ersten Mädchens. Ich war dreizehn. Ich möchte nicht nocheinmalzwanzigsein. Ich möchte nicht singen. Darüber nicht.

Dann zog Martina ihr Kleid an. Adieu. Wir gingen zurück zur Siedlung, die Stern-Siedlung heißt. An beiden Bäumen blühte der Flieder. Adieu. Dann sagte ich ihr vor dem roten Gartentor: Bis bald. Dann blühte der Flieder wild. Adieu. Dann zog Martina in eine andere Stadt.

Im nächsten Sommer, dem ein endloser Herbst vorausgegangen war, mit einem Mädchen aus meiner Klasse, das Karin hieß, blond war und einen schwarzen Badeanzug trug, versuchte ich, etwas von dem zu wiederholen, was mit Martina weggezogen war. Aber ich habe es nicht mehr gefunden.

Und später hießen die Mädchen Ulrike, Beate und wieder Karin. Ihre Haare waren braun, blond oder rot. Da waren es schon zehn Jahre. Und dann hieß ein Mädchen Maria. Aber die hatte schwarzes Haar. An fröhlichen Tagen Zöpfe.

Das interessiert dich nicht, sagt meine Großmutter und schüttet noch Wasser in den Steintopf. Erzähl' nur, sage ich und schaue weiter auf die Straße.

Jeden Morgen, und ihre Worte scheinen den Rhythmus zu bestimmen, mit dem ihre Arme Mohnsemmeln reiben, jeden Morgen sind sie hinausgeritten. Aber da war ich noch ein junges Mädchen. Kavallerie. Die Soldaten ritten damals auf Pferden, mußt du wissen, weil es kaum Autos oder Panzerwagen gab. Selbst die Kanonen wurden von Pferden gezogen. Jeden Morgen an unserem Haus vorbei. Warte mal, sagt sie, ich muß in den Keller, noch Mohn holen. Ich sitze in der Küche und schaue in den Garten. Martina. Deshalb war ich jeden Abend die Holztreppe bis zum Dachboden hinaufgestiegen und hatte mit einem Fernglas die Sterne betrachtet. Deshalb mein unbezwingbares Interesse für Astronomie. Das nie seine Erfüllung fand, weil ich später nach der achten Klasse auf die Oberschule wechselte, also den Astronomie-Unterricht in der Zehnten der Grundschule verpaßte und den in der Zwölften der Oberschule nicht miterlebte, weil ich ein Jahr vorher wegen allseitiger Renitenz gefeuert wurde. Beleidigung von Armeeoffizieren. Weil ich nicht Offizier werden wollte. Zersetzung des Klassenkollektivs. Mit dem Unterricht fremden Stoffen. Den Geschichten meiner Großmutter und denen meiner eigenen Augen. Von Kavallerie und betrunkenen Motorradfahrern. Von roten Fahnen und Nutten in Petersburg. Von zwei Fliederbäumen. Mein unwissenschaftlicher Blick zu den Sternen. In einer Siedlung, die Stern-Siedlung heißt, weil ihre Häuser immer zu dritt, sternförmig aneinander gebaut waren. Die schwarzen Badeanzüge. Mein Bruder, der Student, mit Geschichten über rebellierende Studenten. Der schwarze Johannisbeer-Schnaps, selbstgemacht, den wir heimlich im Keller tranken. Die Umsiedlerinnen. Die Blitze. Götterspeise. Der Teufel. Rudi Dutschke. Schimmack. Die Silvesterraketen im Schnee. Mein Bruder, der sie abschoß und lachte.

Was war jeden Morgen? frage ich meine Großmutter, die aus dem Keller zurück ist.

Nachdem die Sonne aufgegangen ist, sagt sie, sind sie hinausgezogen, hinaus auf die Felder, wo Krieg war. Unser Haus stand genau an der Straße, und ich konnte alles sehen. Aber damals war ich noch ein junges Mädchen.

Sie sagt nicht: Leokadya Amalia. Das sind meine Vornamen, das Land hieß Polen, das war eine polnische Straße, und der Ort mit diesem Haus an der Straße hieß Sdunska Wola und liegt zweihundert Kilometer von Warschau entfernt. Dort wurde dein Vater geboren. Das sagt sie nicht. Sie sagt nur: Da war ich ein junges Mädchen.

Die Offiziere in ihren glänzenden Uniformen, jeder auf einem Schimmel. Dann der Tambourmajor. Der seinen Stab schwang und den Rhythmus für die nächsten Reihen der Reiter bestimmte. Die Musik. Die Soldaten. Mit Säbeln an der Seite, die den Gang ihrer stolzen Pferde mitschwangen. Zuletzt dann Gespanne. Wagen mit Proviant, Kanonen, Feldküchen. Vorbei an unserem Haus. Jeden Morgen.

Und dann am Abend, und es waren immer warme Abende dort im Sommer, mußt du wissen, und wir Mädchen standen barfuß vor den Häusern am Straßenrand, warteten wir auf die Soldaten. Und einmal, das weiß ich noch genau, war am Morgen ein großer blonder Leutnant auf einem herrlichen Schimmel allen vorangeritten. Abends war ich als erste von den Mädchen an der Straße.

Dann kamen die Soldaten. Ich sah den Leutnant. Er lag quer über dem Sattel seines stolzen Pferdes und war tot. Die Uniform voll Erde und Blut. Ich konnte sein Gesicht nicht mehr erkennen. Sie hatten ihm den Schädel gespalten. Am Morgen war er allen vorangeritten. Er war mutig, aber es war sinnlos, denn es war Krieg.

Dann kamen andere Gespanne mit toten Reitern. In Haufen lagen sie übereinander. Meine Mutter lief aus dem Haus und zog mich an der Hand fort. Das ist der Krieg, sagte sie. Und seit diesem Abend bin ich nie wieder an diese Straße gegangen. Aber damals war ich noch ein junges Mädchen. Sagt meine Großmutter. Und rührt Mohnsemmeln.

Sie atmet jetzt schwer, hört für einen Moment auf und gießt noch etwas Wasser in den Steintopf.

Ich schaue wieder aus dem Fenster, sehe den Holzschuppen, den Fliederbaum, die Johannisbeersträucher, die Blumen vor dem Zaun. Es ist Abend geworden. Der Pfingstrosenstrauch hat seine blutroten Knospen geschlossen. Ein heller Stern leuchtet über dem Haus der Umsiedlerinnen.

Meine Großmutter stellt die Tonschüssel mit dem fertigen Mohn auf die Kellertreppe.

Der Weg, der, geht man an drei paradiesischen Gärten vorbei, auf die die große Pflasterstraße führt, die hier Zwickauer Straße heißt und von mir benannt wurde: meine Kindheit, ist jetzt leer.

Und später, ich weiß nicht, wieviele Tage oder Jahre vergangen waren, denn Kindheit ist eine Zeit ohne inneres Maß, hörte ich am Morgen ein Geräusch, das schon in der Nacht aufgekommen war und auch jetzt nicht mehr zu enden scheinen wollte.

Ich fand das Bett meines Bruders leer, und als ich nachsah, auch den braunen Holzschuppen, wo sonst sein Motorrad stand. Ich zog mich an und lief auf die Straße, meine Großmutter hatte mich zum Bäcker geschickt, um Brötchen zu holen. Und ich war glücklich, denn es waren Ferien, und die noch flach stehende Sonne versprach einen heißen Tag.

Ich rannte den Mittelweg entlang, einer der Hunde aus den drei Gärten vollzog sein gewöhnliches Ritual und blieb dann winselnd hinter dem Zaun zurück.

Ich kam an die Straße meiner Kindheit, die Pflastersteinstraße mit unbefestigtem Randstreifen – und blieb stehen. Denn alles war stehengeblieben, Schimmack stand dort. Die Umsiedlerinnen waren stehengeblieben. Der Raps stand gelb, aber anderswo. Der Sommer war nicht mehr blond. Die Badeanzüge blieben an einer Erinnerung hängen und standen fest. Und etwas anderes stand fest, blieb zurück und war stehengeblieben, dort an der Straße, an diesem Tag, etwas, was von nun an Kindheit heißen und hinter mir liegen würde.

Denn sie allein bewegten sich. Auf meiner Straße. Rollten weiter. Fuhren fort: Panzer mit aufgepflanzten Maschinengewehren, Lastwagen und Geschütze, Schützenpanzer und Feldküchen.

Sie waren ein endloser Strom, der schleppend unter einer gelben Glocke aus Staub vorwärtskroch.

Ich stand noch eine Weile still, ging dann aber langsam weiter, an Häusern vorbei, immer an dieser Straße entlang.

Zwei Mädchen aus meiner Klasse, Sonja und Ruth, sahen mich und liefen mir entgegen. Was ist denn los, riefen sie, durften wir deshalb in den Wäldern keine Pilze suchen, obwohl wir Ferien haben?

Nein, diese Soldaten waren heute nicht freundlich und wollten keine Adressen tauschen, ganz anders als die von der Pateneinheit unserer Schule, die mittwochs manchmal zum Gruppennachmittag gekommen waren und russische Lieder sangen.

Da lachte ich und ging weiter, denn etwas war vor ein paar Augenblicken stehengeblieben, und ich hatte mich umgedreht und wußte seither den Namen.

Ich ging weiter und kam an einem Haus vorbei, in dem der Direktor unserer Schule wohnte; ich sah ihn im weit geöffneten Fenster in der zweiten Etage des Hauses stehen, in jeder Hand ein rotes Papierfähnchen, die er wie wild schwenkte. Rufe der Begeisterung mußten aus seinem Mund gekommen sein, die jedoch sogleich vom Klirren der Panzerketten verschluckt wurden.

Ich ging eng an der Hauswand entlang, so, daß mich der Direktor nicht sehen konnte, und als ich nach oben blickte, sah ich nur noch seine Arme und Hände mit den roten Fähnchen und wie sie sich dem Strom und der gelben Staubglocke entgegenstreckten.

Andere Hände müssen es gewesen sein, dachte ich, und eine andere Fahne, die mein Ur-Großvater einst in schwindelnder Höhe befestigt hatte. Nicht diese Schulkreidefinger, nicht dieses Zensurenrot.

Das nicht, das wußte ich jetzt, seit ich mich nach dem umgewandt hatte, was meine Kindheit gewesen ist.

Aber ich ging weiter, noch an zwei Häusern vorbei, und öffnete dann die Tür zum Bäckerladen. Außer einer Verkäuferin und mir war niemand sonst in diesem Geschäft, denn alle waren sie stehengeblieben.

Ich kaufte fünf Brötchen und drei Stück Mohnkuchen, für meine Großmutter, meinen Bruder und mich, bezahlte, und verließ den Laden.

Auf der Treppe der Bäckerei geriet ich wieder unter die Wolke aus gelbem Staub, roch den schwarzen, verbrannten Diesel, sah zu den Fahrzeugen hinüber und – wäre beinahe gestürzt. Ich sah ihn! Er saß auf dem schwarzen Motorrad, mitten in dieser unendlichen Panzerkette, mitten auf der Straße. Ich sah in das Gesicht meines Bruders, sah die schwarzen Haare, den Bart und die Augen, seinen Mund, um den ein Ausdruck zwischen Entsetzen und Freude lag; sein rotes Hemd mit hochgekrempelten Ärmeln, als würde eine schwere Arbeit zu verrichten sein.

War das die Fahne? Fuhr mein Bruder deshalb hier, oder wollte er sich nur einen Spaß machen. Und unter welcher Fahne fuhren die Panzer? Hatte er deshalb sein rotes Hemd angezogen, wollte er sich lustig machen über sie oder mit ihr diesen Vormarsch aufhalten, der der Krieg war?

Und ich sah, wie zwischen meinem Bruder und dem Panzer, der vor ihm über das Pflaster schlug, bereits ein größerer Abstand entstanden war. Der nachfolgende Panzer blieb jetzt schon fünfzig Meter zurück. Ich sah, wie mein Bruder seinen Oberkörper aufrichtete und sich zu dem Panzer hinter sich umwandte, dessen Kommandant in einer unverständlichen Sprache schrie. Ich sah, wie der Kommandant seine Pistole aus dem Gurt riß und einen Befehl gab. Wie der Panzer anzog und auf meinen Bruder zusprang. Wie mein Bruder Gas gab und nach fünf Metern eine Vollbremsung machte. Wie Sand aufflog und die Ketten auf dem

Pflaster kreischten. Wie der Panzer ins Leere stieß und mein Bruder lachte. Wie Kommandos ausgeführt wurden von unsichtbaren Fahrern. Wie eine sichtbare Fahne gegen eine graue Schlange aus Metall kämpfte, die unter einer Fahne fuhr, die unsichtbar blieb. Wie mein Bruder unter der Staubglocke verschwand. Wie die graue Schlange weiterrollte. Wie die Fahne von ihr gejagt wurde und nicht mehr zu sehen war. Wie sie besiegt schien. Wie die Panzer erneut zum Stehen kamen und Motoren leer liefen, als hätte einer Sand in sie geschüttet.

Ich griff mein Netz mit den Brötchen fester und lief, so schnell ich konnte, die Straße hinab zur Stern-Siedlung, zum Mittelweg, zum Haus meiner Großmutter.

Die Fenster des Direktors standen noch immer offen. Ich sah nach oben. Er ragte aus dem Fenster, noch immer mit weitausgestreckten Armen, seine Hände hielten die Fähnchen aus Papier, die nicht mehr flatterten, herabhingen, als gäbe es dort oben eine Windstille. Sein Blick war leer und auf die Straße gerichtet.

Die beiden Mädchen aus meiner Klasse traf ich nicht mehr, und auch alle anderen waren verschwunden. Keiner hatte gewartet, niemand war stehengeblieben, keiner würde dabeigewesen sein, als die Fahne zu sehen war.

Meine Großmutter kam mir ein paar Schritte entgegengelaufen und hatte sich wegen meines langen Ausbleibens Sorgen gemacht. Ich lief auf sie zu und rief: Großmutter, er hat die Panzer aufgehalten! Verstehst du, mit dem Motorrad!

Ich sah, wie meine Großmutter weiß wurde wie die Wand ihres Hauses, vor dem wir standen.

Auf die von der Sonne dieses heißen Tages beschienene Mauer fielen jetzt zwei Schatten von unterschiedlicher Größe, die sich aneinandergelehnt hatten.

Mein Bruder kam am Abend wieder. Wir hörten sein Motorrad, dann schlug das Gartentor zu. Mit unvergeßlichem Klang. Mein Bruder ließ seine Maschine gegen den Holzschuppen fallen. Wir sahen ihn ins Haus kommen. Er stürzte in die Küche, schwankte ein wenig und riß sich das Hemd über der Brust auf. Sein Gesicht war schwarz. Wir sahen drei Wunden auf seiner Brust, aus denen Blut lief. Draußen auf der Straße schwoll das Klirren der Panzerketten wieder stärker an.

Die Brust meines Bruders war von drei Stichen bedeckt. Eine verirrte Wespe mußte, während er zwischen den Panzern fuhr, unter sein Hemd geflogen sein. Denn es war Sommer, ein heißer Tag, an dem meine Kindheit zu Ende ging. Es war Dienstag, der zwanzigste August neunzehnhundertachtundsechzig.

In der darauffolgenden Nacht überschritten, unter anderem in der Höhe von Vogtland und Erzgebirge, 500 000 ausländische Soldaten die tschechoslowakische Grenze.

Die Straße meiner Kindheit ist eine Pflastersteinstraße mit unbefestigtem Randstreifen und geht zu beiden Seiten in Feld über.

1983/84

Damals wußte ich noch nicht, daß Kunst ein blutiges Handwerk ist.

Und obwohl Detlef Burger schon ein toller Hecht war und einiges anstellte, muß man sagen, daß Menzer unbestritten der verrückteste Kerl der Schule war. Er war Zeichenlehrer.

Sein Atelier befand sich im zweiten Flur der Schule, hatte Platz für mehr als sechzig Schüler, die an langen Tischen bei gutem Licht, das durch die großflächigen Fenster fiel, zeichneten.

Die Schule hieß Dittesschule, und ich ging acht Jahre dorthin.

Am Eingang zum Pausenplatz stand eine große, alte Trauerweide, deren Äste im Frühjahr so dicht herabhingen, daß sich einiges unter ihr treiben ließ, ohne der Lehrerschaft ins Auge fallen zu müssen. Und immer, wenn die Schüler am Morgen an der Weide vorbeikamen, schienen ihre Augen traurig zu werden, beinahe zu verlöschen, um mittags nach Unterrichtsschluß, mit Beginn des Nachhauseweges, an derselben Stelle wieder ihren alten Glanz anzunehmen und erneut aufzuleuchten.

Am Zaun des Pausenplatzes, der direkt an das Schulgebäude anschloß, lief ein breiter Kiesweg entlang, der zu einem kleinen Flüßchen abfiel, das wir den Seifenbach nannten, weil die weiter oben gelegene Textilfirma ihn reichlich mit schäumender Stofflauge versorgte, deren Farben täglich unter unseren Augen wechselten. Und manchmal, an einigen wenigen Tagen des Jahres, ergaben sie Nuancen und Tönungen, Farbtöne, wie sie zu mischen uns auf dem schneeweißen Papier des Zeichensaales niemals gelang.

Denn obwohl Menzer als ein verrückter Kerl galt, mimte er während des Unterrichts den strengen Schulmeister und tat mit zusammengekniffenen Augen, hinter seiner Hornbrille, wie der übelste Schülerschreck. Dieser Blick ließ jegliche Kunst unter ihm wegsterben wie junges Gras unter einer allzu harten Sonne; und im Zeichensaal blieben nach jeder Unterrichtsstunde sechzig Blätter voller jämmerlicher Kleckserei zurück, die Menzer stets dem Wahnsinn nahebrachten, wenn er am Abend über ihnen saß, um sie zu benoten.

Zum ersten Mal geriet ich näher an Menzer heran, als ich gerade die mit elf Jahren schon sehr üppige Margitta Rölz unter dem Schutz der Trauerweide durchnahm. Eine mollige Brünette, und es war gerade große Hofpause, und wir hatten die Zeit zu nutzen gewußt. Menzer, der an diesem Tag Pausenaufsicht hatte, riß uns unter der Trauerweide hervor und langte mir eine.

Wie ist dein Name, schrie er. Sein Gesicht war jetzt so rot, und seine Augen funkelten so böse hinter der riesigen Hornbrille, daß ich mich umgehend entschloß, meinen richtigen Namen zu sagen. Ich sagte meinen Vornamen.

Deinen Familiennamen, schrie er, du willst mich wohl verkohlen! Und du, er drehte sich nach Margitta Rölz um, die die ganze Zeit bewegungslos hinter ihm gestanden hatte, und du scherst dich am besten sofort weg. Du solltest dich schämen, und komm mir die nächsten Tage nicht mehr unter die Augen, sonst passiert was.

Margitta Rölz wandte sich ab, noch immer mit rotem Kopf und niedergeschlagenen Augen, ging langsam, aber grazil über den Pausenplatz, beinahe schwebend, als wünschte sie sich, in diesem Moment unsichtbar zu sein, und tauchte geradezu lautlos und ungesehen in einer weitabstehenden Gruppe lärmender Schüler unter.

Ihren Namen, sagte Menzer zu mir, aber den richtigen. Ich sagte ihn.

Stimmt, sagte ein Schüler aus dem Ring, der sich bereits um Menzer und mich gebildet hatte. Ich sandte einen vernichtenden Blick nach einem strähnig-blonden Jungen, einem dieser Streber aus meiner Klasse, der sich stets dadurch hervorzutun verstand und sich bei der Lehrerschaft in Szene setzte, indem er auch an Tagen, wo niemand es verlangte, sein rotes Pionierhalstuch trug.

Haut hier ab, aber dalli, sagte Menzer jetzt mit ruhiger Stimme.

Ich machte sofort, als erster, einen Schritt zur Seite, um unauffällig ins Zentrum des Pausenplatzes zu gelangen.

Du bleibst hier, sagte Menzer böse. Wieviel Stunden habt ihr heute? Bis zwölfuhrfünf, sagte ich und fühlte eine Katastrophe über mich kommen und ein Gefühl aufsteigen, das meinen Hals zu schnüren begann.

Du kommst heute nach der Schule in den Zeichensaal, ich werde dort auf dich warten. Und laß dir nicht einfallen, es zu vergessen.

Ja, sagte ich, jetzt schon den Tränen nahe, denn ich wußte, das würde etwas ergeben, was man ein Nachspiel nannte und von dem ich sicher war, daß es in einer Mitteilung an die Eltern, einem blauen Brief, gipfeln würde, etwas, vor dem ich am meisten Angst hatte – ein Brief an meine Alten, lediglich weil ich mit einem Mädchen unter der Trauerweide erwischt worden war.

Die nächsten drei Stunden, Mathe, Deutsch und Chemie, verbrachte ich in völliger Abwesenheit und unter dem Getuschel der Mitschüler, die meinen Fall auswerteten. Ich nahm keine der verkündeten, fachlichen Weisheiten wahr und reagierte nicht auf irgendwelche Anspielungen meiner hämischen Nachbarn.

Die letzte Stunde verging unter Dampfen und Zischen im Chemieraum, und ich kam erst wieder zu mir, als zwei Schüler, die dafür eingeteilt waren, die Pneumatische Wanne unter meiner Nase wegzogen, in der vorher ein Stück Natrium knallend zu Nichts vergangen war, wenn ich das richtig verstanden hatte. Dann war ich allein im Raum, saß noch immer bewegungslos auf meinem Hocker und beschloß schließlich, zu Menzer zu gehen. Ich ging hinüber zum Zeichensaal. Ich öffnete die Glastür, betrat den kleinen Vorraum, der verstellt war von Kartons, Steinplatten, riesigen Papierrollen, einer Druckmaschine und unzähligen Gläsern, die in den verschiedensten Farben schimmerten.

Ich durchschritt den Vorraum mutig, trat in den Zeichensaal, war überrascht von der Stille, die ich in den Unterrichtsstunden noch nie so wahrgenommen hatte noch überhaupt vermutete – und sah vorsichtig umher. Menzer stand am Fenster mit dem Rücken zu mir. Er schaute auf die Baumgruppen am hinteren Ende des Schulgeländes, sah vielleicht jetzt den kleinen, bewachsenen Hang dort, sah den steinigen Pfad dort hinauf, der in die Felder führte, die gelb am Rande der Stadt lagen und in deren Ähren man sich auf dem Nachhauseweg herrlich verschanzen und unsichtbar sein konnte.

Bist du's, fragte er leise, ohne sich umzuwenden. Ja, sagte ich und nannte meinen Namen. Hör mal, sagte er, immer noch mit leiser Stimme, die in dem großen Saal kaum mehr vernehmbar war, denn ich war an der Tür stehengeblieben, und Menzer stand mindestens fünf Meter von mir entfernt.

Hör mal sagte er wieder, du bist doch ein kluger Kerl, wenn auch nicht gerade ein Zeichentalent, weiß Gott nicht.

Menzer atmete jetzt tief, und es schien mir, als würde er mühsam ein Lachen unterdrücken, aber er stand noch immer mit dem Rücken zu mir und sah aus dem Fenster, so daß ich nichts von seinem Gesicht zu sehen bekam.

Hör mal, sagte er, ich wollte dich nur bitten, damit aufzuhören. Mach das nicht mehr. Davon bekommt man einen schlechten Namen.

Ja, sagte ich leise.

Im Lehrerzimmer spricht man von deinen Deutschaufsätzen. Schreibst du die allein?

Ja, sagte ich.

Niemand hilft dir?

Nein.

Dein Bruder auch nicht?

Nein, die schreibe ich allein. Und hätte beinahe hinzugefügt: auf dem Dachboden unseres Hauses, unterließ es aber. Gut, sagte Menzer, du kannst jetzt gehen. Und wenn du mal Lust hast, mir beim Drucken zu helfen, nachmittags nach der Schule, kannst du immer vorbeikommen. Ich bin jeden Tag hier.

Danke, sagte ich und rührte mich nicht von der Stelle, denn es war in der ganzen Schule bekannt, daß Menzer jedes Jahr aus zehn Klassen drei oder vier Schüler, die wahre Zeichenasse waren, auserwählte, um sie sich zu Gehilfen zu machen, was unter allen Schülern und selbst bei den Lehrern als große Auszeichnung galt. Genauso bekannt und auszeichnend wie Menzers Brauch, die schönsten Mädchen der oberen Klassen zu bitten, für ihn Modell zu sitzen. Wobei es über die Höhe des Modellgeldes und über die Bekleidung der Mädchen, ohne oder fast ohne, sowie über den eigentlichen Ablauf eines solchen Nachmittags bei einem Maler, der eigentlich keiner war, sondern nur Zeichenlehrer, unter der Schülerschaft die verschiedensten Vorstellungen gab.

Geh jetzt, sagte Menzer energisch, und mach das nicht mehr, denk an deinen Namen.

Auf Wiedersehen, sagte ich, danke.

Geh schon, sagte er.

Menzer hatte sich während der ganzen Zeit nicht ein einziges Mal nach mir umgedreht und mich angesehen.

Zwei Tage später, in der nächsten Zeichenstunde, sah Menzer wiederum kein einziges Mal zu mir herüber, obwohl ich einen Bleistiftmenschen aufs Papier geknallt hatte, dessen Kopf ungefähr ein Drittel seines Körpers einnahm, und das, nachdem sich

Menzer zu Beginn der Stunde zehn Minuten lang über die Proportionen des menschlichen Körpers ausgelassen und dabei im verdunkelten Zeichensaal Skizzen von Leonardo da Vinci und Albrecht Dürer mittels Dia-Projektor an die Wand geworfen hatte. Da hörte auch das Getuschel meiner Mitschüler um mich herum auf. Von Stund an beschloß ich, ein gelehrsamer Zeichenschüler zu sein, befleißigte mich selbst zu Hause auf dem Dachboden noch, meine in der Schule hingelegten zeichnerischen Grimassen notgedrungen auszubessern und in den Stunden während Menzers Unterricht aufmerksam und interessiert zu erscheinen. Ich saß konzentriert auf meinem Hocker wie da Vinci vor der Staffelei, während meine Mitschüler hinter dem Rükken Menzers, der am Fenster stand und den Wind in den Bäumen beobachtete, sich weiterhin mit Papier bewarfen und mit Farbe bespritzten.

Aber alle Anstrengungen halfen nichts, als uns Menzer mit Beginn der siebenten Klasse in die Kunst des Linolschnittes einzuführen begann. Gerade damals nämlich trat in unser Leben etwas äußerst Überraschendes und Neues: das Fernsehen. Und überraschte besonders uns Schüler mit einem eigenen Nachmittagsprogramm. Das sogenannte Testprogramm, in dem meist russische Filme gezeigt wurden, während die noch wenig erfahrenen Fernsehtechniker Frequenzen und Feldstärken maßen, ohne daß dies auf unser nachmittägliches Vergnügen Einfluß gehabt hätte. Von nun an stürzten wir beim Klingeln der letzten Stunde aus den Bänken, drängelten mit den letzten Kräften, die uns der Unterricht gelassen hatte, an die Näpfe der Schulspeisung, die Pflicht war, kippten nicht selten die Reste der nur schwer genießbaren Speisen in unsere Schultaschen – denn „Aufessen" war ebenfalls Pflicht –, liefen vom Brechreiz gewürgt nach Hause, niemand dachte mehr daran, zu bummeln oder sich zu verstecken, und warfen sämtliche Attribute eines Schülers, wie etwa Schultasche und Turnschuhsack, in die Ecke. Punkt einuhrdreißig saßen wir still und glücklich vor dem Fernseher, vor dem Testprogramm mit russischen Filmen. Diese gingen in der Regel nicht länger als anderthalb Stunden, so daß eine Störung seitens unserer Eltern nicht zu befürchten war, da sie erst weit nach vier Uhr heimkehrten und, ohnehin erschöpft von der Arbeit, das kleine Knacken der sich abkühlenden Röhren im abgeschalteten Fernseher nicht wahrnahmen, uns jedoch mit ernsten Gesichtern in der Küche über unseren Hausaufgaben vorfanden und ebenfalls still und zufrieden wurden.

Aber bald schon begann ich dieses System noch weiter zu rationalisieren, indem ich das Erledigen meiner Hausaufgaben genau in die anderthalb Stunden des laufenden Spielfilms legte, was mir nach einiger Zeit keinerlei Mühe mehr machte, da weder die Aufgaben noch die Filme sonderlich Aufmerksamkeit verlangten.

Äußerst schwierig wurde dieses Verfahren, als uns Menzer auftrug, ein bereits in der Schule mit schwarzer Tusche bemaltes, rechteckiges Stück Linoleum zu Hause mit dem eigens dafür gekauften Messer fertig zu schneiden. Es zeigte Männer, Frauen und Kinder bei einer Demonstration. Im Fernsehen lief ein Film über die Reiterarmee Budjonnys, und während sich berittene Rot- und Weißgardisten die füchterlichsten Gefechte lieferten, schnitt ich mit dem Messer vorsichtig um meine demonstrierenden Männer, Frauen und Kinder herum, gab acht, die von Menzer empfohlene Tiefe von ein bis zwei Millimetern beizubehalten, auf keinen Fall ein Loch zu schneiden, das, wie Menzer uns ermahnt hatte, später im Druck einen nicht mehr zu retuschierenden Fleck ergäbe, als ein roter Kommissar rief: Ich erschieße dich im Namen der Revolution! – und abdrückte, mein Messer wegrutschte, durch den Kopf eines marschierenden Kindes wie durch Butter drang und in meiner rechten Handfläche steckenblieb.

Ich bin Linkshänder und vielleicht deshalb kein Zeichentalent, ich war mir dessen nicht sicher, aber daß Kunst ein blutiges Handwerk ist, das wußte ich seit diesem verregneten Fernsehnachmittag genau und beschloß sogleich, Menzer und allem Spektakel um ihn herum keines Blickes mehr zu würdigen.

Zwei Wochen später, in der übernächsten Zeichenstunde, saß ich wieder auf meinem Hocker im Zeichensaal und dachte, während Menzer über die Entwicklung von Hoch- und Tiefdruck in der Geschichte der Graphik dozierte, an das blonde Haar von Karin Hornfischer, die zwei Bänke hinter mir saß und die sich gerade heute damit einverstanden erklärt hatte, nach dem Zeichenunterricht mit mir ins Freibad zu gehen, denn der verregnete Sommer hatte sich in einen Sonnensommer verwandelt.

Und während Menzer bereits bei den Gattungen Radierung und Kupferstich angelangt war, zählte ich unter der Bank das

Geld, das ich besaß, und stellte fest, daß ich Karin bequem zu einer Cola mit Streuselschnecke würde einladen können, um dann vielleicht auf den Wiesen des Freibades etwas mehr von den Geheimnissen, die unter ihrem Badeanzug zu vermuten waren, zu erfahren.

Ich saß also still und konzentriert, schob mein Geld wieder in meine Shorts zurück, um gelassen auf das Klingeln der letzten Stunde zu warten, dachte mit Eifersucht daran, daß Karin vor ein paar Wochen Menzer an einem Samstagnachmittag Modell gestanden hatte, gab mich einigen Phantasien in bezug auf ihre Kleidung hin und hatte vollkommen verpaßt, daß das Wetter inzwischen umgeschlagen und Menzer von der Geschichte der Graphik zur Rückgabe unserer als Hausarbeit abgegebenen Linolschnitte übergegangen war.

Schauen Sie wenigstens her, schrie er. (Uns mit „Sie" anzureden war üblich geworden, seit wir vierzehn waren und als erwachsen galten.) Diesen Mist! Das Schlechteste, was ich seit Jahren auf dem Tisch hatte – und Sie schlafen inzwischen und fummeln unter der Bank umher, während ich mit Ihrem Dreck – Menzer war jetzt hochrot – die Zeit vertrödeln muß!

Jetzt erst stellte ich mit Entsetzen fest, daß er mich meinte. Fahnengruppe von rechts nach links! Am 1. Mai! Das war das Thema. Und was ist das! Schlurfende Kartoffeln mit aufgepflanzten Transparenten. Die Klasse lachte kurz auf.

Das ist nichts, gar nichts ist das! Das ist Schlamperei, abgesehen davon, daß Sie nicht zu wissen scheinen, was links und was rechts ist. Von rechts nach links war angesagt, aber Sie schlafen ja seit Jahren in meinem Unterricht. Da!

Menzer, noch immer knallrot im Gesicht, stand vier Meter von mir entfernt, holte aus und warf den Linolschnitt mit voller Kraft nach mir. Das Linoleum schoß wie ein Diskus durch die Luft, kam auf mich zu, berührte beinahe schon meine Brust, als ich mich blitzschnell nach hinten warf, der Linolschnitt an mir vorbeiging, und meinem Nachbarn Gunter Schicho, der dick und schwerfällig in meinem Schatten, wie immer, die Zeichenstunde zu überleben suchte, eine drei Zentimeter lange Wunde in den Daumen riß, aus der sofort Blut sprang.

Schicho sah langsam auf und wußte nicht, was geschehen war. Er sah Menzer an, dem es ein paar Sekunden die Sprache verschlagen hatte und der dann „Sanitätskasten!" schrie.

Auch ich sah Menzer an, jedoch mit Siegermiene, hatten sich doch meine Überzeugungen vom blutigen Handwerk der Kunst zum wiederholten Male als wahr erwiesen.

Schicho ließ sich willfährig neben mir pflegen und ging aus Menzers Behandlung mit einem dicken weißen Mullverband hervor, während mein Linolstück mit den zum ersten Mai marschierenden Kartoffeln für den Rest der Stunde ohne Bedeutung blieb.

Aber Menzer entging böser Nachrede und gerechter Strafe nicht, zumal einige Mitschüler behaupteten, er habe dem verwundeten Schicho lediglich deshalb Erste Hilfe zuteil werden lassen, weil dessen Vater ebenfalls Mitglied des Lehrerkollektivs der Schule sei, dies, nicht etwa Anteilnahme am Leiden Schichos, sei das wahre Motiv Menzers für seinen Beistand gewesen. Wie dem auch sei, der Vorfall machte die Runde und geriet, von anderen Vorfällen verdrängt, bald in Vergessenheit. Aber auch ich entging gerechter Strafe nicht. Karin ging, nachdem ich ihr am Nachmittag im Freibad Cola und Streuselkuchen spendiert hatte, am Abend mit einem Jungen aus der Neunten nach Hause, und ich erfuhr nie etwas von den Geheimnissen, die ich unter ihrem Badeanzug vermutete.

Drei Wochen später begannen die Sommerferien, und die beiden, Karin und der Neuner, waren noch immer zusammen und galten an der Schule bereits als schönes Paar. Sie, mit ihrem langen goldblonden Haar, und er mit seinem schwarzen.

Es war inzwischen Herbst, als ich tief beleidigt und unverstanden einen Antrag auf Zulassung zur Erweiterten Oberschule stellte, dorthin, an diese andere Schule der Stadt, an der man Abitur machen konnte. Dem Antrag wurde im Frühjahr stattgegeben, ich gelangte auf die Höhere Schule und begab mich auf den mühevollen Weg zum Abitur. Später hörte ich von der Verlobung des schönen Paares, Karin war inzwischen Verkäuferin im Kinderkaufhaus geworden und der schöne Neuner Maurer.
Ich aber blieb, was ich war, und erwies mich auch an der Höheren Schule nicht als Zeichentalent, währenddessen meine Aufsätze jedoch größere Auflagenziffern erreichten und sowohl von der Parteiversammlung der Schule als auch von der Politischen Polizei der Stadt mit zunehmendem Interesse gelesen wurde.

Von Menzer hörte ich viele Jahre nichts mehr, bis mir eines Tages meine Mutter berichtete – sie hatte es von einer Bekannten, die bei der Post angestellt war –, daß eine ganze Sendung von Bildern aus Hamburg, vom Großversand Neckermann, nach Reichenbach im Vogtland zurückgegangen sei. Dies wären sämtliche Bilder von Menzer, Blumenstilleben in Öl, Aquarelle der vogtländischen Berge sowie einige Porträts schöner junger Mädchen, deren lebendige Vorbilder die Postfrau zweifelsfrei als inzwischen zwielichtig gewordene Reichenbacherinnen, die einen schlechten Namen besaßen, identifiziert haben wollte. Die Bekannte wahrte wohl auch das Postgeheimnis, indem sie berichtete, der einzige Grund für die Rücksendung der Gemälde sei gewesen, daß Menzer vergessen habe, sie zu signieren.

Da wußten die Bürger dieser kleinen Stadt Bescheid, und gute und böse Nachrede konnten beginnen.

Diese Stadt, eine Stadt, die von ihrem Bild her eher dem Süden, dem Mittelmeerraum, zuzählen sollte, mit ihren Hängen und den daran steil abfallenden Straßen, in denen der Frühnebel lange stehenbleibt, den verwinkelten Gäßchen, die im Zickzack sich bewegen, ihren Friedhöfen, im Licht alter Laternen, die wie die Verkündigung der Einsamkeit selbst ihr Licht in den Januarschnee werfen, ihren Häusern, die nicht von Menschenhand errichtet zu sein scheinen, eher lehmfarbenen Vogelnestern gleichen, die der Speichel von Schwalben dort an die Hügel geheftet hat, diese Stadt, ein Napoli ohne Meer, dem stürzenden Putz Perpignans am Fuße der Pyrenäen ähnlicher als den Vorstellungen von einer Kleinstadt im böhmisch-bayerisch-sächsischen Länderdreieck – diese Stadt hatte ihren Maler. Und es waren Menzers Bilder, die Bilder eines Zeichenlehrers dieser kleinen Stadt, die die Westdeutschen in rauhen Mengen kauften, per Versandkatalog in Hamburg, weil sie sie für Bilder des berühmten Adolph von Menzel hielten, während Menzer in Reichenbach/Vogtland saß und reicher und reicher wurde.

Menzer jedoch ließ sich nichts anmerken, gab weiter Zeichenunterricht an der Grundschule, initiierte einen Malzirkel dort, porträtierte die schönsten Mädchen der oberen Klassen – nie werde ich erfahren, in welchem westdeutschen Reihenhaus das Porträt eines Mädchens mit goldblondem Haar hängt –, fuhr weiterhin mit ernster Miene auf seinem blauen Moped durch die Stadt und schickte seine Bilder an Neckermann in Hamburg.

Einmal noch traf ich seine Tochter in einer von Detlev Burger inszenierten Aufführung der Laiengruppe der Schule – man erinnere sich, er war ein toller Hecht –, sah sie später auf einem Fahrrad durch die Stadt fahren, rief ihr zu: Wie siehst du denn aus! – was ich für eine gelungene Anrede hielt, sie aber schien sich an mich nicht zu erinnern und rief mir im Vorüberfahren zu: Wie ein Mensch. Da ließ auch ich mir nichts anmerken, saß diese Jahre gelangweilt in der Schule ab, trank nachmittags Bier, rauchte Zigaretten in dieser Stadt, schrieb Gedichte und sah den Mädchen nach.

Und Menzer?

Das letzte, was ich hörte, stand in der Lokalzeitung dieser Stadt, in der Zeitung, in die meine Mutter warme Hausschuhe gewickelt hatte, damit ich in der Fremde nicht würde frieren müssen. Ich las die zerknitterten Zeilen und erfuhr aus dem Polizeibericht einer längst vergangenen Woche, daß Menzer hochgradig betrunken in der Nähe von Reichenbach mit seinem blauen Moped von der Straße abgekommen und in den Seitengraben gefahren sei.

Die ganze Stadt habe sich damals halbtot gelacht, sagte mein Bruder am Telefon, bis sie erfahren hätten, daß es Menzer ziemlich schwer erwischt hätte und er seitdem etwas am Herzen habe und im Unterricht nicht mehr schreien, sondern sich als seltsam still erweisen und am Fenster stehen würde, gerade so, als wäre er ein Verbündeter der Trauerweide, dort am Eingang dieser Schule. Und ich?

Ich bin in der Fremde, weil ich Gedichte schrieb und Kunst ein blutiges Handwerk ist. Ich kann, wenn ich will und darüber hinaus noch etwas Geld habe, in verschlossenen Zügen, in vier Richtungen, durch mein Land fahren, aus dem man mich verjagt hat.

Auf einem dieser Transitwege kommt man durch Jena, auf dem zweiten durch Magdeburg und beim dritten fährt man direkt an der Wartburg vorbei. Diese drei Wege habe ich schon benutzt. Aber einen noch nie. Weil ab Leipzig mein Herz zu schlagen anfangen würde. Weil dann Altenburg käme, dann Crimmitschau, Gößnitz, Werdau, dann Neumark. Dann würde das Vogtland beginnen und die erste Stadt Reichenbach im Vogtland heißen. Napoli oder Perpignan. Der Wald von links beginnen. Das Flüßchen mit den vielen Farben. Die Wiesen im Freibad. Eine Fahnengruppe an der Fassade einer kleinen Schule von rechts nach links marschieren. Der Zug vor dem Signal langsamer werden. Und ich würde nach links schauen, das Haus mit der Aufschrift „Typ Feiler". Das Haus daneben, aus dem meine Mutter kommt, in diesem Moment, ich weiß es genau, und auf den Hof tritt mit einem Korb Wäsche, fünfzig Meter vom verschlossenen Zug entfernt, in dem ich sitze, und an die Leinen ein nasses Kleid hängt, und ich mich abwenden müßte, jetzt spätestens jetzt, nach hinten, weg von diesem Bild, und aufblicken und sehen ein anderes Haus, beinahe gegenüber, die Geschwindigkeit des Zuges mitbedacht, steht dort das Haus des Malers Menzer.

1985

Meine Boheme

oder

Zwiebelgas in die Vaterland

„Es sitzt ein müder Wandrer
In einer Restauration,
Das ist gewiß kein andrer
Als der verlorne Sohn."
Hermann Hesse, „Knulp"

Daß der Zug eines Tages auch für mich pünktlich sein würde, wußte ich von Heinrich Böll, aber ich fand noch Zeit, die Uniform auszuziehen.

Zu Hause: Schuhe fliegen, Mütze rollt, Koppel schlägt; auf staubigem Boden ein Militärmantel deutsch. Mutter umarmen. Bad. Frische Wäsche. Übers stopplige Haar den schwarzen Pullover, Jeans für tuchzerkratzte Schenkel. Zivile Anarchie.

Langsam leicht werden. Nicht davonfliegen. Ins Nebenzimmer gehen. Eine Platte: Tschaikowski: Violinkonzert D-dur. Wenn die Violine einsetzt, die Gardinen aufziehen und versuchen, wieder zu sehen; das Bild heißt: Schnee fällt. Weil du weißt, das zu sehen; das Bild heißt: Schnee fällt. Weil du weißt, daß draußen jetzt Schnee fällt.

Dann erst umdrehen, vom Fenster weg, suchen zwischen Bücherstapeln und der Karte „Warszawa". Das Foto finden von Hanka, das Foto, das Hanka zeigt, Hanka finden, ihr Foto dazu.

Jetzt beginnen zu verstehen: Du warst fortgegangen, und die Ferne ist dir nachgezogen in deinen Augen.

Bis zu dieser Kerze neben dem Foto, bis hierher. Licht, das dich nicht verletzt, nur brennt.

Und dann rauchen und hören und warten. Nicht das Warten des Verzweifelten und Gefangenen, nicht das des Einsamen. Auf deine Freunde warten und schon bei ihnen sein.

Es klingelt und sie kommen. Alfons, Bubi, Egbert, Rappe.

Jetzt gilt dein Leben, und Zeit fängt an. Schnell auf die Straße, schnell die Sprache finden. Keine hundert Meter, denn jetzt gilt dein Leben.

Als wir in der „Schwarzen Katz" einsaßen, hatten wir den Mond nicht vergessen, nicht den mondrunden Johannes Bobrowski, dem nach Aussage seiner Erzählungen Mond eben doch Mond blieb und uns eben doch Bobrowski. Aber auch den brauchten wir nicht zu verleugnen, um anzufangen, zügiger zu trinken.

Was meine Freunde taten, weiß ich nicht mehr, ich warf ein Rotweinglas um und zwei Teegläser vom Tisch.

Die Kellnerin blieb freundlich und war schön und sah nach der dritten Flasche wie Liza Minelli aus. Sie würde in einem Jahr den Koch der Gaststätte heiraten, nachdem wir alle etwas von ihr gehabt hatten. Aber wer konnte das wissen. Wir luden sie ein, nachdem wir ihre Beine angestarrt hatten, als sie die Glasscherben unter dem Tisch zusammenfegte.

Ein Dichter muß viele Frauen haben; ob er sie wirklich oder in der Phantasie besitzt, unterscheidet dann nur seine Dichtung von anderer.

Denn als Dichter sahen wir uns, hatten, als ich achtzehn war, die „schreibe. atelier im hinterhof" gegründet, also ein bißchen von Günter Bruno Fuchs und Robert Wolfgang Schnell abgeguckt, und würden uns in drei Jahren „Reichenbacher Dichterkreis" nennen, und kurz vor meiner Verhaftung und Ausbürgerung den Zusatz „Neue Traurigkeit" anfügen.

Was uns jedoch zum Ansehen noch fehlte, waren einige große Verse sowie eigene Räumlichkeiten.

Dringlichen Charakter nahm nun jedoch der zweite Mangel an. Was sollten wir mit dem eingeladenen Mädchen tun, wohin? Sie ging sich umziehen, als vom Rausschmeißer nicht verdrängbar ein Kerl hereinbrach, der leicht betrunken und der Neffe des Cafébesitzers R. war. Sein Auftritt war sagenhaft und laut, denn es herrschte – wie schon vermutet – literarisches Klima.

Kurzes Überreden half, erleichtert noch durch die Anwesenheit des Mondes, der den ganzen Abend lang der Erde über den Schneeschopf gestrichen war, als hätte er schon damals nicht gewußt, daß er allein ist, und die Kälte ihm jede Nacht ein wenig frecher als uns das Hoftor einschlägt. Und dann kommen die Einsamen und starren hinauf, doch das Wasser ist viel zu tief.

Aber manchmal, irgendwann einmal in deinem Leben, und du

darfst diesen Tag nicht versäumen, öffnet nachts ein Café, in dem weder Wasser gepredigt noch getrunken wird, und dann solltest du Platz nehmen ohne Aufforderung und einen Kerl aus der Familie des Besitzers kennen.

Der bringt nämlich Wein, beschafft Zigarren und macht unserem Mädchen den Hof, ohne den Mond überhaupt zu kennen. Aber das fiel uns erst später auf, als wir die Zigarren unter dem Tisch austraten und den Wein in die Blumentöpfe kippten. Denn dann, ich muß es gestehen, waren wir fertig.

Und wußten, keiner, der jetzt nicht dabei war, würde es je erfahren, was das ist: schöne Traurigkeit. Und während Bubi sein letztes Gedicht nicht mehr zusammenbrachte und sich deshalb mit Hölderlin aushalf, sagte Rappe den Expressionisten allen einen unnatürlichen Tod nach, worauf Alfons Hugo Sonnenschein zitierte. Jeder vernahm jeden, auch wenn Egbert über das Erscheinungsjahr eines Trotzki-Aufsatzes grübelte, die zivile Kellnerin aufkreischte und ich mich fragte, warum Peter Hille seine Wohnung nicht fand und nur innerhalb der Wahrheit vergnügt und ruhig sein konnte. Denn am Tisch saßen alle Dichter der Welt mit uns, und das Hemingwaysche „Che ti dice la patria?" hing wie kalter Rauch in der Luft. Und keiner sagte Deutschland.

Als den Spiegeln die Kräfte wichen und sie den ständig eindringenden Morgen nicht mehr auf die Straße hinauswerfen konnten, trank die Nacht ihr Glas leer, erhob sich und trat in den Schnee.

Wir liefen ihr ein paar taumelnde Schritte nach, verloren die Spur und steuerten dem Bahnhof zu.

Die Kellnerin wollte nach Hause, die Party schien genug, aber wir zogen zur nächsten, dorthin, wo das Fest des Lebens immer blüht: zur Mitropa.

Aber es war noch zu früh.

Ich fand nun, daß es Zeit sei zu frühstücken und zu Hause bei meiner Mutter am billigsten. Alfons ging mit, ich klingelte, meine Mutter war gerade im Keller, überraschte uns also von hinten, Alfons erschrak, wünschte einen guten Abend. Es war sieben Uhr früh. Meinen Heiterkeitsausbruch unterbrach meine Mutter mit der ihr innewohnenden aphoristischen Kürze: Besoffene Sau.

Das ließ uns abdrehen und die Haustür leise schließen.

Also zu Bubi. Klingeln. Tür summt, Stufen rauf, Bodenkammer. Oben befindet sich Bubis Freundin, die er aus einem, bitteren Erfahrungen entsprungenen, Taktgefühl schon lange nicht mehr mitbrachte. Bubi macht nichts. Freundin macht Gesicht Mutter macht Krach. Wir machen uns nichts draus und gehen. Mitleid und das Lächeln des freien Mannes drücken Bubi die Hand.

Das Leben geht schon weiter und geht in die nächste Tränke mit Frühschoppen. Fragt mich einer nach Armee, fragt, ob ich Offizier sei, liest gern Kriegsromane, sagt von sich Direktor, Leutnant der Reserve, wir spielen Begeisterung, er macht schlapp nach zehn Bier, Übelkeit, Abschiedsansprache: er glaube an uns. Dann ist er weg, und uns ist übel. Che ti dice la patria?

Das geht nicht fort, das hängt in der Luft. Da muß man selbst gehen. Weil auch schon Mittag ist und der Schnee dampfend in der Sonne liegt und knirscht, wenn man auf ihn tritt.

Also Mittag im Bahnhofsrestaurant.

Essen. Einnicken. Kleines Schnarchen. Alfons fällt der Kopf zurück. Der Mund offen. Meiner geschlossen auf der Brust. Minutenschlaf, bis der Kellner gefunden und das Rentnergezeter ein offenes Ohr erhält. Leichter Nachteil der Kläger: Der Kellner kennt uns, wir schlagen die Augen auf und sagen: Hans, wer macht hier so laut?

Zeit läuft, wird schneller, und wir bleiben nicht; sondern gehen zum Markt, den eine zweistöckige Restauration ziert.

Eine Flasche Roten unterm Tisch, weil der Kellner etwas langsam ist, und Bier oben, ein oder zwei Kirschschnäpse.

Wir sitzen am Tisch bei Conny, der nur mal um die Ecke wollte, die erste Kneipe geschlossen fand, die nächsten fünf auch und nun mit Hausschuhen am Tisch sitzt, während der Schneematsch Pfützen bildet.

Conny, der sich in drei Monaten den Kopf rasieren wird, um ihn mit Wasserfarben anzumalen, einer rosa Schleife zu versehen und zum großen Faschingsball gehen wird: als Osterei.

Conny, der noch in derselben Nacht sterben wird, erfrieren in einem Gitterkäfig für Kartoffeln, in den ihn andere Faschingsgäste zum Spaß sperren werden. Conny, der alte Narr. Keiner in dieser Stadt wird sein Schreien hören, wenn er im Käfig vor dem Supermarkt erfriert. Manne, der Wirt vom „Kyffhäuser", wird seinem Sarg folgen.

Aber jetzt hat Conny nur nasse Füße und uns zu Beschützern

und kann so erfolgreich gegen seine aufkommende Grippe ankämpfen. Doch Zeit. Zeit fing an und wird aufhören. Jetzt gilt dein Leben, bis die Rechnung kommt, und Conny versteht, kennt Abschiede.

Nach Hause, wo die Traurigkeit der Mutter mit deiner aufkommenden Angst sich emporwindet.

Uniform, Mütze, Tasche. Nichts vergessen und Abschied.

Unterwegs kehre ich um, weil ich natürlich vergaß. Das Koppel. Aber die Freunde gehn weiter: Bubi schwenkt die Tasche, Rappe korrigiert den Sitz meiner Dienstmütze Richtung Nacken.

Ich renne und hole sie auf dem Bahnsteig ein; doch die Katastrophe naht in Form eines dürren Zivilisten, der aus dem Zug gestiegen ist und sich vorstellt: Militärkommando Karl-Marx-Stadt. Unglaubliches Verhalten. Jetzt ist Feierabend. Dieses Theater. Werde melden. Gibt Arrest. Die Türen schlagen, der Dürre steigt ein, ich folge und gehe im Zug in die entgegengesetzte Richtung.

Rappe läuft am anfahrenden Zug mit, reicht mir die offene Rotweinflasche, hebt den Arm, ballt die Faust: das Zeichen.

Ich rufe so laut ich kann, meinen Freunden zu, in die winkende Menge: Anarchie adieu.

Dann wird der Zug schneller, dann sitze ich regungslos und trinke nicht mehr.

Meine Freunde, ich weiß, sie stehen noch immer und winken dem Wind.

1978/82

Jetzt schneite es, und es war aus, und sie hatte ihn an diesem Abend nicht mehr zum Bahnhof gebracht.

Sie mußte jetzt für die Schule lernen. Und der menschenüberfüllte Bahnsteig schien ihm leer und ohne Trost, obwohl dies der einzige Bahnsteig der Welt war, von dem aus den Reisenden neben einer guten Fahrt je nach Anlaß „Frohe Ostern" oder „Ein gesundes Neues Jahr" gewünscht wurden.

Jetzt lernte sie für die Schule. Gestern war er hier angekommen, am Samstag mittag, eine Zahnbürste als einziges Gepäck und seine Sehnsucht nach ihr, die am Bahnsteig auf ihn wartete.

Ihr Vater hatte ihr einige Vergnüglichkeiten versprochen, eine Sommerreise, ein neues Klavier. Zu den niedrigen Preisen des Schnees. Abitur mit Auszeichnung und Schluß-Aus-Ende mit ihm. Sie hatte ihn vom Zug abgeholt vor sechsunddreißig Stunden und einige Erklärungen abgegeben. Daß es keinen Zweck hätte. Daß es keine Kraft mehr gäbe und kein Zurück. Daß sie Abitur machen müsse. Mit Auszeichnung. Zu den niedrigen Preisen des Schnees.

Als er am Sonntag in den letzten Personenzug stieg, der erst weit nach Mitternacht in G. sein würde, die Zahnbürste im Mantel, seine Sehnsucht noch ohne Tod, war sie nicht mehr gekommen, um ihm ein letztes Mal zu winken. Sie lernte für die Schule. Nur der Schnee war noch da und erinnerte an die Preise, die in dieser kleinen Stadt galten. Aber sie liebten sich, und er wußte, daß sie jetzt über ihren Schulbüchern weinte, während er mit dem letzten Zug die Stadt verließ.

Der nächste Tag war kalt, und sie mußten unter der Anleitung eines besonders verhaßten Lehrmeisters die Leitungsmasten für ein Dorf in der Nähe von G. setzen. Sie arbeiteten auf offenem Feld, die aufgeworfenen Erdschollen waren schneebedeckt, und die Sonne brach erst gegen zehn Uhr durch den dichten Nebel, in dem die Spitzen der bereits aufgerichteten Masten nicht mehr zu sehen waren. Kurz vor Mittag blieb der Kranwagen in einem Graben hängen, drehte durch und fraß sich fest. Es waren jetzt noch zwei Maste zu setzen.

Der Lehrmeister mit dem Spitznamen „Wichs", lief mit knallrotem Kopf, auf dem ein kleines Hütchen mit Feder klemmte, zum Bauwagen, in dem die Lehrlinge saßen und auf Mittag warteten.

„Jetzt müßt ihr ausschlafen, ihr Idioten, wenn ihr jetzt nicht richtig ranwichst, kriegen die hier nie Strom, am Freitag soll zugeschaltet werden; morgen Isolatoren, Mittwoch Leitung ziehen, Donnerstag spannen, Freitag Abnahme. Mittagspause heute nur zehn Minuten, alles klar?"

Sie bissen in ihre Brote. Brote, Schnitten, die feucht waren vom Kondenswasser in den Plastiktüten, und zwischen denen die Blutwurst vom Morgen lag wie blutiger Schlamm. Jeder wußte, was es hieß, zwei Masten ohne Kran aufzustellen. Flaschenzüge, kurze Holzmasten als Stütze, Seile. An einem eiskalten Wintertag wie diesem, an dem es halb vier anfangen würde, dunkel zu werden. Sie schauten auf ihre Hände und wußten Bescheid.

Die zehn Minuten waren vorbei, und sie hörten den Lehrmeister auf den Bauwagen zukommen.

„Hoch jetzt, kommt raus, jetzt wird rangewichst!"

Sie sprangen aus dem Wagen, es war gegen ein Uhr, und sie spürten, daß der Boden, der über Mittag an der Oberfläche getaut war, schon wieder anfing zu überfrieren. Die Stiefel machten ein mahlendes Geräusch, bevor sie einige Zentimeter einsanken.

Er wurde mit Ralph und Neumi zum Ziehen eingeteilt, Herrmann und Kohlaff mußten den Stützmast, über den das Seil lief, stabilisieren, während Ernst und Jacob an den ausgebohrten Mastlöchern standen, um den Gittermast beim Aufrichten zu zentrieren und später mit Erde und Zement anzustampfen.

Ralph kannte er schon aus seiner Stadt, eigentlich wollte Ralph Abitur machen, aber sein Vater war der Besitzer einer kleinen Fabrik. Sie hielten zusammen, und nur noch Neumi gehörte mit dazu, der das Abitur an der Volkshochschule beginnen wollte, aber nicht zugelassen wurde wegen seiner langen Haare, deren Schnitt auf's Haar dem von Netzer von Borussia Mönchengladbach glich. Neumi spielte bei Fortschritt Meerane als Mittelstürmer.

„Wichst jetzt ran", rief Wichs, und sie zogen aus vollen Kräften am Seil. Die Spitze des Mastes hob sich ein paar Zentimeter vom Boden ab, stieg scheinbar mühelos, Erde fiel ab und schlug stumpf auf das Feld. Der Mast drehte plötzlich, Herrmann und

Kohlaff stemmten sich gegen die Stützen, Ernst und Jacob zerrten am unteren Mastende auf das Bohrloch zu, aber je höher die Spitze des Mastes stieg, desto tiefer drückte sich das Ende in den Boden ein, ohne dem Mastloch näher zu kommen. Sie legten sich mit den Schultern ins Seil, der Stützmast knirschte unter dem Druck der Last, Wichs zerrte am Mastende und rief rhythmisch: „Wichst ran, sonst übernachtet ihr hier!"

„Haben Sie ihr ein Buch geliehen, das ‚Abschied von den Eltern‘ hieß. Ja oder nein!"

„Wieder ablassen", rief Wichs. Das Mastende war jetzt rettungslos im gefrorenen Boden versunken. „In fünf Minuten steht der Mast! Oder ich werde zum Schwein, das könnt ihr erleben!"

„In fünf Minuten", sagte der Direktor der Schule, Reservist Major Übel. Es war Tag der Volksarmee, das Klingeln zur großen Pause gerade verklungen, und der Direktor trug Uniform. „Für die Schule sind sie untragbar geworden. Hätten sie lieber Gorki gelesen und ihre Mathematiknote verbessert. Aber das wird ihnen vielleicht noch klar werden, dort wohin sie jetzt gehen. Und um es deutlich zu sagen: Mit ihrer Freundin, das geht jetzt natürlich auch nicht mehr, sie hat von der Schule die Auflage erhalten, sich von Ihnen zu trennen. Ist das klar? Sollten Sie versuchen, weiterhin Kontakt zu ihr zu halten, werden wir und ihr Vater uns etwas einfallen lassen. Internat an der Ostsee, oder polnische Grenze, aber Sie, na, das werden Sie dann schon sehen. Da hätten Sie sich eine andere suchen müssen, eine, deren Vater nicht Staatsanwalt ist."

„Ich verstehe", sagte der Schüler und wollte jetzt witzig sein, „Land für Land, Staat und Schule Hand in Hand."

„Lassen Sie Ihre poetische Begabung stecken, Ihre Gedichte haben wir den Sicherheitsorganen übergeben. Es war nicht schwer, sie im Schreibtisch Ihrer gewesenen Freundin aufzustöbern, Sie Langhaar-Schiller …"

„Die besorgten Väter …", sagte der Schüler.

„Werden Sie nicht noch frech, sonst passiert was", sagte Major Direktor Übel, „das wird Ihnen in der Produktion schon klar werden, wie's bei uns läuft. Ich teile Ihnen also offiziell mit, daß Sie laut Ministerbeschluß von allen Erweiterten Oberschulen des Landes relegiert sind. Sie packen jetzt Ihre Sachen, das Betreten des Schulgeländes ist Ihnen ab zehn Uhr verboten", er schaute auf seine Armbanduhr, „es ist jetzt neunuhrdreiundfünfzig.

Lassen Sie es sich nicht einfallen, sich von Ihrer Freundin auf dem Schulhof zu verabschieden, Ihr Klassenlehrer wartet vor der Tür und wird Sie zum Vorderausgang bringen. Die Produktion wird Ihnen guttun, beeilen Sie sich, Sie haben noch fünf Minuten, wenn Sie dann nicht weg sind, nimmt sich gern der Staatsanwalt Ihrer an, und zwar sehr gern, das verspreche ich Ihnen."

„In fünf Minuten", schrie Wichs, „steht der Mast, oder ihr könnt hier Wurzeln schlagen. Ablassen habe ich gesagt! Wichst ran. Langsam, langsam, halt, halt habe ich gesagt!"

Ernst und Jacob bekamen das untere Mastende frei, Wichs sprang hinzu, stieß einen Balken als Hebel unter den Mast, der jetzt lautlos und langsam durch die oberen Zentimeter des gefrorenen Erdreichs kroch, dann schneller wurde und plötzlich ins Erdloch kippte, während den Lehrlingen das Seil durch die Finger brannte und sie nach oben gerissen wurden. Wenn schon kein Abitur, dann was mit Elektrik, haben ihre Eltern gedacht. Dann ist Martin im Sommer mit dem Besen an eine Sammelschiene gekommen und verschmort. Er paßte in einen Kindersarg. Im zweiten Lehrjahr Holger. Von einem Mast erschlagen, der unten angefault war. Das Steigeisen im Bauch. Wenn schon nicht Abitur. Und nicht wie in alten Zeiten. Zum Bierholen wurde keiner geschickt. Sie hoben Kabelgräben aus und kochten Teer und machten Feuer im Bauwagen. Wenn schon nicht Abitur, dann was mit Elektrik. Dann die Drecksarbeit. Pro Überstunde eine Mark.

„Und jetzt noch einmal das Ganze", rief Wichs und kratzte sich am Kopf. Es war jetzt viertel vor vier und völlig dunkel. Wichs warf das Diesel-Aggregat an und stellte zwei Lampen auf, während Ernst und Jacob die Erde im ersten Mastloch anstampften. Der zweite Mast war gegen 18 Uhr gesetzt.

Er war jetzt vollkommen durchgeschwitzt und ging hinüber zum ersten Mastloch, um seinen Schal zu suchen, den er sich beim Seilziehen vom Hals gerissen hatte. Er hob ihn auf und wollte hinüber zum Lastwagen auf der Straße gehen, als hinter ihm etwas aufschlug. Er sah den halbmetergroßen, zersplitterten Isolator, der etwa zehn Zentimeter in die gefrorene Erde eingedrungen war.

„Idioten", schrie Wichs, „hab ich euch nicht gesagt, ihr sollt die alten Isolatoren von den Traversen abschrauben, ihr wollt mich wohl in den Knast bringen, los, rüber zum Auto!"

41

Er zog seinen Schal fester, stieg auf die Plattform des Wagens, setzte sich direkt an die Hinterplanke und ließ, nachdem er sich eine Zigarette angezündet hatte, seinen linken Arm über die Planke herabhängen. Die anderen kamen heran, Wichs schrie „Abfahrt" und startete den Wagen durch.

Der Wind kippte die Asche von der Zigarette, die Nacht war jetzt vollkommen klar, es war Januar und der helle Stern dort am Himmel mußte die Venus sein. Er spürte, wie seine Hände zu zittern aufhörten.

Gegen 19.30 Uhr kamen sie im Wohnheim an, die Tische im Speisesaal waren bereits abgewischt und für morgen zum Frühstück eingedeckt. Wichs ging in die Küche, stritt eine Weile laut mit den Küchenfrauen, die schon im Straßenmantel waren, und erschien dann mit Gönnermiene, servierte eine Wurstplatte, Butter und zwei Brote, während seine Stiefel kleine Erdhaufen auf dem gescheuerten Parkett hinterließen. „Eßt jetzt mal richtig, Jungs."

Nach dem Essen gingen sie auf die Viermannzimmer, der Heimleiter stand im Gang und rief: „Wo gibt's denn sowas, wollt ihr euch einen Verweis einhandeln, runter mit den Stiefeln! Und Sie können sich gleich ein Paket bei mir abholen, von Ihrer Mutter. Wo kommt ihr eigentlich so spät her, heute ist Montag, da ist organisierte Freizeit …"

„Ja, klar", sagte Neumi, „Vorbeugen und Erkennen".

„Richtig, Herr Neumann. Von Geschlechtskrankheiten. Das kann Ihnen zum Beispiel überhaupt nichts schaden, bei Ihrer Korrespondenz, Sie Torjäger."

„Gelobt sei die Geilheit von Wichs", sagte Ralph leise, „keine Dreimeterfotzen auf Leinwand nach dem Abendbrot, gelobt sei Wichs." Er klopfte Ralph auf die Schulter, unterdrückte einen Lachanfall, ging am Heimleiter vorbei mit abgewandtem Gesicht, zog seine Stiefel in einem Raum der Etage aus, ging zurück, klopfte an der Tür der Heimleitung in Socken. Er mußte sein Paket öffnen, den Inhalt, Schokolade, Stiefelsohlen, Kuchen, ein Buch, eine Flasche Haarwäsche herausnehmen und vor dem Heimleiter auf den Tisch legen.

„Öffnen Sie mal die Flasche".

Er drehte den Verschluß der braunen Halbliterflasche herunter, der Heimleiter roch an der Öffnung und sagte etwas enttäuscht: „Kein Alkohol."

„Nein", sagte er, „kein Alkohol. Haarwäsche, ein altes Familien-rezept."

„Gut", sagte der Heimleiter, „Sie können einpacken und Duschen gehen. Ach, übrigens, das Buch, was ist das?"

Der Lehrling nahm das Buch wieder aus dem Karton und las: „Die toten Seelen".

„Von wem?"

„Gogol", sagte er, ohne auf das Buch zu blicken.

„Gut", sagte der Heimleiter, „Sie lesen wohl viel, was?"

„Es geht", sagte er.

„Aber mit dem Gedichteschreiben, da langt wohl die Zeit nicht mehr so ganz, wie?"

„Woher wissen Sie", fragte er, jetzt ein wenig nervös.

Der Heimleiter grinste beinahe väterlich und sagte: „Gehen Sie Duschen, damit Sie rechtzeitig ins Bett kommen. Um zehn ist Nachtruhe."

Er lief ins Zimmer, schob den Karton auf sein Bett, zog sich um, nahm Handtuch und Seife aus dem Schrank und wollte schon auf den Gang laufen, als ihm plötzlich die braune Flasche im Pa-ket einfiel. Haarwäsche, ein altes Hausrezept seiner Großmutter. Er nahm die Flasche aus dem Karton, warf die Tür hinter sich zu, lief die Treppe hinab zum Keller in den Duschraum.

Die anderen Lehrlinge der Brigade standen schon unter den Duschen, jeweils zu zweit, nur Ralph stand mit geschlossenen Augen unter einer allein.

Er zog sich aus, nahm Seife und Haarwäsche mit unter die Dusche, tippte Ralph an der Schulter an, Ralph ging einen Schritt zurück und lehnte sich an die Kacheln, blieb so aber noch immer im Bereich des Wasserkegels.

„Und ich wußte noch nicht, daß ich in meinem Leben im-mer wieder das Maß der Freiheit würde ablesen müssen an der Zahl der Menschen, mit denen man mich zwang, eine Dusche zu teilen."

„Wer hat das gesagt?"

„Ich, eben jetzt", sagte Ralph.

Er sah Ralph an, seifte sich ein, stellte sich wieder unter die Dusche, sah wie Ralph langsam nach unten glitt, an der Kachel-wand entlang, bis auf den gelben schmierigen Fliesenboden. Noch immer hielt Ralph die Augen geschlossen.

Er drehte den Verschluß seiner braunen Flasche auf, goß sich ein wenig der braunen, zähen Flüssigkeit auf den Handteller und strich sie in sein Haar. Es war der Geruch mit dem Namen: zu Hause. So hatte es immer gerochen an allen Badefreitagen seiner Kindheit. Und später hatten sie und er so gerochen, als sie zusammen geduscht hatten, an jenem Abend, als sie das erste Mal zu ihm gekommen war. In seiner Erinnerung sah er ihren sommerbraunen Körper von damals, mit den weißen Streifen, die die Badetextilien hinterlassen hatten. Er hörte ihre kleinen winzigen Schreie, als sie sich liebten und schmeckte die kalte Milch wieder in seinem Mund, die sie aus dem Kühlschrank geholt hatte, um ihm davon zu trinken zu geben, während ihre Hände das Glas hielten. Und wie sie mit ängstlicher Stimme sagte: Hoffentlich ist das gut gegangen; und sie meinte, daß sie beten würde, darum nicht schwanger zu sein. Daß ihr Vater nichts erfahren würde von dieser ersten Nacht, denn sie war die Tochter des Staatsanwaltes dieser Stadt, und ihr Vater hatte die Macht, sie in das hinterste Kaff des Landes zu verbannen, sollte sie noch immer den lieben, den sie liebte. Sie lag neben ihm unter dem Licht der Hoflampe, die durch das Fenster schien, und ihre Hände waren über ihrer Brust gefaltet und beteten, und er wußte, daß sie jetzt an ihren Vater dachte, vor dem sie selbst ihre Gebete für den, den sie liebte, geheimhalten mußte. Jetzt, wo er von der Schule geflogen war. Alles wird gut werden, sagte sie, und eine andere Stimme sagte: „Gib mir auch davon." Und es war Ralphs Stimme, und er schlug die Augen auf, die jetzt nicht brannten, denn das war das Geheimnis dieser braunen Flasche, daß aus ihr die Träume aufstiegen ohne Schmerz, und er sah Ralph, der jetzt vor ihm stand und ihm seinen Handteller entgegenhielt und sah die anderen unter den Duschen stehen und wußte, er war hier in diesem Wohnheim, und im dritten Stock warteten das Viermannzimmer und die Nachtruhe auf ihn. Und sie war dort in dieser anderen Stadt, zu der er „meine Heimatstadt" sagte, wo er zu Hause war, dort, wo sie jetzt Abitur machen würde und ihr Vater Staatsanwalt war, und von wo aus sie nun ungehindert aufbrechen konnte nach Leipzig oder Halle, um doch Ärztin zu werden, weil sie dann doch vernünftig gewesen war, wie er vernünftig gewesen ist und jetzt unter dieser Dusche stand, mit dieser braunen Flasche in der Hand, um zu erfahren, was es hieß, in die Produktion zu gehen, wo schon mancher vernünftig geworden ist.

Er lag im Bett, Neumi schlief schon, es war viertel vor zehn, der Heimfunklautsprecher, den man nicht abstellen konnte und nicht leiser drehen, wünschte eine gute Nacht.

Er schlug das Buch auf, das seine Mutter ihm geschickt hatte, las: „Titel des russischen Originals: mörtwie duschi …"

„Nach dem nächsten Lied wird das Licht gelöscht, der Heimfunk meldet sich wieder um fünfuhrdreißig. Gute Nacht, Jugendfreunde."

Er schlug das Buch in der Mitte auf, eine beliebige Seite, las: „Es gibt dort nur einen einzigen anständigen Menschen, und das ist der Staatsanwalt, aber auch der ist, die Wahrheit zu sagen, ein Schwein."

„Wie ein Stern in einer Sommernacht, ist die Liebe, wenn sie strahlend erwacht." Der Lautsprecher verstummte, der Heimleiter kam ins Zimmer, sagte: „Gute Nacht, Jungs, morgen ist wieder ein harter Tag, schlaft jetzt."

Er löschte das Licht der Neonlampe, deren Röhren in der Dunkelheit noch einige Sekunden nachglommen wie Schnee.

1985

ABTEILE

Sebastian steht am Baum mit Seil gebunden und blutet.

Der Hintergrund hell, Neubauten, florentinische Renaissance oder Roms schöne Paläste.

Schöne Zeit, Sonne hat jedes Haus, jede Wohnung. Helle Zeit. Kirchen und selbst die kleinen Häuser mit Türmen, wie Hände, die nach dem Licht greifen.

Sebastian steht am Baum und blutet. Mit Seil gebunden.

Vom langen Hinuntersehen werden die Arme der Damen müde. Man bringt einen Teppich und legt ihn auf die Brüstung des Balkons. Nun haben die Damen es bequemer beim Hinausschauen, vermögen auch leichter zu grüßen, wenn einer dort unten vorbeigeht am Baum.

Am Baum gebunden mit Seil, blutet Sebastian.

Uns sind die Hände gebunden, sagen die Damen, selbst wenn Sebastian schön wäre, wie könnten wir ihm helfen.

Die Treppen ins Freie sind versperrt von den Blicken der Nachbarn, die Wege der Freiheit sind gesäumt von den Umwegen unserer Lebensläufe. Das ist der Preis, den keiner bezahlen will.

Wie könnten wir Sebastian die Pfeile aus dem Fleisch ziehen. Er finge zu schreien an.

Wir haben nichts gehört, als wir schliefen. Vor dem Morgen schossen sie ihm die Pfeile in Brust und Schenkel.

Er hat nicht gerufen.

1984

Bloß nicht in den Keller. Er war. Er hat erzählt. Mit den Fingern der Wand. Die Wand mir. A: ein Schlag. Z: sechsundzwanzig Schläge. Im Keller. Geschlagen haben sie ohne Zeugen. Die oberen Etagen vergitterte Ebenen.

Keiner stürzt vor der Zeit.

Was ist das für ein Tuch am Treppengeländer, fragten wir, als die schreiende Frau leiser wurde. Die Gänge roter Teppich. Dieser Staat – unser Staat. Das sein Empfang. Willkommen zu ebener Erde. Die Schiebetür zum Keller. Ein Spalt Licht. Einen haben sie. Die oben sind, atmen auf und sagen es weiter.

Die Finger der Wand. Die Wand mir. Ein Ohr. Das andere ihnen. Die Hände waschen, wenn einer guckt. Das Maul nicht verbrennen. Leise ausspucken die Unschuld.

Linoleum. Das komische Wort. Sechs Wände. Sechs Wände aus Linoleum. Du trommelst und schreist, bis dir einfällt, wo oben und unten, was Wand ist. Ehe die einfällt. Ehe dir einfällt, welchen Gesetzen du unterliegst. Am Boden. Wenn du am Boden bist. Staatsverleumdung und Schwerkraft. Das sind unsere Grundlagen. Axiom eins: Wo ein Körper ist, kann kein zweiter sein. Ein Essay. Zwei Decken im Winter. Newton in Einzelhaft. Wir dulden keine Experimente. Sonntags einen Apfel.

Draht vor der Neonröhre. Die Plastikmesser entschärft. Das Licht in Würfeln. Nun friß. Bruder zum Lichte empor.

1981

Was wollen Sie? Ich kann Ihnen nichts erzählen. Ich bin ein alter Mann. Nächsten Monat zweiundsechzig. Ich bin aus Leipzig, lebte dort, bis sie mich holten. Terror, sagten sie an der Wohnungstür. Sieben Mann im September, früh um sechs.

Mit Handschellen mußte ich über den Hof gehen, die Nachbarn standen hinter den Gardinen. Die Schreibmaschine wurde beschlagnahmt, aber sie gehört meinem Sohn. Einer trug sie unter dem Arm, und die Nachbarn sahen alles. Vater, hilf mir, hat er gerufen, als sie ihn die Treppe zum Militärgericht hinaufführten, und drehte sich nach mir um. Ich durfte nicht mitkommen und saß drei Stunden auf der untersten Stufe. Als oben die Tür aufging, wollte ich schnell aufspringen, aber mein Mantel war am Stein festgefroren und zerriß.

Ich wollte zu ihm, aber sie drängten mich weg und stießen ihn vorwärts. Immer noch denke ich, daß es etwas anderes war, was zerrissen ist, als oben die Tür aufging. Ein Jahr, rief er, Vater, ein Jahr. Dann stießen sie ihn in ein Auto. Ich weiß nicht, ob Sie sowas schon mal gesehen haben? Da sind keine Fenster, und immer dachte ich, das sind Kühlwagen für Fleisch. Nie habe ich mir was gedacht, wenn ich sie durch die Stadt fahren sah, aber das ist vielleicht auch mein Alter, da wird man ein bißchen träge, so mit dem Kopf, wissen Sie, Vater, hilf mir, hat er gerufen und später: Ein Jahr, Vater, ein Jahr. Natürlich wollte ich ihm helfen, aber was weiß ich schon vom Gesetz. Ich arbeite in einer Bekleidungsfabrik. Meine Kollegen waren gut zu mir und klopften mir auf die Schulter, einige fingen plötzlich wieder an, mich sonntags zu besuchen, oder fragten, ob ich nach der Schicht noch auf ein Bier mitkommen würde. Und früh, immer wenn ich in den Umkleideraum kam, stand auf meinem Platz eine Tasse Kaffee. Das muß die Kollegin Eisner gewesen sein, und einer hat immer eine Zigarre danebengelegt, immer eine Dreißiger. Glauben Sie mir, da habe ich manchmal ganz schön zu tun gehabt, nicht zu zittern, so aufgeregt war ich. Ganz schwindlig wurde mir, wenn ich die Zigarre anrauchte. Die Kollegen haben es gesehen und begannen, in ihren Werkzeugkästen zu kramen. Und dann, eines Tages, lag unter der Tasse ein Zettel mit der Adresse eines

Rechtsanwalts. „Arbeitet für die Kirche. Hat schon manchen raus-geholt. Viel Glück, Karl, für deinen Sohn." Keine Unterschrift. Nach der Arbeit habe ich dann beim Rechtsanwalt angerufen, er war aber nicht da, und seine Sekretärin fragte mich, ob ich nicht vormittags vorbeikommen könnte.

Ja, sagte ich, ich komme schon morgen.

Danach rief ich meinen Abteilungsleiter zu Hause an, es war schon um sieben, vielleicht war er deshalb ein bißchen sauer auf mich, denn er wollte mir unter keinen Umständen morgen vormittag eine Stunde freigeben. Vorzeitige Entlassung, das ist kein Weg, ihren Sohn zur Vernunft zu bringen, sagte er immer wieder. Sie kennen ihn doch gar nicht, bat ich. Ich bin informiert worden, sagte er. Erst als ich ihm erzählte, daß ich in diesem Mo-nat schon 46 Überstunden habe... Ach so ja, das wissen Sie ja nicht. Am Wochenende heizte ich manchmal die Werkhalle und die Bürozimmer, damit nichts einfror, als voriges Jahr der stren-ge Winter war. Wo wollte ich jetzt hin... Ach ja, daß ich also noch 46 Überstunden hätte, sagte ich ihm, und er gab nach, mei-netwegen, morgen zwischen zehn und elf können Sie eine Stunde absetzen, damit verlieren Sie aber auch die Überstundenprozente, immerhin fünfundzwanzig. Vielen Dank, sagte ich. Wiederhören, sagte er, und gehen Sie jetzt nach Hause, es ist Zeit. Wiederhö-ren. Vielen Dank.

Ich schlief ruhig, bis der Wecker klingelte. Fünf vor zehn ging ich in den Umkleideraum, die Kollegin Eisner fragte mich, ob ich vorher einen Kaffee trinken möchte, aber ich sagte ihr, daß ich es eilig hätte. Viertel nach zehn stand ich vor der Tür des Rechtsan-walts. Ich erzählte ihm alles, und er versprach mir, daß er ein Gnadengesuch aufsetzen und mir dann zuschicken wolle. Punkt elf stand ich umgezogen wieder an meinem Automaten. In der Mittagspause sah ich, wie mich der Abteilungsleiter durch den Spalt seiner geöffneten Tür beobachtete, als ich in den Umklei-deraum ging, um mir die Hände zu waschen.

Eine Woche danach lag hinter meiner Wohnungstür ein Brief. Wieder war ich ganz aufgeregt, bis ich merkte, daß er nicht vom Anwalt war. Wissen Sie, noch vor einem halben Jahr kannte ich diesen Brief fast auswendig, aber hier ist alles sehr fern gewor-den, und ich habe vergessen, was genau drin stand. Verstehen Sie, jetzt werde ich bald zweiundsechzig, und hier haben sie mich eingeteilt, die Mauern mit weißer Farbe anzustreichen. Mich haben sie genommen, weil ich ein steifes Bein habe. Weglaufen kann ich gar nicht. Jeden Früh wird der Signaldraht an dieser Stelle für einen Moment unterbrochen und das Hundelaufgitter verschoben, so daß ein Abschnitt entsteht, etwa zehn Meter lang, in dem wir arbeiten und die Vier-Meter-Mauer weiß anstreichen. Von innen natürlich. Das ist deshalb, damit sich eine Gestalt bei Nacht besser von der Mauer abhebt und die Posten besser zielen können. Die Häftlinge haben gelbe Streifen auf Rücken und Ärmeln, aber das scheint nicht zu reichen.

Deshalb tragen die Posten Karabiner. Das ist besser für Einzelziele, Treffgenauigkeit, verstehen Sie. Besser als Maschinenpistolen. Das weiß ich aus dem Krieg. Aber ich bin auch schon wieder abgekommen. Ja, der Brief. Der war von einem Freund meines Sohnes. Durch ihn erfuhr ich, warum sie meinen Sohn überhaupt vor das Militärgericht gebracht hatten. In Gedanken verdammte ich später manchmal diesen Brief, und dann, am nächsten Tag, steckte ich ihn wieder in die linke Seitentasche meines Mantels, um ihn immer bei mir zu haben. Das finden Sie vielleicht sentimental, aber wenn man so allein ist, doch lassen wir das besser... Also, wie ich schon sagte, durch diesen Brief erfuhr ich, was ich bis dahin nicht wußte. Der Freund, der mir schrieb, war aus diesem Lager entlassen worden, in dem auch mein Sohn einsitzt, und den er dort getroffen hat. Der war jetzt also raus und mußte nun noch die restlichen Monate bei der „Volksarmee" abdienen und zusätzlich die, die er im Straflager verbracht hatte. Das war schlimm für ihn, aber er war froh, wieder bei der normalen Truppe zu sein. Urlaub, Ausgang und Post, Sie verstehen. Und ein ganz besonderes Glück war es, daß er in das Regiment versetzt wurde, in dem mein Sohn vorher diente, bis sie ihn ins Lager steckten.

Der Freund wußte also die Geschichte meines Sohnes, klar, die hat meiner ihm im Lager erzählt. Den Rest erfuhr er jetzt von den anderen Soldaten, die meinen Sohn noch gekannt hatten, als er noch in ihrer Truppe war. Ja, natürlich, ich komme gleich zur Sache. Sofort. Durch den Brief kriegte ich jetzt endlich mit, was mein Sohn überhaupt angestellt hatte, warum er dann ein Jahr Straflager bekam. Das war im Ausgang passiert. In der Kneipe, ich hätte es mir denken können. Ein Offizier kam an den Tisch, wo meiner mit einem Mädchen saß und Wein trank. Der Offizier war schon voll, ging das Mädchen an, nannte meinen Sohn einen dreckigen Muschkoten. Sie schlug ihm ins Gesicht, der Offizier wollte zurückschlagen, meiner schmiß ihn vom Stuhl, die Kneipe wieherte vor Lachen, ein Arbeiter von der Schneeberäumung hob den Offizier vom Boden auf, führte ihn behutsam zur Tür und gab ihm einen Fußtritt. Großes Fest. Verzeihen Sie, wenn ich das lustig finde. Der Wirt stellte die Musik lauter, einer mit Wattejacke schmiß eine Runde. Meiner tanzte schon wieder mit seinem Mädchen zur Radiomusik, als die Streife kam.

Sie wollten ihn mitnehmen. Er hat sein Mädchen geküßt und wollte sich anziehen. Die Gäste redeten auf die Streife ein, der Offizier sei schuld, er habe provoziert. Plötzlich fuchtelt der Streifenführer mit seiner Pistole in der Luft umher, ein Gast schreit, wieso er mit eingeschobenem Magazin in die Kneipe käme, das sei verboten, das wüßte er, er hätte auch gedient, und gießt ihm ein Bier über den Kopf. Der Streifenführer drückt ab. Von der Decke rieselt der Putz. Totenstille. Das Ende vom Lied war kurz. Aufwiegelung, Beleidigung von Offizieren der „Volksarmee". In der Öffentlichkeit. Ein Jahr Lager. Eine milde Strafe, angesichts seiner bisherigen Führung, sagte der Kompaniechef beim Appell. Nun, wissen Sie, das stand auch in diesem Brief. Aber das hätte mich noch nicht so sehr erschüttert. Ein dummer Zufall, ein Irrtum, hätte ich gesagt, und weiter auf eine Nachricht vom Rechtsanwalt gewartet. Vielleicht hätte ein Gnadengesuch Erfolg gehabt.

Aber ein Brief lag hinter der Tür, ein Brief von einem Freund meines Sohnes, und hat mein Leben verändert. Ich las ihn zu Ende, und alles nahm seinen Lauf. Keinem muß ich Rechenschaft ablegen darüber, was dann passiert ist. Das geht nur meinen Sohn und mich an.

Ganz nebenbei, so schien es mir jedenfalls, schrieb der Freund über das Lager. Um vier mußten wir aufstehen, zwölf Stunden Arbeit, danach bis abends um acht Ordnungsübungen. Und das war es. Ordnungsübungen, stand in diesem Brief, und plötzlich war ich von meinem Sohn nicht mehr getrennt, so als wäre ich nie einsam gewesen all diese Jahre und wieder jung genug, um jeder Beleidigung antworten zu können, jung wie mein Sohn. Ich fand mich zurückversetzt in die Zeit des Krieges, war achtzehn Jahre und Soldat in Polen. Ordnungsübungen war ab jetzt das verbindende Wort, das meinen Sohn und mich aus der Masse all derer herausriß, die einsam sind und schweigen. Ordnungsübun-

gen: Links schwenkt Marsch. Auf der Stelle. Nach rechts wegge-
treten. In Marschordnung angetreten. Von vier Uhr nachmittags
bis zur Nachtruhe. Aber eines Tages kam ein Offizier gerannt,
was eine Besonderheit darstellte, wissen Sie, schickte jeden
Fünften aus der Reihe, ließ antreten und führte uns in die Waf-
fenkammer.

Jeder 150 Schuß, Partisaneneinsatz.

Partisanen waren zwei Bauern, die wir 10 Kilometer vom Objekt
in einer abgebrannten Scheune rauchend antrafen. Schützenkette.
Standrecht. Peloton in einer Reihe. Wir waren zehn. Ich schoß
nicht. Ein Kolbenschlag. Im Dunkeln wischte ich Blut vom Gesicht und rieb es an die nassen Wände des Kellers. Militärgericht.
Todesurteil. Hitler hat begnadigt. Das berühmte Strafbataillon.

Ich war achtzehn Jahre. Als ich wieder nach Hause kam,
brannte Leipzig, und mein Bein war steif. Dann gings nach Sibirien.

Ordnungsübungen ließen mich drei Briefe schreiben, einen an
den Generalsekretär, einen an den Militärstaatsanwalt, einen an
den Lagerkommandanten, dessen Adresse nicht erhältlich war, so
daß der dritte Brief als erster, noch vor den beiden anderen, beim
Staatssicherheitsdienst einging. Seitdem bin ich hier und streiche
hinter den Drahtsperren die Mauer weiß.

Ach so, ja, der Inhalt der Briefe. War immer der gleiche.

Feuer werde ich legen, wenn ihr nicht aufhört mit Ordnungsübungen.

Partisanen. Die rauchen. Wenn Sie wissen, was ich meine.

1981

Ich suche. Ich suche und werde finden. Noch suche ich. Und gehe in der Wohnung umher. Immer schaffen die Kinder alles fort. Der Kugelschreiber zum Beispiel fehlt jedes Mal genau dann, wenn ich einen Einfall habe oder vielleicht jemand anruft, dessen Adresse ich aufschreiben will.

Dann fehlt mir Feuer, und ich erinnere mich, wie die größere Tochter vor ein paar Minuten, als ich in der Küche war, „Stäbchen" gerufen hat und mit einem Lachanfall aus dem Zimmer stürzte, in der Küche von der Kleineren begeistert empfangen wurde.

Da stehe ich auf, suche und finde sogleich in der Spielzeugkiste die Schachtel mit den viereckigen, bunten Holzstäbchen und tausche sie nach einigen Verhandlungen, die mich ein Eis und eine Handvoll Bonbons kosten, gegen meine Zündhölzer ein.

Dann setze ich mich wieder, nehme ein Streichholz aus der Schachtel, reibe es an: Zischend schlägt die Flamme aus dem Schwefel. Paß doch auf, sagt er, du verbrennst dich noch.

Ich habe mir schon das Maul verbrannt, sage ich, auf die Finger kommt es jetzt auch nicht mehr an.

Das redest du nur so hin, sagt er, da denkst du dir nichts dabei, das weiß ich, wenn du so etwas sagst. Ich kann das aber nicht mehr hören, weil ich jedes Mal an die Sonne denken muß. Vielleicht überhaupt an den Sommer, an die Hitze und an Gras, oder glaubst du jetzt auch, daß ich langsam spinne? Aber damals war ein sonniger Tag... Juli oder August, ich weiß es nicht mehr. Woher er das Benzin hatte, weiß ich bis heute nicht.

Wir liefen alle hier auf dem Freihof umher, es war alles wie jetzt, in der Sommerhitze wirbelte der Staub unter jedem Schritt, paarweise oder zu dritt gingen wir im Kreis hintereinander. Wenn nur ein bißchen Gras dagestanden hätte oder eine Blume. Doch das ist ihr Programm, einmal in der Woche reißen sie jeden Sproß aus dem Boden, damit die Wüste vollkommen wird. Wüste, überall. Manchmal denke ich noch an den Garten meiner Großmutter, die Stachelbeerbüsche, das Gras kniehoch, daß man sich richtig darin verstecken konnte.

Damals an diesem Tag ist plötzlich einer aus dem Kreis

getreten und dann in aller Ruhe ganz langsam ein paar Meter zur Mauer rüber gegangen. Die Uniformierten haben ihn nicht bemerkt. Dann stand er allein vor der weißen Mauer, da haben wir noch nichts gesehen, es war, als würdest du am Meer im Sand sitzen und dir ein Streichholz anzünden, und alles um dich herum ist nur weiß und voll Sonne, und du siehst die Flamme vom Zündholz kaum, und mit einem Mal kommt ein kleines Lüftchen auf, und am Rauch merkst du plötzlich, daß das Zündholz schon brennt. So stand er einige Sekunden vor dieser Mauer, und keiner hat die Flamme gesehen, erst als er zu rennen anfing, bemerkten wir den Rauchfaden und dann auch die Flamme.

Er rannte eine ganze Runde und schrie, wie, das kann ich dir nicht beschreiben, er schien wie gebannt auf ein Ziel loszurennen, als wollte er unbedingt diesen Kreis schließen, dort erst anhalten, von wo er ausgegangen war, einmal um alles herumkommen, weil sie ihm die Erde nicht ließen, schien er für sich diesen Gefängnishof gewählt zu haben, wollte den grausamen Boden wohl ganz ausleuchten mit seiner Fackel, bis in die letzte Ecke gelangen auf der Suche nach einem Grashalm, oder vielleicht Gott selbst zeigen, daß es dort zuende war mit seinem Reich.

Ich weiß fast nichts mehr, war wie gelähmt, es hat stattgefunden für jeden von uns und geschah am hellichten Tag.

Er kam dann wieder an die Stelle vor der Mauer, taumelte ein wenig, und wir stürzten uns wie erlöst mit unseren Jacken auf ihn, als wären alle Kräfte in uns auferstanden, aller Tod zuende, um das Feuer endlich auszuschlagen, während die Schließer durch die von außen geöffnete Tür vom Hof liefen.

Dann waren wir unter uns, mit den Schreien, dem Körper, der am Boden lag und sich krümmte.

Einer war Arzt und riß ihm die öligen Kleidungsfetzen herunter, die nicht verbrannt waren. Wir sahen die freiliegenden Knochen, das Fleisch, das sich wie eine Krause bis zum Hals gerollt hatte. Jetzt begannen einige von uns zu rufen, ich sah, wie sie ihre Gesichter schreiend in den Sand des Hofes drückten.

Nach einer halben Stunde ging die Tür für einen Moment auf, und ein Schließer warf zwei Decken in den Hof und trat dann mit seinem Fuß die Tür wieder zu.

Da erst bemerkten wir, daß er zu schreien aufgehört hatte, und ein Geruch, wie soll ich das sagen, so denke ich mir die Hölle, zog über den Friedhof dieses Gefängnisses.

Als die Tür wieder aufging und drei oder vier Uniformierte mit Maschinenpistolen auf den Hof liefen und uns am hinteren Ende vor der Mauer zusammentrieben, ging alles sehr schnell. Sie deckten ihn zu und trugen ihn auf einer Bahre hinaus. Bis heute weiß keiner, ob er tot ist.

Die Zeugen, alle die, die auf dem Hof waren oder es von den Zellenfenstern hatten sehen können, wurden voneinander getrennt und in andere Gefängnisse gebracht. Das war vor zwei Jahren, nur ich, weil sie mich als Koch brauchen, bin hier geblieben.

Nun weißt du alles von dieser Wüste hier, ich habe es noch nie einem erzählt, weil es nichts einbringt, wer glaubt einem das schon, und jetzt schau mal, gleich wird die Freistunde vorbei sein, laß uns noch eine rauchen.

Ich nehme eine Zigarette aus der Schachtel, die er mir hinhält, stecke sie zwischen die Lippen, greife in meine Tasche, ich suche und habe gefunden, dann nehme ich ein Streichholz aus der Schachtel, reibe es an: Zischend schlägt die Flamme aus dem Schwefel. Ich gebe ihm Feuer und warte noch lange. Da verbrenne ich mich. Das verkohlte Holzstäbchen knistert, krümmt sich und hinterläßt zwei rötliche Flecken an meinen Fingerspitzen, die anfangen zu schmerzen, nachdem ich das Stäbchen unter den Schreibtisch fallen ließ.

1982

Szenen aus Thüringen

für Toni Weber

1

Wie man eine Schlinge dreht. Eine richtige natürlich, geflochten,
mit festem Schaft, wie in Filmen. Er hat es mir gezeigt.
Dann habe ich ihn erschlagen und aufgehängt.

2

Beim Besuch fragte mich meine Mutter, wie das war, als sie mich
von Jena nach Erfurt gefahren haben. Ob ich den Ettersberg
sah, Buchenwald, das Konzentrationslager mit Mahnmal und
Turm.

3

Sie hieß Sylvie und saß drei Bänke hinter mir. Gleich beim ersten
Mal, als ich in die Klasse kam, habe ich mich in sie verliebt. Zuerst die Augen. Das hatte ich noch nie gesehen, die konnten ihre
Farbe wechseln, wenn ich sie angesehen habe, von dunkelbraun
bis hellblau, und immer fingen sie zu glänzen an; ich mußte mich
nur umdrehen.

4

Einmal fiel Sport aus, und wir trafen uns zufällig allein auf dem
Flur. Durch die geschlossenen Türen der anderen Klassen dran-
gen die Erklärungen des Universums, während Kolbich mit der
Dritten die Nationalhymne einstudierte.
Da drückte ich sie gegen die Mäntel der Flurgarderobe und schob
ihren Rock hoch. Sie hat meine Hände weggedrückt und den
Mund aufgemacht, und versuchte, ihre Zunge in meinen Mund zu
schieben. Das mußte sie irgendwo gelesen haben.

5

Zur Mittagspause erwarteten sie mich in Zivil.

6

Ein paarmal gingen wir auch ins Freilichtkino. Sie ließ sich nicht
einmal küssen, es war nichts mit ihr.

7

Verleumdung eines staatlichen Vertreters.
Ich war sechzehn, da wurde es Jugendgefängnis.

8

Er saß wegen Einbruchs und wurde mein Brigadeleiter. Wir arbeiteten in der Stanze, nur acht Stunden, weil keiner von uns volljährig war.

9

Das Konzentrationslager mit Mahnmal und Turm, wo dein Bruder starb, liebe Mutter, habe ich nicht gesehen, weil ich in einem geschlossenen Wagen ohne Fenster von Jena nach Erfurt fuhr.

10

Vor Gericht verlangte mein Chemielehrer Freispruch.

11

Nach der Arbeit begann die organisierte Freizeit, das war Sache des Stubenältesten.

12

Zum ersten Mal war es in der Dusche. Der Brigadeleiter sagte mir, daß ich bleiben solle, um den Umkleideraum zu wischen. Er wartete mit dem Stubenältesten.
Sie zogen sich die Hosen herunter und hielten mich fest. Ich mußte sie mit dem Mund befriedigen.

13

Sie schenkten mir Schokolade, und an der Stanze wurde die Norm um zweihundert Bleche heruntergesetzt.

14

Zum zweiten Mal war es, als die ganze Schicht während der organisierten Freizeit den Spielfilm „Ich war neunzehn" ansehen mußte.
Der Stubenälteste hielt die Toilettentür zu, so daß ich nicht mehr rechtzeitig zum Film mitkam.

15

Sie verteidigten mich vor den Schließern, wenn ich mit Revierdienst an der Reihe war.

16

Zum dritten Mal war es im Lagerraum der Stanze.

17

Am nächsten Freitag hatte ich achtzehnten Geburtstag.

18

Am nächsten Freitag bat ich den Stubenältesten, mir zu zeigen, wie ein Vorhängeschloß mit einer Nadel geknackt wird. Er schöpfte keinen Verdacht.

19

Nachmittags hatte ich Besuch von meiner Mutter. Sie weinte und fragte mich wieder, ob ich den Ettersberg und das Mahnmal gesehen hätte.

20

Eine Woche später fragte ich den Stubenältesten, ob er wisse, wie man eine Schlinge knüpft, wie im Film, richtig geflochten.

21

Er wußte es.

22

Punkt zwölf, als die Sirene das Ende der Mittagspause ausschrie, erschlug ich den Stubenältesten im Lagerraum. Die Sirene schrie noch immer, als ich ein Seil mit einer richtigen Schlinge, die ich selbst geflochten hatte, über die Laufschiene des Deckenkrans warf und den Stubenältesten hochzog.

23

Dann war alles still.

24

Wegen vorsätzlichen Mordes bin ich auf dem Weg ins Zuchthaus Brandenburg.

25
Das ist mein Leben, ich bin 18, gehen wir schlafen.

Anmerkung:
Erzählt im Durchgangskeller des Kreisgefängnisses Weimar im
April 1980.

1982

FLUGDRACHEN

Liebe Maria, ob Dich dieser Brief erreichen wird, weiß ich nicht. Denn er hat eine eigentümliche Reise vor sich. Jetzt, wo ich Dir schreibe, kann auch ich die Wege, die er einschlagen muß, um zu Dir zu kommen, nur ahnen.

Das war immer so in meinem Leben, immer hatten Jahreszeiten oder bestimmte Tage, manchmal in Abständen von vielen Jahren, eine besondere Bedeutung für mich. Und auch jetzt, wo es wieder Mai ist, habe ich schon seit einigen Tagen dieses Gefühl, das mich immer befällt, kurz bevor wirklich etwas Überraschendes passiert. Heute morgen habe ich Martin nach dem Datum gefragt, er sagte, daß heute der sechsundzwanzigste Mai sei, und ich wußte sofort, warum ich in den letzten Tagen so unruhig war. Dein Geburtstag hat das gemacht! Und heute ist er also!

Stell Dir nur vor, gerade gestern erst haben sie mich aus der Zelle des Untersuchungsgefängnisses hierher gebracht, in einen anderen Gebäudeflügel, wo die sogenannten Krimis sitzen. Hier ist wirklich schon einiges anders als drüben beim Staatssicherheitsdienst, wir haben Doppelstockbetten und müssen nicht mehr auf diesen Holzpritschen schlafen. Das tut gut nach über sechs Monaten. Und das Beste überhaupt ist das Fenster in unserer Zelle. Keine Glasziegelfenster mehr wie drüben, sondern nur noch Drahtglasfenster; wenn man ganz nahe herangeht, kann man richtig nach draußen schauen – und heute früh hat Martin eine winzige Ecke am Fenster gefunden, die ausgebrochen ist. Er nahm sofort seinen Hocker und steht nun schon den ganzen Tag dort oben, ohne ein Wort zu sagen, und schaut immer nur hinaus. Auch ich habe gleich mal versucht, eine Weile dort oben zu stehen, aber für meine Augen ist das noch zu anstrengend, die haben sich im letzten halben Jahr wohl am Neon-Licht der U-Haftzelle und an ihren gelben Wänden müde gesehen.

Stell Dir nur vor, Maria, hier haben wir eine richtige Glühbirne an der Decke mit hellem, ganz warmen Licht.

Martin ist völlig in Ordnung, und wir gehen uns überhaupt nicht auf die Nerven, wie das so oft mit anderen war, in einer Zweimannzelle. Er sitzt wegen versuchter Flucht und hat ein paar

Monate weniger eingefangen als ich. Na ja, bei mir wegen der paar Gedichte haben sie gleich „staatsfeindliche Hetze" draus gemacht, und es hat mich erwischt mit über zwei Jahren. Hoffentlich schaffen wir das, Maria, wir zwei, immer habe ich ein bißchen Angst, daß wir nach dieser Zeit einander wie Fremde sein werden.

Weißt Du eigentlich, daß mein Rechtsanwalt, den mein Bruder besorgt hat, nur für zwei Jahre plädiert hat, weil ich so eine gute Arbeit im Werk gemacht habe, wegen der vielen Überstunden und allem, na Du weißt das ja am besten, wann war ich schon mal pünktlich zu Hause? Sogar im vorigen Jahr, zu Deinem Geburtstag, erinnerst Du Dich, wie sauer Du auf mich warst? Ich kam erst abends zu Dir, weil bei Kessel VII die Kohle wieder geklemmt hatte, und ich mußte zwei Züge sausen lassen, bis wir den Schacht wieder freigemeißelt hatten. Unterwegs habe ich dann den blauen Flieder für Dich geklaut, und, obwohl es noch hell war, hat mich keiner dabei erwischt. Das war in einem dieser Gärtchen am Bahnhof, vielleicht haben die alle gerade ihr Wochenendschläfchen gehalten. Seltsam, immer ist es abends noch hell, im Mai...

Maria, liebe Maria, heute bin ich ganz durcheinander und habe vergessen, Dir gleich am Anfang zu Deinem Geburtstag zu gratulieren. Alles Gute, und Du weißt schon ... mehr will ich hier nicht schreiben, wer weiß, welchen Leuten der Brief in die Hände kommt...

Jetzt muß ich erst einmal nachschauen, wo ich vorher stehengeblieben bin, ach ja! Maria, das war schön. Als ich den Flieder unter meiner Jacke hatte, ging ich sofort zu meiner Mutter, bei der der Lampenschirm aus Stroh lag, den Du Dir gewünscht hattest. Weißt du noch, einen Monat vor Deinem Geburtstag, als wir in der Bahnhofstraße Eis essen gingen? Den Schirm habe ich am nächsten Tag gleich gekauft und bei meiner Mutter für Dich versteckt. Erinnerst Du Dich, wie wir beide bei ihr das erste Mal zusammen in der Badewanne gesessen haben, als sie nicht zu Hause war? Ich denke noch oft daran ... wenn sie das gewußt hätte!

Martin ist gerade von seinem Ausguck herabgestiegen, weil draußen die Schließer ihren Rundgang machen, und jetzt ist auch gleich Mittag. Da muß ich erst einmal zu schreiben aufhören, sonst erwischen sie mich noch, denn dieser Brief soll einen ganz anderen Weg nehmen, als alle, Maria, die ich Dir bisher unter Aufsicht schreiben durfte. Wenn sie ihn kriegen, gibt es für mich zehn Tage Isolationszelle oder gleich noch ein paar Monate drauf. Ich muß vorsichtig sein, Maria. Also bis gleich.

Gott sei Dank, es hat alles geklappt! Oft genug machen sie auch in der Mittagspause Kontrollen und durchsuchen die Betten oder stochern am Schrank in jeder Ritze herum, um irgendetwas zu finden, denn jede Aufzeichnung ist streng verboten, das wollten sie uns gleich am Anfang beibringen, als hätten sie davor die größte Angst. Aber Martin hat einen winzigen Bleistiftstummel gefunden, als er einmal den Wäschebunker scheuern mußte, und seitdem gibt es etwas in unserer Zelle, mit dem man schreiben kann. Papier ist auch reichlich vorhanden, wie du siehst, hoffentlich stört es dich nicht, daß ich Dir zu Deinem Geburtstag auf Toilettenpapier schreibe.

Zu Mittag, als der Kalfaktor, einer, vor dem man sich in acht nehmen soll (Martin sagt, der würde alles erzählen und unterschreibe bloß um hier wieder rauszukommen), als der das Essen brachte, fragte ihn Martin, über die Plastikschüsseln hinweg, wann wir zwei denn weiter zum Strafvollzug gebracht werden würden... habe ich Dir das überhaupt schon erzählt? Also diese Zellen hier heißen Transportzellen, weil die Politischen vom Staatssicherheitsdienst nach ihrer Verurteilung hierher gebracht werden, um dann, wenn ein größerer Transport zusammengestellt ist, in die einzelnen Zuchthäuser verteilt zu werden. Dann wird an den Schnellzug Eisenach-Dresden, der ca. 15.30 Uhr in Karl-Marx-Stadt einfährt, ein besonderer Wagen angehängt. Immer donnerstags, und jeder denkt, es sei ein Postwagen. Und die uns beim Einsteigen beobachten, werden sagen, sie hätten nichts gesehen und hoffen darauf, daß sie nie einer fragen wird.

Also Martin kriegte vom Kalfaktor die Antwort: Nächste Woche erst! Du glaubst nicht, wie wir uns gefreut haben, denn diese Zelle ist, ja fast möchte ich sagen, wie ein Wunder für uns. Und Du siehst, daß es stimmt – ich schreibe Dir, und keiner wird es prüfen und begutachten, keine Staatsanwaltsfinger werden an diese Zeilen rühren. Wenn doch – ist es schief gegangen, Du wirst keine Nachricht von mir haben, und ich kann mich auf etwas gefaßt machen.

Denn dieser Brief wird einen besonderen Weg nehmen, wie ich Dir schrieb. Und ich muß vorsichtig sein, Maria.

Jetzt ist Martin wieder auf seinen Posten geklettert, alles ist so wie am Vormittag, und auch ich habe mich wieder auf meinen Hocker an den Tisch gesetzt, um Dir zu schreiben. Aber vorher habe ich Martin noch einmal vom Fenster vertrieben, um mir für einen Moment das herrliche Grün der Bäume und Wiesen anzusehen. Gegenüber ist ein kleiner Spielplatz, und jetzt am Nachmittag kommen die Mütter mit ihren Kinderwagen dorthin, um sich unter den Schatten der Bäume zu setzen. Ich konnte es nicht genau erkennen, aber ich denke mir, daß es Kastanien sind, die dort unten wachsen, Kastanienbäume wie vor dem Fenster deines Zimmers. Ich weiß das alles noch genau, heute vor einem Jahr, zu Deinem Geburtstag, wie die Blütenkerzen schneeweiß zwischen den Blättern glänzten. Und ich kam zu spät wegen der verfluchten Kohle am Kessel VII.

Klar, daß Du böse auf mich warst, aber dann hättest Du doch nicht sagen sollen, daß ich nach Dreck stinke. Ich wollte doch nur schnell bei Dir sein und habe nicht mehr Duschen können, sonst hätte ich den dritten Zug auch noch verpaßt. Aber dann, Maria, wurde es doch noch sehr schön, als Du den Lampenschirm gesehen hast, in den ich den Flieder gelegt hatte und ganz oben drauf den kleinen Gedichtband. Im Interzonenzug Leipzig-München, mit dem ich kam, hatte ich einen Westdeutschen aus Nürnberg getroffen. Der wollte nicht glauben, daß bei uns die Heizer Gedichte schreiben und Paul Celan lesen. So haben die Polen ihre Aufstände gemacht, aber die im Westen wissen nichts vom slawischen Herzen, die armen Schweine. Am Abend hörten wir dann die alten Lieder von Sonny und Cher, im Radio, weil ich zu blöde war, Deinen Plattenspieler wieder in Schuß zu bringen, denn Du wolltest lieber die Choralphantasien von Reger anhören, die Dir eine Freundin zum Geburtstag geschenkt hatte.

Ach Maria, ich bin heute völlig durcheinander, aber vielleicht liegt das an diesen vielen Erinnerungen, die ich an diesen Tag habe, damals, ach damals, nur Du und ich wissen, wann damals war, und was heute ist. Maria, habe ich mich eigentlich schon nach unserem Baby erkundigt? Manchmal denke ich, daß meine Gedanken schon zu sehr durcheinander irren, aber das kommt davon, wenn man nur einmal in so langer Zeit Gelegenheit findet, das zu sagen, was man wie einen Brand auf den Lippen trägt. Nie habe ich es Dir schreiben können, Maria, wie das für mich war, als der Vernehmer sagte, daß sie Dich untersucht hätten, und Du wärest schwanger und die gehässige Frage, wer denn der Vater sei. Ich, Maria, ich!

Aber jetzt bin ich hier, und Dich haben sie wegen Schwangerschaft entlassen müssen, nur gut, daß Du gleich einen Rechtsanwalt genommen hast, der nicht alles mitmacht, trotz seiner Ohnmacht gegenüber den Gesetzen. Jetzt bist Du in Freiheit und schwanger, aber was ist das für eine Freiheit, und was für eine Schwangerschaft ist das, mit dieser ungewissen Zukunft, die Bewährung heißen kann oder wieder Gefängnis.

Dein Prozeß ist aufgeschoben, ich weiß, der Vernehmer hat es mir gesagt, aber sein Lächeln verhieß nichts Gutes. Maria, was wird bloß werden, wenn sie dann unser Kind wegnehmen und vielleicht in ein Heim geben werden, an ein staatstreues Ehepaar, das keine Kinder kriegen kann, verschenken, etwas, was sie Adoption nennen. Und Du mußt wieder ins Gefängnis!

Manchmal wünsche ich schon, eine Schwangerschaft dauere dreimal so lange wie die Natur sie festgelegt hat, eben jene Zeit, die sie mir wegen meiner Gedichte aufgebrummt haben. Und was würde dann sein, Maria? Ich aus dem Gefängnis raus und Du noch drin? Alle Rechnungen mit Monaten und Jahren sind ja nichts anderes als Abrechnungen mit unseren Träumen und unserer Jugend, jetzt bin ich fünfundzwanzig. Ich habe Gesichter gesehen, und ich habe ein Buch gelesen. Es hieß „Die weiße Rose", Du so alt wie Sophie, ich so alt wie Hans Scholl, der Tatbestand beinahe gleich. Du weißt, was das für uns bedeuten würde, wenn sie jetzt die anderen Gesetze hätten. Denn ich habe auch die anderen Gesichter gesehen, zum ersten Mal, als ich auf der Insel Usedom auf Montage war. Es gibt dort ein winziges Dorf zwischen Neppermin und Benz, ein Urlaubsreservat für Angehörige des Staatssicherheitsdienstes und ihre Familien. Ich fuhr mit dem Fahrrad nach Benz zum Zigarettenholen. In der Kaufhalle stand ein Ehepaar, er ein Bulle mit aufgequollenem Gesicht, völlig stumpf und überfressen, die Frau ein Strich, an dem Kleidung herabhing, vollkommen blaß, mit eingefallenem Gesicht. Und dann geschah es: Ich fand ihre Augen nicht. An einem Sommertag an der Ostsee fuhr ich Zigaretten holen und sah zwei Menschen, die keine Augen hatten. Sie standen vor der Kasse, in der gleichen Schlange wie ich. Ein Kollege hat mich aufgeklärt, er wußte, wer dort Urlaub macht. Ihre Gesichter habe ich nie mehr vergessen, und später saß ich ihnen gegenüber, jeden Tag, ein halbes Jahr lang nach meiner Verhaftung. Wenn sie die anderen Gesetze hätten: Sie würden es tun. Sie haben schon die anderen Gesichter. Mit dem Fallbeil. Du, so alt wie Sophie, ich so alt wie Hans Scholl.

Ach Maria, wenn Du alles verstehen könntest, wenn Du wüßtest, was ich über sie weiß, ohne ihnen begegnet zu sein. Was hast Du denn getan? Meine Gedichte abgeschrieben und ein Flugblatt damit gemacht, und vor dem Haus, in dem Du wohnst, blühen die Kastanien, ich weiß es genau. Ist das kein Beweis für Gedichte? Aber ich will jetzt damit aufhören.

Denn Martin wird ohnehin langsam böse, weil ich mich daran gemacht habe, den kleinen Bleistift zu verschreiben, Du kannst Dir ja denken, wie schnell das hier geht auf dem rauhen Toilettenpapier. Ich habe Martin gerade erklärt, daß es ein ganz außergewöhnlicher Brief werden soll, wenn er schon einen außergewöhnlichen Weg nehmen soll, wie Martin versprochen hat, und wie Du inzwischen auch weißt.

Wenn wir, wir beide, Maria, jetzt unten auf dem kleinen Spielplatz sitzen könnten, wir zwei zusammen, und Du mit unserem Kleinen im Bauch. Ob wir wohl wissen würden, von den Blicken, die einer wie Martin oder ich durch den winzigen Spalt eines Gefängnisfensters hinauswerfen würde?

Wenn ich an diese Möglichkeit denke, komme ich gleich wieder durcheinander mit meinen Gedanken, und mir ist, als würde ich das, was ich jetzt bin, so, wie ich hier sitze und dir schreibe, dem vorziehen, von einem wie Martin so gesehen zu werden: Wie ich mit Dir ahnungslos nach der Arbeit auf dieser Bank am Spielplatz sitze, stell dir das vor, und wenn es dreimal eine Kastanie wäre!

Habe ich dir überhaupt schon erzählt, wie Martin hierher gekommen ist? Er ist ein Flieger. Deshalb. Aber gelernt hat er eigentlich Autoschlosser. In einer kleinen, privaten Werkstatt. Als der Chef eines Tages in Rente ging, wurde der Betrieb einer staatlichen Produktionsgemeinschaft angegliedert. Und weißt Du, Maria, wie es weiterging? Martin und seine Kollegen bekamen einen anderen Chef vorgesetzt. Der war dreißig Jahre Offizier bei der Volksarmee gewesen, bei einer Kfz-Einheit. Das ist eigentlich kein Einzelfall, das geschieht überall, der Staat muß doch sehen, wo er seine müden Krieger unterbringen kann, die ihm seit seinem Bestehen gedient hatten. Nach dreißig Jahren bekommen sie ein Entlassungsgeld und eine goldene Taschenuhr mit entsprechender Gravur – z.B. „für treue Dienste im Ministerium des Innern" (das sind die Knastaufseher) – ihren offiziellen Abschied, und nach vier Wochen Urlaub werden sie staatlicher Leiter in einem volkseigenen Betrieb.

So auch bei Martin. Der neue Chef kam in den kleinen Betrieb, und schon war es vorbei mit Kaffeetrinken und Einkaufen während der Arbeitszeit, Du weißt ja, das haben wir alle gemacht, weil es nachmittags nichts mehr gab und schon alles ausverkauft war. Das war also in diesem Betrieb vorbei, aber vorbei war es auch mit Ersatzteilen und Kunden für die Werkstatt, so perfekt hat der neue Chef alles organisiert. Martin und seine Kollegen waren schnell bedient, weil sie immer wie blöde schuften mußten, um am Monatsende wenigstens auf ihren Grundlohn zu kommen. Aber das schlimmste war, daß sie bei der Arbeit immer vorsichtig mit ihren Reden sein mußten, nichts mehr war wie früher, als sie unter den Wagen lagen und sich gegenseitig Witze zuriefen. Der Ton wurde offiziell, seitens des neuen Chefs militärisch, der hinter einer Ecke stand und die Gespräche belauschte. Die kleine Werkstatt hatte sich in einen Kasernenhof verwandelt. Martin, dachte nach, ob er sich eine andere Stelle suchen soll, aber dann kam erst einmal sein Urlaub dazwischen.

In einer tschechischen Autoraststätte, an der er auf der Reise mit seiner Freundin eine Pause einlegte, fand er einen Prospekt, der offenbar aus dem Westen war. Er zeigte ein kleines Bild mit einem Drachenflieger, der einen dicht bewaldeten Berg hinabsegelt. Martin war begeistert und beschloß, den Prospekt mitzunehmen, und später, nach ein paar Tagen, stand sein Entschluß fest, wieder zu Hause, würde auch er solch einen Flugdrachen bauen. Dann fuhren sie weiter in den Süden, und auf einmal standen sie an der österreichischen Grenze, und Martin, der schon tagelang das Gesicht verzogen hatte, wenn er an die Arbeit in seiner Werkstatt dachte, die nach dem Urlaub auf ihn wartete, sagte plötzlich: Hier von diesem Berg aus kann man gut nach Österreich segeln.

Wieder zu Hause, bemühte sich Martin um eine andere Stellung, aber er fand keine. Es war ein neues Gesetz erlassen worden, das den Arbeitsplatzwechsel verbot, wenn dem gesellschaftliche Interessen entgegenstanden. Dies reklamierte der neue Chef der Werkstatt für seinen Betrieb. Martin durfte nicht kündigen. In dieser Zeit begann er den Drachensegler zu bauen. Er besorgte sich alte Metallstreifen, kaufte Tuch und Spannschnüre, und bald stand ein wunderschöner, perfekt aussehender Drachensegler vor seiner Garage. Aber das Fliegen! Aus dem Stehen heraus war nichts zu machen, und eines Tages bot ein Freund Martin an, den Drachen mit einem Seil an seinen Trabant anzuhängen, um ihn wenigstens die ersten Meter ein bißchen flott zu kriegen.

Martin stand auf der Landstraße, den Drachen auf der Schulter und hielt mit beiden Händen die Stützen umkrallt. Der Freund fuhr mit dem Trabant an, es gab einen Ruck – und Martin flog.

Dreißig Zentimeter über der Erde, dem Himmel entgegen, so schien es ihm, schwerelos und frei. Nach zehn Metern stürzte der Drachen auf die Straße und schleifte Martin noch eine Strecke lang mit.

Der Drachen hatte Totalschaden, Martin einen verstauchten Arm und zwei geprellte Kniescheiben. Von nun an ließ Martin das Fliegen sein und verpackte die Überreste des Drachens in seiner Garage. Und weißt Du, Maria, wie es weiterging?

Eines Tages wurde Martin von zwei Männern abgeholt, als er in der Werkstatt gerade unter einem Wagen lag. Martin kam nicht wieder am Abend und nicht am Morgen, als es hell wurde und die Vögel aufstiegen wie heute im Mai, dem blassen Licht des Himmels nach. Sie haben Martin verhaftet und beschuldigten ihn, er hätte seine Kollegen aufgehetzt, seinem Beispiel zu folgen, und ebenfalls Drachensegler zu bauen, um damit später in Richtung Westen davonzufliegen.

Martin hat zuerst nur gelacht, aber dann, als er die Aussage seines Chefs verlesen bekam, war ihm das Lachen vergangen. Zum Verhängnis wurde für Martin, daß die Großmutter seiner Freundin, die ebenfalls verhört wurde, ihre Brille vergessen hatte. Sie bestätigte ahnungslos, daß Martin und seine Freundin in der Tschechoslowakei einen schönen Urlaub verbracht, bis nach Österreich hinüber hatten sehen können und irgendwie fröhlicher und verändert erschienen, als sie wieder zu Hause waren.

Martin bekam zweiundzwanzig Monate wegen versuchter Republikflucht. Seine Freundin wurde aus dem Buchhandel entfernt und der Wagen seines Freundes wegen Beihilfe zur versuchten Republikflucht beschlagnahmt. Gestern hat mir Martin erzählt, wie er hier auf dem Gefängnishof des Staatssicherheitsdienstes seinen Drachen wieder aufbauen mußte, und sie haben alles fotografiert. Der Drachen jedoch war wieder und wieder zusammengestürzt, denn nach dem Absturz war er verbogen und zerrissen, und Martin hatte ihn nie wieder eines Blickes gewürdigt.

Deshalb, Maria, ist Martin hier. Weil er ein Flieger ist. Jetzt steht er auf seinem Hocker wie ein verwundeter Vogel, der zum Himmel sieht. Er betrachtet die Wolken dieses Frühlingstages, die über die Mauern hinwegziehen. Martin sieht durch den Spalt des Fensters, als würde er gleich hinausschlüpfen, irgendwie aufsteigen, um sich für immer meinen Augen zu entwinden. Ach, Maria, wenn ich ihm dabei nur helfen könnte!

Hoffentlich sind diese Gedanken nicht ein wenig zu viel für Dich, aber ich muß bis heute abend fertig werden, denn nur dann ist es günstig, diesen Brief auf seinen ungewöhnlichen Weg zu schicken. Und jetzt, wo ich noch einmal alles überlese, kommt es mir völlig durcheinander und konfus vor. Manchmal bin ich schon richtig poetisch, aber es ist die Poesie von jemand, der Gefahr läuft durchzudrehen, das macht dieser Frühlingstag, Dein Geburtstag und die Möglichkeit, Dir diesen Brief zu schreiben. Aber ich kann ihn nicht mehr ändern oder von vorn schreiben. Nächste Woche gehe ich auf Transport ins Zuchthaus, und niemand hat mir gesagt, wohin, auch Martin weiß nichts, wo er sich doch auskennt mit allen Wegen hier.

Es ist so schrecklich, daß heute Dein Geburtstag ist, Maria, alles gerät durcheinander, warum durften wir uns auch all die Monate nicht ein einziges Mal sehen, obwohl sie doch wissen, daß wir auf unser Kind warten, aber sie sagen Mittäterin zu Dir, wegen der Gedichte die Du abgeschrieben hast, aber Du bist doch Maria. Was sind das für Menschen, die so etwas sagen, wer sind sie, wieso haben sie Macht über uns? Wie ist das geschehen?

Martin sagt, jetzt müsse ich mich beeilen, es sei Zeit, denn nach dem Abendessen und vor der Nachtzählung sei der günstigste Moment für das Abschicken eines Briefes auf diesem ungewöhnlichen Weg.

Maria, wann werden wir uns nur wiedersehen, wenn ich das wüßte, würde ich jeden Augenblick daran denken und hätte etwas, was mich festhalten könnte. Aber so ist jeder Tag ein riesiges Loch, in das man hineinfällt, und keiner weiß, ob er jemals auf dem Grund anlangt. Warum ist das mit uns nur so, immer dachte ich daran, wenn wir einmal ein Kind haben würden, wie ich mit einem Taxi zum Blumenladen und dann ins Krankenhaus fahren würde, um Euch zu sehen. Wie anders ist alles gekommen! Du wirst allein sein, und alle werden fragen, wo denn der Vater des Kindes sei, und wann Du ihnen die Wahrheit sagst, werden sie Dich anschauen, als wärest du eine Aussätzige. Ob ich wegen Mordes oder wegen Gedichten einsitze, ist denen doch gleich. Der Vater im Knast, das werden sie sich merken, sonst nichts.

Maria, ich umarme Dich, jetzt müssen wir stark sein und keinem unsere Schwäche zeigen, nur in diesem Brief konnte ich Dir einmal alles schreiben, was ich in den letzten Monaten dachte.

Aber jetzt muß ich wirklich aufhören, Maria, gleich wird dieser Brief auf seinen ungewöhnlichen Weg gehen. Martin hat gestern schon einen geschrieben und bis heute versteckt. Er schiebt den Brief gerade in eine winzige Plastiktüte, öffnet den Deckel der Toilette, nimmt einen Zwirnsfaden, den er sich irgendwie besorgt hat, bindet den Brief fest und wirft ihn ins Becken. Dann drückt er die Toilettenspülung und hält das Ende des Fadens fest.

Begreifst Du, Maria, siehst Du es auch, den kleinen Drachen aus Plastikfolie, den Zwirnsfaden in Martins Hand, der sich jetzt strafft, unter dem Gewicht des Wassers? – Ja! Martin hat wieder zu fliegen begonnen! Den ganzen Tag lang stand er am Fenster und hat einen Weg gesucht, einen Spalt zum Himmel, durch den er schlüpfen könnte, um endlich von hier davonzufliegen, und jetzt hat er ihn gefunden!

Auch dieser Brief an Dich wird diesen Weg nehmen, Maria, gleich werde ich zu schreiben aufhören müssen. Martin zieht seinen Faden schon wieder nach oben; einer, den Martin von draußen kennt, ein sogenannter Krimi, der unter uns sitzt, hat den Brief abgenommen, und morgen wird er ihn beim Besuch seiner Mutter mit rausschmuggeln. Der kann das, weil die Krimis nicht so scharfe Besuchsbedingungen haben wie wir. Die können ihrer Mutter oder ihrem Vater beim Besuch die Hand geben. Maria, jetzt höre ich auf, denn Martin hat für meinen Brief schon eine neue Tüte gebastelt, wieder einen kleinen Plastikdrachen, und an den hochgezogenen Faden gebunden. Gleich werden auch meine Gedanken, all diese Träume, von denen ich Dir schrieb, anfangen, zu dir zu fliegen. Gleich Maria, gleich . 1983

Es war Oktober. Sie hatten ihn um siebenuhrzwanzig aus dem Bett geholt und gleich mitgenommen. Seine Mutter ließ einen Apfel fallen, der unter den Küchenschrank rollte, und ihre Hände begannen zu zittern.

Zwei Männer nahmen ihn in die Mitte, als die Haustüre leise zuschlug.

Das Auto. Auf dem Rücksitz. Ohne hintere Türen. Die Kastanienbäume an der Umgehungsstraße der Stadt platzten ihre Früchte zu Boden. Er suchte nicht mehr nach ihnen.

Ab heute fahren die Züge für Sie auf ganz anderen Gleisen, wir haben Ihre Gedichte gefunden. Ihre Freunde sind auch hier. Alle. Ich schlage Sie mit dem Kopf an die Wand, bis Sie wieder vernünftig werden. Hörte er irgendjemanden sagen.

Dann stand er wieder auf der Straße, ging dicht an der roten Brandmauer des Gebäudes entlang, sah auf die Skizze der Stadt, stieg mehrere Treppen hinauf, Richtung Rathaus, hatte ihm der Taxifahrer gesagt. Wo ist das? fragte er jetzt einen älteren Mann, der freundlich wirkte.

Sehen Sie, dort, neben der Burg, nur fünf Minuten, wenn Sie zu Fuß gehen. Unsere Burg, das ist das Wahrzeichen der Stadt.

Ohne Atem erreichte er den Marktplatz mit seinem berühmten Rathaus, blieb vor einer Anschlagwand stehen, las seinen Namen, ging weiter. Ein Buchladen mit dem gleichen Plakat.

Er sah das Café und verglich die Leuchtschrift über der Sommerterrasse mit der Maschinenschrift seiner Stadtskizze.

Identität. Es war die richtige Stadt, und er betrat das Café.

Grüne Pflanzen bizarr, Rokokotische und Säulen, die bis zur Decke reichten, schluckten das Licht, persische Teppiche seinen Schritt.

Oh, guten Tag. Sie sind. Ich bin. Ich kannte Sie bisher nur mit Mütze. Kulturreferent. Sie haben sich für unseren Literaturpreis beworben. Bitte nehmen Sie Platz. Vielleicht könnten wir auch eine Lesung in einigen Schulen der Stadt vereinbaren. Möchten Sie etwas trinken. Dort ist das Mikrofon. Die Bedienung bringt

Ihnen die Teekarte. Ja, hier an diesem Knopf müssen Sie drehen, wenn Sie es etwas von sich wegschieben wollen. Das Klavier. In der Pause spielt ein Absolvent unserer Musikakademie. Sie können jetzt anfangen.

Er sah auf. Eine junge Frau in Lederkleidung trug einen breitkrempigen schwarzen Hut. Tief über den Augen, die schön waren. Köpfe beugten sich zueinander und flüsterten. Alte Menschen. Einige lächelten, wenn sein Blick für einen Moment an ihnen verweilte.

Er biß vorsichtig auf seine Unterlippe, drehte am Stativ des Mikrofons und hörte seine Stimme das erste Wort ablesen.

Während der dritten Zeile fand er den Rhythmus der Sprache, später gestört durch vereinzeltes Blitzlicht.

Das Klirren der Kaffeetassen störte nicht.

Er wehrte den Beifall mit der Schulter ab, gelangte ungehindert zur Tür, blieb für einen Moment auf der Terrasse stehen und sah über die Stadt. Es war Oktober. Eine andere Stadt und ein anderes Land. Er ging schnell die Treppe zum Rathaus hinab und wandte sich nicht mehr um, als er begann, in allen Fenstern der Stadt nach seinen Freunden zu suchen.

1982

Heute ist Sonntag, und als ich aufstand, kam ich gerade hinzu, wie der Wind das letzte Blatt von dem Baum riß, der vor meinem Fenster steht. Seit Wochen betrachte ich das jetzt schon: wie die Farben von jenem satten Grün sich verwandeln, zu gelb, hellbraun, wie die Blätter anfangen, sich zu krümmen, schließlich dunkelbraun werden und eines nach dem anderen fortgerissen wird in eine unbestimmte Existenz, die jeder sich vorstellen kann.

Am frühen Nachmittag gehe ich dann meistens aus dem Haus und lasse mir den kalten Atem dieses Novembers ins Gesicht blasen, rufe unterwegs ein oder zwei Bekannte an und versichere ihnen, daß ich auf keinen Fall vorbeikommen könne und eigentlich viel zu tun hätte und jetzt nur deshalb in einer Telefonzelle mitten in der Stadt stünde, weil ich nach einem kurzen Spaziergang in eine U-Bahn gestiegen sei und die Richtung verwechselt hätte.

Dann gehe ich auch wirklich zurück in den Schacht, benutze manchmal eine der ziellosen Rolltreppen, auf deren Plattform das letzte Laub dieses Herbstes im Kreise tanzt.

Es kommt auch vor, daß mich jemand anspricht und um Feuer bittet, ein Wunsch, den zu erfüllen ich mich immer besonders bemühe, manchmal schon mit einem kleinen künstlichen Zögern, wenn das Feuerzeug längst in der Tiefe der Manteltasche in meiner Hand liegt, noch ein wenig verharre, damit der Bittende nicht denken soll, ich hätte auf seine Frage lange und gierig gewartet.

Wir verabschieden uns dann freundlich, und ich bemühe mich, mein Lächeln in den einfahrenden Wagenzug zu retten, oder sage: Entschuldige bitte, aber ich habe nicht bezahlt, ich muß in den vordersten Wagen, wegen der Kontrolleure, du verstehst. Und er sagt „tschüs" und ich sage „tschüs". Zweimal muß ich umsteigen und bin dann zu Hause, schließe die Tür auf, hinter der kein Geräusch mich erwartet, aber eigentlich stimmt das nicht, denn der Zwerghase hat in seiner Kiste auf mich gewartet, und ich gehe in die Küche, hole eine Handvoll getrocknetes Gras, gehe noch einmal zurück, schneide ein Stück Apfel ab oder schaue nach, ob es noch eine Möhre für ihn gibt.

Dann gehe ich in das kleine Zimmer, zünde eine Kerze an und drücke den Knopf der Schreibtischlampe.

Ich blättere in einer Zeitung und tue so, als ob ich sie noch nicht kennen würde, bis ich mich ganz systematisch zu jenem Artikel vorgelesen habe, den ich in den letzten Tagen wieder und wieder aufschlug und dessen Schlagzeile heißt: „Wenn ein Knastbericht schon Literatur sein soll. Anmerkungen zu einem Schriftsteller-treffen".

Ich lese diese Zeilen und stehe dann meistens noch einmal vom Schreibtisch auf, um mir in der Küche einen Tee zu machen. Ich lasse den Beutel lange im Glas, das soll, wie ich las, eine beruhigende Wirkung ergeben. Aber davon spüre ich dann schon nichts mehr, denn ich habe begonnen zu schreiben, wie immer auf diese kleinen, leicht vergilbten Zettel, die ich eines Tages aus den unausgefüllten Notizbüchern meiner Studienzeit gerissen habe.

Wenn ich den ersten Satz schreibe, und das ist immer am schwierigsten, befällt mich wieder dieses Gefühl, wenn mich jemand um Feuer bittet; eigentlich war ich darauf vorbereitet und bin entschlossen, schnell allen Wünschen nachzukommen, aber dann zögerte ich noch, halte das Feuer noch ein wenig zurück in meiner Hand, damit keiner denken soll, ich wolle mich ihm auf-drängen und hätte schon auf ihn gewartet.

Auf der Innenseite der Lider / genaue Ätzungen von der Hölle Alltäglichkeit / bringt er nach Warschau zurück / und zeichnet sie auf. // Achtundzwanzigjährig // am Ende der Geschichten, / als die Steine um ihn nicht aufhören wollen, / schießt er eine Kugel / in seinen mühsam geretteten Kopf.
Aus: „Epitaph für Tadeusz Borowski" von Günter Kunert

Seit drei Tagen war klar, daß am Mittwoch die Frauen kommen würden. Aber später wußte keiner mehr genau, wie diese Nach-richt hereingekommen war. Sicher war nur, daß sie stimmte.

Für einen Beobachter lief alles weiter, wie gewohnt. Früh um vier tönte der Ruf über den Flur: B-Schicht Nachtruhe beenden, Fertigmachen zur Zählung. Es war das Zeichen für den Beginn unseres allmorgendlichen Rituals.

Wir sprangen in einer durch langjährige Gewohnheit genau festgelegten Reihenfolge aus den Betten, und während fünf Mann die zwei Toiletten und drei Waschbecken belegten, kümmerten sich die übrigen dreizehn um den Bau ihres Bettes, alles wie an jedem Tag. Larisch und Helm vollzogen ihre alltäglichen Rempeleien; beide schliefen in den dreistöckigen Betten ganz unten, was ein Privileg darstellte, waren jedoch so zu unfreiwilligen Nachbarn geworden, beugten sich also jeden Morgen über ihr Bett, um es zu falten und dann glatt zu ziehen, gerieten dabei mit ihren Gesäßen aneinander, behinderten sich, aber wichen keinen Millimeter, bis sie sich wie verabredet umdrehten, um dem anderen in die Fresse zu schlagen und schlimmeres, wie man ihren Reden entnehmen konnte. Jeden Tag. Denn wir waren alle politische Gefangene.

Inzwischen wechselte die Toilettenbesatzung mit Teilen der Bettenbauer, und der Stubendienst fing an, die Hocker auf die Tische zu stellen. Er wurde von einem nachlässigen Schlag gegen die Zellentür unterbrochen: Zählung.

Achtzehn Männer in Unterhosen standen in Zweierreihen, als die Tür aufgeschlossen wurde.

Verwahrraum 312 mit achtzehn Mann belegt. Verwahrraum gereinigt und gelüftet. Es meldet Strafgefangener K. Guten Morgen, Herr Hauptwachtmeister. Guten Morgen Strafgefangene. Raustreten zum Kleiderempfang.

Wir holten unsere Arbeitssachen. Braun oder grün, je nach der ausgeführten Arbeit mehr oder weniger mit gelbem Plastikstaub überzogen. In diesen Minuten war die Toilette frei, und jeden Früh nutzte ich diese Gelegenheit, um pinkeln zu gehen, weil ich es nicht leiden kann, wenn ein anderer neben mir sitzt oder gar herumsteht und darauf wartet, daß ich fertig werde. Amica brachte mir die Arbeitssachen jeden Früh mit, das hatten wir so ausgemacht, dafür schaffte ich sein Zeug abends vor der Nachtzählung wieder weg. Leider war er ein wenig nachlässig, und oft hatte ich schon die Hose eines anderen übergezogen, bevor ich den Irrtum bemerkte, während der Besitzer wie ein Betrunkener durch die Zelle irrte, auf der Suche nach seinem Eigentum, und jedem die Hose herunterriß, um an Hand der eingestempelten Kleidungsnummer seine Ansprüche anzumelden.

Auch der Stubendienst wurde langsam nervös und fuchtelte mit seinen breiten Besen und Bohnerbürsten ziellos unter den Betten umher, stieß gewalttätig gegen die Füße derer, die glaubten, noch in der Zelle herumstehen zu müssen, und gar noch rauchend.

Die übrigen saßen draußen im Flur auf dem Boden und dösten vor sich hin, bis die Tür des Stockwerkes geschlossen wurde und sie blitzschnell vom Boden aufsprangen und noch vor dem Kommando des Schließers in Zweierreihen antragen.

Zählung. Abmarsch zur Speisebaracke. Vorbei an Signaldrähten und Hundelaufgittern. Die Mauer entlang. Es war April, und der Mond lag als Sichel am Himmel.

Kommandos. Halt. Reihe links einrücken. Die rechte Reihe murrte, wie an jedem Tag.

Wir stürzten an die Tische, warfen uns Brot zu, verteilten den öligen Malzkaffee. Larisch und Helm gingen sich an die Hälse und versuchten, sich gegenseitig über den Tisch zu ziehen. Wie jeden Morgen. Larisch hatte, noch bevor Helm zulangen konnte, mit seinem Margarinemesser in der Marmelade gestochert.

Wir aßen schnell und ohne ein Wort. Kommandos ließen uns antreten und in die Fabrik einrücken. Sie lag nur ein paar Schritte von der Speisebaracke entfernt.

Nach zwei Minuten tönte die Hupe, riß das Dröhnen der Drehmaschinen jeden von uns für zehn Stunden in eine schläfrige Dumpfheit.

Zweitausendvierhundert Teile waren die Norm, wer ständig unter dieser Marke blieb, wurde erst verwarnt, später standen Briefsperre und Isolationshaft für ihn bereit.

Jeder bemühte sich, am Morgen so schnell wie möglich zu arbeiten, denn gegen Mittag kamen die Müdigkeit und der Hunger.

Hinter den vergitterten Fenstern der Halle ging allmählich die Sonne auf, rotglühend und warm, so, wie Gedichte es beschreiben. Anfänglich waren einige unserer Bewegungen noch hastig und unkontrolliert, später paßten sie sich der gleichgültigen Mechanik der Drehbänke an.

Immer an solch einem Morgen, wenn die Sonne flach über den Boden der Halle kroch, den in der Luft wirbelnden Plastikstaub zerteilte, und wenig später auf meine rechte Gesichtshälfte fiel, glaubte ich etwas von ihrer Wärme verspüren zu können, etwas, das mir wie eine Erinnerung an eine andere, vergessene Welt erschien.

Und dann jedes Mal geschah es: Ich begann zu träumen. Zwischen Teil einhundertfünfzig und Teil vierhundert – danach war Frühstückspause – träumte ich gleichmütig und ungestört, ohne die Augen zu schließen, während die Hände fortfuhren, Teil auf Teil in den Vorlauf der Maschine zu schieben.

Immer den gleichen Traum. Es war wieder Samstag, dieser eine Samstag im Juni. Es war zehn Uhr, als sie plötzlich an meiner Tür klingelte; über der Schulter ein Netz voller Bücher, Badesachen und Kekse.

Ich hatte sie nicht erwartet, denn sie war sehr schön, und nie hatte ich gehofft, daß sie einmal wirklich zu mir kommen würde.

Jetzt stand sie in der Tür und lachte, so, als ob es ihr möglich gewesen sei, jeden meiner Gedanken im voraus zu lesen. Und ich sagte mehrmals, erstaunt und ein wenig ungeschickt: Daß du gekommen bist, Maria. Daß du gekommen bist.

Sie wollte mit mir baden gehen, mit mir allein, fast glaubte ich an eine Verwechslung, aber offenbar schien sie es ernst zu meinen. Denn eigentlich kannten wir uns erst seit kurzem; vor ein paar Wochen hatte ich ihr einen Brief geschrieben und sie um ein schwer zu beschaffendes Buch gebeten, weil ich wußte, daß sie in einer Buchhandlung arbeitete.

Daraufhin hatten wir uns einmal kurz getroffen und waren für eine halbe Stunde zusammen in ein Café gegangen und dann nichts mehr.

Aber jetzt war sie zu mir gekommen! Ich lief mit Riesensprüngen hoch zur Bodenkammer, riß mein kleines Bergzelt unter einer verstaubten Truhe hervor, sprang wieder hinunter, wo sie wartete, und jagte mit ihr zum Bahnhof. Als wir auf den Bahnsteig gelangten, fuhr der Zug gerade an, und wir sprangen in den letzten Wagen.

Sie sprach nicht von Fahrkarten, und ich tat so, als denke keiner von uns daran.

Jetzt erst sah ich die herrliche Sonne dieses Tages; mir gegenüber saß Maria, und nach einer Weile spürte ich, wie sie ihren Arm herüberschob, ich öffnete ihre Hand und begann sie mit meinen Fingern halb zu streicheln, halb zu kitzeln, bis sie sie mit einem leisen Schrei zurückzog, um nach wenigen Sekunden von vorn zu beginnen.

Kein Schaffner kam, und wir spielten mit unseren Händen, bis der Zug zum vierten Mal hielt.

Aussteigen. Eis kaufen. Sie fütterte mich, ich sie. Dann wanderten wir das Tal entlang, das dieses kleine vogtländische Flüßchen über Millionen von Jahren für uns gegraben hatte. Nach einer knappen Stunde sahen wir das Wasser des Stausees und rannten sofort los.

Später lagen wir am Ufer, trunken vor Glück und einer endlosen Müdigkeit. Am Abend schlug ich am Waldrand mein kleines Zelt auf. Natürlich streng verboten. Wir schliefen, einander in die Arme gebettet, und was ich am Abend nur vermuten konnte, jetzt mit der aufgehenden Sonne sah ich es deutlich: Sie war ein Vogel. Ihr Mund ein rotes Vogelherz, die Brauen über den Augen Federschwingen. Ihr Haar unser Nest.

Sie erwachte erst spät, dehnte sich endlos und schmiegsam. Ich nahm den Stab, der in der Mitte des Zeltes stand, heraus, damit keiner uns stören konnte, keiner von der Straße her unsere kleine Insel einzusehen vermochte.

Ich sah die Sonne über den Horizont kommen.

Wir sinken! rief ich lachend, aber ich wußte, daß wir fliegen würden. Das Zelt sank herab und legte sich auf uns wie eine warme, schützende Hand.

Träumst du? Frühstück, sagte Larisch und drückte den Knopf meiner Maschine. Der Stahl kroch noch ein paar Millimeter in das Teil und schlingerte dann langsam aus.

Ich nahm den Geräuschschutz vom Kopf und sah auf. Die Sonne war zersplittert zwischen den Gitterstäben des Nachbargebäudes. Ich griff in die Tasche meines Arbeitsanzuges und drehte mir auf dem Weg zum Pausenraum eine Zigarette.

Aber am Tag, als die Frauen kamen, war alles anders. Gleich nach dem Wecken sprangen wir wie ein einziger Körper aus den Betten, vor den Toiletten gab es Gedränge, das mit freundlichen Gesten aufgelöst wurde. Ich pinkelte diszipliniert, während drei andere hinter mir standen und gleichgültig taten. Larisch und Helm umgingen sich großräumig, und einmal, sah ich sogar ein heimliches Grinsen der beiden, als sie anfingen, ihre Betten zu bauen; natürlich zur gleichen Zeit, wie immer, aber diesmal doch von verschiedenen Seiten, was allerdings einige Unordnung in den Ablauf der anderen Nachbarn brachte. Aber sie schwiegen. Der Stubendienst kehrte weitläufig um die kleinen, rauchenden Grüppchen herum und zielte mit seinen Bohnerbürsten nicht auf deren Füße. Antreten und Abmarsch verliefen in korrekter Hast. Larisch verzichtete an diesem Tag auf Marmelade. Denn es war der Tag, an dem die Frauen kamen.

Die verheiratet waren, hatten sich in den letzten Tagen mit

Pralinen und anderen Raffinessen versehen, die sie mühselig gegen Zigaretten und Tabak getauscht hatten. Helm war es sogar gelungen, eine rosa Schleife für seine Packung Kirschbohnen aufzutreiben. Ganz zu Larischs Neid.

An diesem Tage verzeichnete die elektronische Kamera im Maschinensaal eine nervöse Beweglichkeit der Gefangenen. Sie befand sich hoch oben an der Wand und war auf die Rücken der Arbeitenden gerichtet.

Jeder lief zu jedem, während sein eingespanntes Teil in der Maschine lief, klopfte ihm auf die Schulter, fragte nach der Norm oder forderte auf, eine Zigarettenpause einzulegen. Ich ging mit Amica in den Pausenraum. Die zweite Kamera richtete sich auf unsere Brust. Zwei Drittel der Schicht saß lärmend und rauchend im Raum und begrüßte uns wohlwollend. Die Geizigen verteilten Zigaretten, die Faulenzer reichten Tee weiter, die Stummen schrien lachend umher.

Punkt zwölf begannen die Verheirateten, ihre Haare mit kaltem Wasser zu waschen, das aus dem kleinen Waschbecken des Pausenraums kam. Sie rieben den grüngelben Plastikstaub aus den Augenwinkeln und begannen, ihre Kleidung abzuklopfen.

Auch ich wusch mein Haar und untersuchte, ob es noch kürzer oder schon länger als ein Zentimeter war.

Und dann kamen die Frauen. Amica hatte sie zuerst gesehen. Sie saßen, das wußte jeder von uns, in den grauen, verschlossenen, fensterlosen Kastenwagen, die jetzt über den Betonweg an der Mauer entlangrollten und dann vor der Speisebaracke stehenblieben.

Unsere Frauen! Zweimal im Jahr wurden sie aus ihrem Gefängnis in Wagen verpackt und über Hunderte von Kilometern zu uns gefahren. Zu Besuch.

Wir drängten an die Fenster, die Wagen wurden an der zur Speisebaracke hin gelegenen Seite geöffnet, und die Frauen stiegen aus, jede in einem Abstand von zwanzig Metern; die Schließer bestimmten den Rhythmus. Vorher hatten sie sich mit dem weiblichen Begleitpersonal, das lange, blaue Rockuniformen trug, ausführlich verständigt.

Und unsere Frauen kamen. Leicht sprangen sie aus dem Wagen, da war Helms Frau, mit der er einen Antrag auf Verlassen des Landes gestellt hatte. Da war Larischs Frau, sie waren in einem Kofferraum geschnappt worden, in dem sie über die Grenze gelangen wollten. Und da war Maria, Maria, meine Frau, bei der sie meine Gedichte gefunden hatten, die sie abends in ihrem kleinen Zimmer, vor dem ein Kastanienbaum stand, abgetippt hatte. Ich sah ihr langes Haar, mit dem kastanienfarbenen Schimmer, ich sah die Bewegung ihrer Hüften, es war nichts verloren.

Maria! schrie ich, hochfahrend zu einer wilden Geste, und sie drehte sich lachend um, und einen Moment lang sahen wir uns in die Augen, dann stieß eine Schließerin sie in die Baracke. Ein Erzieher – so hieß der Chef eines Gebäudekomplexes – schrie mit hellrotem Gesicht zu unserem Fenster hoch und wies die Schließer an, in der Fabrik für Ordnung zu sorgen. Aber die Tür war, wie es die Vorschriften vorsehen, verschlossen. Wir sahen zu, wie das Wachpersonal vor unseren Augen am eigenen Sicherheitssystem scheiterte, worauf einige von uns mit taumelnden Stimmen anfingen ein Lied zu singen. Aber heute erscheint es mir, als ob jeder sein eigenes Lied gesungen hätte. Ich weiß nicht wie, aber vielleicht nach fünf Minuten gelang es den Schließern doch, sich durchzusperren, und sie stürmten wie besessen in den Maschinensaal und trieben uns hinter die Drehbänke.

Amica ging nicht vom Fenster weg, und sie nahmen ihn mit. Zehn Tage Isolation. Larisch, der die Norm schon zu Mittag mit hundertzwei Prozent erfüllt hatte, ging zum Zivilmeister und ließ sie auf siebzig heruntersetzen. Er habe sich verrechnet, sagte er dem erstaunten, immer ein wenig angetrunkenen Meister, den die Exportfirma, für die wir Teile drehten, für den Knast abgestellt hatte.

Dann wurden wir, die verheiratet waren und deren Frauen gekommen waren, einzeln aufgerufen und in die Baracke geführt. Als ich aus dem Fabriktor trat und die wenigen Meter zur Baracke ging, sah ich, wie einige von uns oben schon wieder hinter dem Fenster standen. Ich lächelte, als ich durch das Spalier der Schließer, durch gelangweilten Haß in die Baracke ging. An den etwa zwanzig Tischen der Baracke saßen jeweils drei Frauen, gegenüber ihre Männer, an den Frontseiten jeweils eine männliche und eine weibliche Wachperson.

Berührungen waren verboten.

Ich sah sie sofort, rannte beinahe, gelangte zum Tisch und ließ mich leicht auf den Hocker gleiten. Ich sah ihre Augen, die mich an jedes Versprechen gemahnten, das wir uns einst gegeben hatten. An diesem Tag, in dieser halben Stunde, die unsere war, sagte ich nur immer wieder diesen einen, völlig sinnlosen Satz. Maria, daß du gekommen bist.

Ein halbes Jahr später wurden wir mit einem Bus über die Grenze gefahren. Wir haben zwei Kinder.

Das wäre ein gutes Ende, aber es stimmt nicht.

Maria hat mich verlassen, nachdem wir ein Jahr zusammengelebt hatten. Alles, was uns geschehen war, wollte ich aufschreiben, nachts trank ich Tee und rauchte unzählige Zigaretten, die Geschichten kamen nicht und nicht der Schlaf.

Maria war allein, im Zimmer nebenan.

Über unserer Liebe stand ein fremder Gott und war stärker, als wir es sein konnten. Wir wurden nicht erlöst, wie dieses Blatt heute Morgen vom Baum.

Wir lernten nicht fliegen.

Jetzt lebe ich allein. Nachts liege ich wach und fange an, mein Leben zu hassen, weil ich wieder ans Schreiben denke und an das, was mich dazu gebracht hat. Ich warte darauf, daß sich alles herausstellt, Maria nur einkaufen gewesen sein wird oder mit den Kindern auf dem Spielplatz.

Doch jetzt bin ich schon ein wenig müde und gehe noch einmal in die Küche, um mir einen Tee zu machen, gebe dem Zwerghasen eine Möhre, während das Wasser im Teekessel zu kochen anfängt.

Dann gehe ich in das kleine Zimmer, lege mich ins Bett und beschließe, morgen nachmittags aus dem Haus zu gehen, einen kleinen Spaziergang zu machen, irgendwo in eine U-Bahn zu steigen und in die falsche Richtung zu fahren. Von dort werde ich ein oder zwei Bekannte anrufen, um ihnen zu sagen, daß ich nicht vorbeikommen könne.

Ich werde auf dem Bahnsteig umhergehen, bis mich jemand um Feuer bittet. Aber jetzt liege ich im Bett und richte mich nach einer Weile noch einmal auf. Ich drücke den Knopf der Schreibtischlampe, lösche die Kerze und drehe mich zur Wand.

Dann stelle ich mich schlafend.

1982

SCHIENENSCHLÄGE

* * *

Schön ist es vorbeizugehen: an Kaufhallen und Vitaminzentren und an den Schlachthäusern.

Da läuft man mit einem Mal schneller.

Und gelangt vielleicht, wenn man auf Reisen ist durch Umstände, die nicht erklärt sind; versucht durchs Leben zu kommen oder zum Rendezvous einer holzvernagelten Vorstadtlaube, wenn man also so unterwegs ist zwischen Leuten und Pflichten, kann es schon manchmal geschehen, daß man den Hauptbahnhof plötzlich betritt.

Dort heißt es, sich zu schlagen durch die Eile der Leute, und die Knie zu schützen vor den harten Stößen ihrer Augen und Koffer. Und sieht, wenn der Strom sich für Sekunden lichtet, den Mann mit dem Wagen voll Zuckerwerk und kühler Brause.

Wie schnell steht man davor!

Und weiß wohl, daß Eile geboten ist, auch für ihn, dem Fremden alles Gewünschte zu reichen und auf die saubere Glasplatte zu stapeln.

Aber wie gern läßt man sich noch etwas zeigen oder deutet dem Manne, es dazuzulegen: die englischen Drops doch noch und eine zweite Packung Zigaretten, den süßen Likör in dunklen Taschenflaschen bitte, und, wäre es möglich, noch etwas ganz von da hinten, den Geschmack zergangener Kindheitsbonbons vielleicht.

Und weiß wohl, daß Eile geboten ist und kauft noch etwas von allem dort.

Die Bahnhofsuhr zeigt schon Abfahrt, der Lautsprecher ist verstummt, sind die Türen geschlossen: Vorsicht läßt man walten an abfahrenden Zügen. Nicht einsteigen!

So rennt man dann doch davon mit all den Tüten und Flaschen, hat den Geldschein schnell auf die Glasplatte geheftet, stößt an, erreicht den Bahnsteig, merkt, der Mann vom Wagen kommt winkend hinterher, hat all seine Waren verlassen, der Zug fährt an, der Mann reißt eine Tür auf und stopft einem noch einen Beutel mit weichen Eiern zwischen die Zähne, hält die Tür auf, rennt mit ihr auf gleicher Höhe, zerrt das Taschentuch aus seiner Hose, winkt und weiß wohl, daß Eile geboten ist, atmet schwer, als er ruft: Adieu mein Freund, wohin nur sind wir unterwegs!

Doch man kann es ihm nicht mehr sagen, denn der Bahnsteig ist zu Ende. Zwei zerschnittene Wege.

Aber unterwegs, all die Leute an den Zügen, die mit ihren Tüchern winken, fragen nicht mehr danach, wohin man unterwegs ist.

Sie haben sie nur, um nach dem lästigen Abschied sich umzuwenden und den Schweiß aus der Stirn zu streichen, und wissen auch, daß Eile geboten ist, dort, wohin sie unterwegs sind.

1978

Heizer sein, schöner Abend wie Kohle oder Schnee fällt morgens noch früh.

Pump deinen Phallus voll Blut, nimm die Schaufel vom Haken, schüre die Glut, schlag Flammen vom Schornstein. Erigier dein Herz gegen die Kälte. Wenn die Dämmerung aufsteht oder stirbt, dann sei Heizer. Und leg nach, bevor du ans Fenster trittst.

Dann bröckelt der Stein, stürzt lautlos der Stahl, und die Landschaft tritt hervor.

Und du siehst die Wüste freigeweht durch einen seltsamen Wind, der die Bäume entblößt und siehst hangeln und springen zwischen den Sternen im Bizarr der Äste: dich.

Lege eine Hand ans Fenster, mit ihr halte dich fest, bedecke den Mund mit der anderen, keiner darf deinen Schrei hören, denn du bist Heizer, du wirst Zeuge sein und für immer allein. Weil das Bild jetzt dunkler wird und Berge herankommen, Leichenberge sich heranschieben, weit vom Horizont her, schon fast zu den schwarzen Bäumen gelangen, vorwärts, auf dich zu, du in den Ästen, du hinter dem Fenster.

Und dann hebt der eine in den Bäumen, hebst du die Hand zum Ruf, und dein Mund schreit an gegen dein Ohr: Das ist die Welt, wenn sie kalt ist. Narr, was heizt du noch, siehst du sie nicht auf dich zukommen, die Leichenberge von Auschwitz bis vor deine Tür, die Toten deiner Träume, die erfroren sind am Eis dieser Herzen, gefallen vor den Mündungen eurer Augen. Sie kommen über euch, befallen eure Nächte, die Toten, die traumlos starben. Wage keiner den Funken zu schlagen und Heizer zu sein, der sie vergessen hat, denn Feuer ist eine Blume voll Dornen, und Wärme welkt hin über Nacht.

Dann, wenn der Schrei hinter dem Fenster immer noch aushält, doch kaum mehr vernehmbar ist, nur für dich, für den Heizer, für den, der Zeuge ist, und das Entsetzen dich antritt, dann wende dich ab, nimm deine Hand vom Mund, aber gib keinen Laut. Keiner wird dir glauben, was du wirklich gesehen hast.

Dann später, wenn Frühling ist, es die Mädchenbeine und Kinderstimmen wieder gibt, und die Sonne ihren heißen Fuß auf den Schornstein stellt, keiner mehr von Kälte spricht und sie vergessen scheint, dann wirst du noch immer Heizer sein und nicht vergessen haben. Dann sei ohne Angst, sei der alte Narr, jener, der die Kälte im Sommer fürchtet und Blumen im Winter sah, denn du allein weißt Bescheid.

Nie wieder siehst du aus dem Fenster und legst immer noch nach.

1978

Wer seid ihr, ich kann euch nicht erkennen. Ist eine Frage, deren Antwort, wie Schatten sind wir, heißt. Wie seid ihr so weit und seit wann?

Ein Sonnenreflex auf der Frontscheibe des Autobusses 28 und hinter den Bäumen des Thüringer Waldes ein Weg, den man hinter sich läßt, um zu bestreiten, es sei sein Weg gewesen.

Wer seid ihr, ich kann euch nicht erkennen. Ein Kierkegaardseminar im Rahmen des Studiums der Philosophie, der Begriff der Ironie, den Rahmen finden, in die Geschichte gehen, sich zurecht finden, wie meinst du das, lachst du mich aus?

Ein Spion, gerichtet auf das Gesicht eines fremden Landes, wer seid ihr?

Sie gehen weg, durch Gänge, in verschiedene Richtungen, zur Mensa, tauchen unter in Bibliotheken. Dann geht man ihnen nicht mehr nach.

Feiert über drei Tische weg mit den letzten Gästen einer Schnellbahn-Kneipe den Aufbruch nach Indien, eine Reise, die sie seit Jahren immer früh um zwei beschließen.

Einer zog weg. Auf ihm ruhten alle Hoffnungen. In ein anderes Stadtviertel oder eine andere Welt. Wer seid ihr, ich kann euch nicht erkennen, ist eine Frage, deren Antwort, wie Schatten sind wir, heißt.

Halt wer da? Stehenbleiben!

Halt wer da, stehenbleiben oder ich schieße. Dann fällt der Warnschuß, gezielt in die Luft, nicht.

Aufführender mit Offizier vom Dienst, Postenkontrolle.

Posten vier sieht keine Gesichter. Anleuchten!

Ein Fluch, ein Klirren. Die hantieren und sind beschäftigt, denkt Posten vier. Sie halten Taschenlampen vor ihre Gesichter.

Posten vier sieht helle Flecken unter Pelzmützen. Posten vier ist zufrieden. So seh'n höhere Ränge bei Nacht aus.

Der Aufführende hat eine helle Kinderstimme und war von Posten vier leicht zu erkennen. Schon von weit her, als er herankam, war das Schlagen des Seitenmessers gegen die Magazintasche zu hören. Das ausgemachte Zeichen hat Posten vier ausgemacht und seinen Tabak in einem Mauerspalt versteckt. Es blieb viel Zeit, bis er mit einem kleinen Lachen, halt wer da, rufen mußte.

Was soll denn das, du Idiot, sagt der Aufführende, der jetzt nah an Posten vier herangekommen ist, wenn ich nun die Lampe vergessen hätte. Posten vier sagt: Dann hätte es dich angeschissen, und den Offizier vom Dienst hätte ich trotzdem erledigt. Das kotzt ihn jedes Mal an, sich in die Fresse zu leuchten.

Posten vier schreit, der Aufführende springt einen Schritt zurück: Postenweg vier, keine besonderen Vorkommnisse! Der Aufführende tritt noch ein wenig zurück und legt die Hand an den Mützenrand. Die Gesichter im Dunkel, grußlos.

Dann ist die Kontrolle zu Ende, es ist jetzt dreiundzwanzig-uhrzehn, die Nacht bleibt noch.

Sie bleibt bis zum Morgen; zwischen zwei und vier ist es am schlimmsten, spät wird es hell.

Dann ist Wachablösung, der Aufführende läßt das Wachlokal kehren, Käse, Brotkrümel und verschütteter Tee werden von den Tischen gewischt. Dann ist alles sauber, dann warten sie: Wenn Posten vier nur käme.

Dieser Idiot, sagt der Aufführende zu einem Soldaten, immer hält er unsere Abmachungen nicht ein, heute Nacht haben wir uns anleuchten müssen. Beinahe hätte ich vergessen, die Lampe einzustecken, weil Ede sie vorher hatte, als er bei Posten eins über die Mauer ging, um das Bier zu holen.

So ein Idiot, dabei hat alles geklappt, keinen hat der Alte beim Rauchen erwischt, gerochen hat er nichts, so weit geht der gar nicht ran bei einer Kontrolle, und ich nehme nach jeder Flasche ein Pfefferminzbonbon. Und jetzt könnten wir schon duschen. Los, wir gehen nochmal den ganzen Weg ab, vielleicht pennt er irgendwo.

2 Paar Stiefel, 5 Kragenbinden, 1 Paar Schaftschuhe, 1 Paar Turnschuhe, 3 x Unterwäsche, 1 Kochgeschirr, 3 Paar Socken, 1 Trainingsanzug, 2 Käppis, 1 Pelzmütze stehen als an Posten vier ausgegeben und von ihm gegengezeichnet im Wehrpaß.

Vollständigkeit geprüft. Der Löffel nicht verbogen oder plattgeklopft, wie das vor der Entlassung üblich ist, um seinen Abgangsmonat mit roter Farbe aufzutragen und ihn dann beim letzten Mal vor das Tor zu schmeißen: Nie wieder.

Wo ist Posten vier? Das Dienstkäppi offensichtlich frisch gestopft, die Zweitstiefel geschmiert.

Scheiße, sagt der Zugführer, Lederfett, und wischt die Hände an seiner Maßuniform.

Als er aus dem Zimmer ist, sagt einer von den Neuen, die erst seit zwei Wochen hier sind: Was er gemacht hat, kann ich mir vorstellen.

Wer? Na vier. Wenn der Morgennebel noch steht, werde ich zuerst die Knarre über die Mauer schmeißen. Dann den Helm vom Kopf reißen. Wenn es so kalt ist, spürt man keinen Schmerz, der kommt später, wenn du wieder im Zimmer bist. Dann die Klamotten runter. Nur runter. Das Koppel und die Stiefel. Dann werde ich nackt über die Mauer springen. Wie, das haben wir gelernt. Sprungbein, frontal rauf, anderes Bein nachziehen. Abkanten. Ohne Koppel wird es leicht sein. Dann werde ich im Nebel stehen, auf dem Feld zwischen der Straße zur Autobahn und die Mauer im Rücken.

Ich werde die Knarre durchreißen. Ich werde nackt sein, und das, ich weiß es wird mich abhalten. Deshalb muß ich meine Eltern bitten, eine Turnhose mitzubringen. Beim nächsten Besuch. Eine eigene Hose, nur nicht sterben in diesen Klamotten. Die Hose hindert mich noch. Mit einer eigenen Hose braucht man ja nicht ständig an zu Hause denken. Ein paar Minuten nicht. Ich muß den Mund weit aufmachen, damit das Korn nicht stört. Zuerst muß ich die Hose haben. Dann werdet ihr sehen.

Posten vier ist nicht Posten vier, nach jeder Ablösung anders. Posten vier geht laut Vorschrift an der Mauer den Postenweg vier entlang.

Posten vier ging durch die Mauer, sein Schatten haftet an ihr, ein Angriff des Lichts, Posten vier reißt das Gewehr durch und schießt sofort. Es gibt Querschläger und Zementsplitter. Posten vier zeigt auf die Stelle, den Schatten von Posten vier auf der Mauer; hingeworfen oder zurückgelassen. Die Nacht blieb.

Nagasaki, sagt der Offizier vom Dienst unruhig, alles menschlich, sagt der Aufführende.

Halt wer da! Ich kann euch nicht erkennen, ruft Posten vier.

1981

DAS SCHWARZ DEINER HAARE

Wenn ich meine Kollegen sehe, wie sie Zivilverteidigung mit Bockwürsten und Luftgewehren betreiben, ihr Lachen, ihr freudiges Zielen, vorläufig auf Scheiben noch, die doch schon wieder Köpfe und Schultern menschlicher Wesen zeigen, dann steht in mir die Musik eines kleinen Cafés in Warschau auf, wo ich mit einer schönen Polin vor ein paar Jahren saß, und das ich seitdem nie verließ.

Denn sie haben nicht aufgehört zu schießen, auf das, was wir lieben.

Ich höre Worte von ihr, deren Verwandtschaft sämtlich in den Flammen Warschaus starb, und unter die Musik der abgenutzten Jazzplatte dieses Cafés mischen sich Schreie verbrennender Menschen und das Schmatzen der bockwurstessenden Zivilverteidiger, mit denen ich täglich acht Stunden zusammenarbeite und die alle ihre Erfahrungen haben und beauftragt sind, sie an mich weiterzugeben. – Wie sagten Sie doch, Herr Obermeister, Kriegsflotte, das verlernt man so schnell nicht wieder, so sagten Sie doch, als Sie anlegten. – Und wenn sie dann die kleine Abzugsfeder am Gewehr lösen, höre ich die Jazzplatte in einem kleinen Café springen und in Scherben zerfallen und sehe, wie der Schuß dem Gewehrlauf entfährt und sich tief in das Schwarz der Zielscheibe bohrt, und plötzlich sehe ich Blut unter den schwarzen Haaren meiner polnischen Freundin, Blut im langen schwarzen Haar, und höre meine Kollegen um mich rufen: Eine Zehn, genau ins Schwarze, bravo, Genosse Direktor!

1975

Mit seinem Koffer läuft er den kleinen Feldweg entlang. Er sagt zu mir: Gehen wir nach Hause.

Mein Vater wird kommen. Zu Hause wird sein, wenn meine Mutter den Kessel mit gekochtem Lamm auf den weißbetuchten Tisch stellt und meine Schwestern sich goldene Spangen ins Haar stecken. Und am Abend, wenn der Himmel über den Bergen eine Glocke aus grünem Glas ist, über der eine rote Flamme glimmt, werden sie weiße Kleider tragen.

Die Leute im Dorf hören den Gesang aus unserem Haus und sagen: Der Sohn der Familie Tehemesian ist zurückgekehrt.

So wird es sein.

Mein Vater wird kommen. Ich habe ihn gerufen. Die ganze Nacht lang. Aber jetzt ist Morgen, und mein Bein schmerzt. Sie haben mich gelehrt, wie man einen Panzer fährt, und daß gute Sicht vor Deckung geht. Ich liege am offenen Fenster, auch wenn mein Bein wieder schmerzt. Die Deckung ist gut. Aber die Scheunen zu Hause sind aus Stein. Der Stein kommt aus den Bergen. Die Häuser in unserem Dorf sind aus Stein. Diese Scheune hier ist aus Holz, aber die Deckung ist gut, und ich habe meinen Vater gerufen. Er wird kommen und sagen: Gehen wir nach Hause.

Meine Mutter hat keine Zeit und wird nicht kommen. Sie muß Vieh füttern und Ziegen melken und kann nicht einfach fortgehen aus dem Dorf, auch wenn mein Bein schmerzt. Sie werden mit Hunden kommen, dann werden sie schießen, jetzt fällt es mir wieder ein.

Wir Armenier sind Christen, immer haben sie geschossen und kamen mit Hunden in unsere Dörfer. Und kreuzigten an Bäumen. Und bauten Mauern aus Schädeln und Brüsten. Im Namen Mohammeds. Im Namen des Krieges. Der Ararat hat es gesehen. Jetzt fällt es mir ein.

Ich habe meinen Vater gerufen. Mit seinem schweren Koffer wird er kommen und sagen: Gehen wir nach Hause. Und am Abend, wenn der Himmel über den Bergen eine Glocke aus grünem Glas ist, werden meine Schwestern weiße Kleider tragen. So wird es sein.

Sie haben mich gelehrt, wie man ein Maschinengewehr bedient, und daß gute Sicht vor Deckung geht. Ich sehe gut aus dieser Scheune, aber sie ist aus Holz. Sie haben mich nach Deutschland geschickt, weil ich in der Schule Deutsch gelernt habe und in der Stadt ein guter Facharbeiter war. Und dieses Deutschland hier heißt Thüringen, dann kommt eine Grenze, und dann kommt wieder ein Deutschland, von dem ich nicht weiß, wie es dort heißt. Dann ist lange Zeit Wasser, und danach heißen alle Länder Amerika. Dort lebt mein Bruder. Dort will ich hin, wenn mein Bein aufhört zu schmerzen. Oder nach Hause, wenn mein Vater kommt und mich holt. Es war seine Idee, mich in die Stadt zu schicken und Deutsch lernen zu lassen. Es war seine Idee, aus mir in der Fabrik einen guten Facharbeiter zu machen. Meine Mutter war dagegen. Armenier sind Christen. Die Türken waren mit Deutschland verbündet und haben mein Volk erschlagen. Im Namen Mohammeds. Im Namen des Krieges. Jetzt halten die deutschen Soldaten das Nachrichtennetz aufrecht. Ich werde aus dieser Scheune treten und rufen: Brüder, schießt nicht. Die Scheune steht in Thüringen. Jetzt stellen die deutschen Facharbeiter ihre Maschinen ab und sind mit den Russen verbündet. Jetzt steigen sie in die Uniformen und schieben das Magazin in die Maschinenpistole. Jetzt sind sie Kampfgruppen und kontrollieren Züge und sperren Straßen ab. Während die Russen mich suchen. Die Russen sind gekommen und haben mein Volk eingesperrt und mich nach Deutschland geschickt, weil ich ein guter Facharbeiter war. Im Namen des Friedens. Ich habe meinen Vater gerufen, aber der Zug von Jerewan nach Thüringen fährt viele Tage. Meine Schwestern werden ihm den Koffer zum Bahnhof tragen. Sie werden mit Hunden kommen und mit Maschinenpistolen, ich werde vor die Scheune treten und ihnen auf deutsch, armenisch und russisch zurufen: Brüder, schießt nicht.

Die Armenier werden nicht schießen, sie werden mein Bein sehen und fragen: Bruder, warum bist du abgehauen? Dein Vater ist schon unterwegs, und Thüringen dauert nur drei Jahre.

Und unser Volk, werde ich sie fragen, wie lange hat das gedauert? Da werden sie schweigen und aufhören zu fragen und in das fahle Blau des fremden Himmels schauen. Im Namen des Friedens. So wird es sein.

Sie haben mich gelehrt, wie man eine Handgranate wirft, und daß gute Sicht vor Deckung geht. Sie haben mich nicht gelehrt, wie man eine Kugel aus seinem Bein schneidet. Sie haben mich nicht gelehrt, wie man seinen Vater ruft. Mein Vater wird kommen und lang meine russische Uniform ansehen. Ich will zu meinem Bruder. Oder nach Hause. Ich will nicht in einer Kaserne leben. Das ist ein Grund. Mit zwanzig Männern in einem Raum. In einem fremden Land, das Thüringen heißt. Ich will nicht drei Jahre hinter Drahtzäunen geschlagen werden. Für ein fremdes Land, das Rußland heißt. Ich will in dem Haus aus rohem Stein leben, in dem mein Vater und meine Mutter wohnen, und meine Schwestern. Ich will das nächtliche Grölen der betrunkenen Offiziere nicht hören und den Anruf der Posten auf den Wachtürmen. Das ist ein Grund. Ich will nicht in einer Kaserne leben. Nachts will ich wachliegen in dem Haus, das wir gebaut haben aus den Steinen des Ararat, und unter mir das Scharren der Tiere im Stall hören. Den Anschlag des Hütehundes, wenn er den Wolf wittert, der aus den Bergen herabkommt.

Ich bin Armenier. Ich habe einen Vater, eine Mutter, einen Bruder, zwei Schwestern. Ich bin Christ. Ich habe kein Volk. Mein Volk ist erschlagen. Der Rest eingesperrt oder in Amerika. Im Namen Mohammeds. Im Namen des Krieges. Oder des Friedens.

Ich habe meinen Vater gerufen, die ganze Nacht lang. Er wird mit seinem Koffer den kleinen Feldweg entlangkommen, auf den ich schaue. Er wird zu mir sagen: Komm, gehen wir nach Hause. Zu Hause wird sein, wenn der Himmel über den Bergen eine Glocke aus grünem Glas ist, und am Abend werden meine Schwestern weiße Kleider tragen. So wird es sein. Ich sehe aus dem Fenster der Scheune. Ich sehe den kleinen Feldweg. Dort kommt mein Vater. Er trägt den schweren Koffer. Auf dem Feldweg läuft mein Vater. Hier bin ich. Ich rufe: Hier bin ich. Aber mein Vater hört mich nicht. Ich höre die Hunde, ich höre das Schlagen der Maschinenpistolen, und aus dem fahlblauen fremden Himmel zuckt der erste Blitz in mein Fenster.

1986

Eine Lebende in Warschau

oder

Neun Kapitel eines Grenzübertritts

für Hanja

1

Sie kommt aus dem Dunst der regennassen Straße, in die sie irgendwo der klapprige Türspalt eines Autobusses gespien hat.
Kommt durch den Nebel, den die Leuchtreklame fluoresziert, nur
mit einem Grund, hat nur ein frierendes Ziel: mich.

Sie tritt hervor aus der Mauer des Wartens, die ich nun verlas-
se, schneller, ehe sie von mir abgleitet, schneller als die Zeit, die
von mir flieht mit jedem Schritt von dieser Wand der Erwartung
zu jener hin aus nebligem Dunst, von wo sie lachend mir den
letzten Schritt nimmt, also eher ist und stehenbleibt mit mir
gleich, dazwischen, ohne Wände, die lautlos umfallen und im
Regen zerfließen.

Sie ist da.

2

Sekunden nur, schwerelos, ohne Richtung. Wir setzen den
ersten Schritt, den gemeinsamen Fuß irgendwo auf, zusammen,
und sehen: Da ist keine Wand, wir sind nirgends dazwischen zu
zweit, keine Wand tritt uns entgegen, kein Hindernis setzt sich
den Füßen entgegen, die den gleichen Weg finden, auf Beton
gehen und in die gleiche Richtung, also doch nur ein Fuß sind,
ohne Unterschied die gebröckelten Wände zertreten. Eben ein
erster Schritt. Zu zweit.

3

Jetzt müßten wir eigentlich anfangen, nach Worten zu suchen,
und es müßten Worte sein, die wir beide verstehen würden. Doch
was sollen hier Worte?

Dieser Atem ist schon Verschwendung. Weil er schneller geht
als sonst, pulsiert er wortlos unsere Schritte dem Nebel zu, füllt

die Lungen der Stadt nur mit neuem Dunst, der doch wieder nur vernebelt und benebelt, die alten Sachen, ohne Auge, ohne Ohr, nichts sehen, nichts hören.

Doch Nebel ist nicht gut heute, man ist verwundert, daß er sich so lange hält, dazu dieses stickige Nieseln, das alles verstopft und verkleistert. Nein, Nebel gerade heute, ist nicht gut.

So sieht man nur manchmal, dunstig und rot aufflackernd wie das schlechte Gewissen unserer Väter – die Opferschalen sind entflammt.

Scheinbar von selbst bricht die Wunde jährlich auf, die Blumen kommen ungesehen im Dunst von nächtlichen Feldern her, verlassen für einen Tag die gemordeten Opfer und legen sich zu den Füßen der Flamme, nehmen die Wärme in sich rot glühend auf, gehen zurück zu den Massengräbern und sagen: Es gibt welche, die haben die Kälte nicht vergessen, die zünden Fackeln für euch an. – Es ist der 1. September 1973, Warschau, 34 Jahre nach dem deutschen Überfall auf Polen.

4

Das ist lange her. Man könnte es also vergessen, getrost. Doch da ist sie, dieses Mädchen neben mir, lebend in Warschau, mit dem Schein der roten Fackeln in ihren Augen. Ein Spiegel, der alles sieht, der nicht zerschlagen wurde, der leben blieb, ungeboren vor 34 Jahren.

Ein Spiegel, neben den zerschlagenen, über die ihre Mörder sagen: Danach hatten wir sieben Jahre Pech. Sie leben als schwarze Schatten auf dieser Erde, poliert von einer vergeßlichen Geschichte. Ihr Schlaf ist ruhig.

Nur manchmal, einmal im Jahr, treffen sie sich mit den roten Flammen im Auge derer, von denen eine mit mir Schritte tut auf demselben Grund, mit einem gemeinsamen Fuß.

Dort, wenn ich lange in ihre Augen sehe, sitzen sie und zetern sie, und der Spiegel ihrer Augen verbrennt sie mit den Flammen der Opferschalen. Kein Geschrei. Im Winkel ihrer Augen halten die Tränen Gericht.

Dort, wo der Haß keine Bleibe findet. Und jedes Jahr wird er gerichtet in ihren Augen, die mich so oft finden, bis ich in ihnen lese, was meinen Augen fehlt – in ihnen das Leid eines Volkes zu tragen.

5

Ich folgere: Meine Augen sind also leer, haben nichts gesehen, werden nichts sehen außer bunter Reklame und dem Flitter der Schaufenster.

Vermuten läßt sich, was ich für mich mitnehmen werde, in mir: In Warschau sind die Leute gut gekleidet, die meisten sprechen polnisch, und in den Straßencafés kann man heißen Tee trinken. Das ließe sich vermuten, wäre da nicht das Glimmen der Opferschalen in den Augen neben mir, die jetzt die meinigen sind, oder es ist der Nebel, der mich ersticken läßt am Gewissen meiner Väter, die seriöse Stellungen bekleiden, das sehe ich, das weiß ich von ihnen, das wird mir gezeigt über sie in meinem Land. Verantwortlich für einen Industriezweig, für das Leben eines Volkes, füllen sie mit ergrauten Schläfen, gewissenhaft und termingerecht, die Stellen ihrer Statistiken, keine roten Zahlen, gute Arbeit, nichts Rotes, kein Blut, nicht diese Handschrift, die sie vor 34 Jahren schrieben. In Sonntagsschrift, versteht sich.

Und ich stehe hier in Warschau, im Nebel, der rot gefärbt, blutdunstig fast in meine Lungen dringt und mich zerquetscht nach außen, den Kehlkopf öffnet, gespenstisch schwer, asthmatisch, vibrierende Stimmbänder, ein stöhnender Laut, nicht mehr neblig, klare Luft – ein Wort spröde und durchsichtig wie Kristall, ich sage: schuldig.

Dieses Wort kommt deutsch über meine Lippen, denn hier ist es ein deutsches Problem, das polnische Menschen nicht vergessen brauchten, aus Angst vor einer mißlungenen Laufbahn. Und das Mädchen trägt die Klage der Opfer in ihren Augen. Und heute, an diesem Tag, sehe ich die Augen der Warschauer sich vom Kalender weg auf den Getto-Bezirk wenden, ungeachtet der Wohnblöcke und Grünflächen, und dann springt ein einziger, gemeinsamer Funke aus den Schreien der Gemordeten in die Wunden eines Volkes und verbrennt die Mörder hinter den Statistiken für eine neue Zukunft.

6

Der erste Schritt ist längst verhundertfacht. Noch immer keine Wände, wohin wir auch gehen.

Der Regen aber ist stärker geworden, so verschwimmt die Stadt im Nebel noch mehr.

Ich könnte berichten von einem kleinen Café, in dem wir

schlechten Tee tranken, oder war er nur so bitter wegen der Gedanken, die ihn begleiteten. Erzählen kann ich von verliebten Blicken, von Lachen und Berührungen bei bitterem Tee ohne Zucker. Alles das müßte erzählt werden von einem Treff in Warschau.

Wodka müßte ich konsumieren und mit Skatvereinen fröhliche Lieder singen. Vielleicht das „Polenmädchen"?

„Und weil wir deutsche Burschen sind, küssen wir ein deutsches Kind, das nicht beim ersten Kuß verrecken muß."

So ist Warschau eine Reise wert. Prost. Gruppenfoto mit Flasche.

Dazu ein paar nette Polinnen und völkische Gemütlichkeit, abends beim Brigadeskat.

7

Nicht ich. Allein kam ich hierher, als Einzelner, das, was ich in meiner Heimat bin.

Ich sitze hier in einem Café, nicht allein, mit ihr, hier habe ich Freunde.

Ich leide an Erstickungsanfällen, während meine Landsleute die Märkte abklappern. Nicht weil der 1. September ist, fühlen sie sich unwohl, sondern der Nebel ist schuld. So kann man es sagen, beim Einkaufsbummel durch Warschau, unterm Arm eine Flasche voll Vergessen.

Doch ich sitze hier. Und mir gegenüber die Augen, die mich ständig erinnern und zur Klage keine Worte benötigen. Sie raucht, zieht den Mentholdampf tief ein und bläst ihn aus, schweigend, keine Worte braucht das heutige Thema. Eine 34jährige Geschichtsschreibung macht genug Worte über alle Gesichtspunkte, über die Einmaligkeit solchen Versagens, über die Heiligkeit und die Vergangenheit dieses Themas.

Gute Arbeit, wie gesagt. Ein Thema, den Kindern früh gezeigt, eingegraben unendlich oft, bis es vergessen wird.

Jährlich hervorgeholt zu den Prüfungen und anderen Zeugnissen der Reife, jährlich entstaubt – ohne das jährliche Feuer, das keinen Staub duldet, entfacht in Warschau am 1. September.

Jedes Jahr.

8

Mein Tee ist stehengeblieben auf dem Tisch, so Bitteres kann niemand genießen. Die Beine haben sich ein wenig ausgeruht. So gehen wir wieder, nur eines Fußes, eines Blickes und manchmal eines Wortes bedürfend über den Spiegel der Straßen, wo der Regen aufgehört hat, der Blick jetzt fast klar ist. Wenn nur dieser Nebel nicht wäre.

Ich habe den Arm um sie gelegt, nun sind wir verbunden, ganz eng zusammen, alles ist uns gemeinsam.

An der Bushaltestelle warten wir und erzählen Sachen, belanglose, ohne Ursprung, so wie der Autobus, der plötzlich dasteht, gewiß, daß wenig Zeit ist, so ein Abschied in einem einzigen, sekundenkurzen Verbrennen unserer Augen.

Zerrissen. Gierig frißt sie der Türspalt, saugt sie in sich. Ein Winken verschwimmt im Dunst.

9

Ich drehe mich um in Gedanken, will einen Schritt tun – und spüre eine Wand. Erschrocken weiche ich zurück und schlage hart mit dem Hinterkopf an. – Die andere. – Ich bin wieder allein.

Doch es ist Zeit vergangen.

Ich habe gedacht, ich habe geurteilt, ich habe schuldig gesprochen, das Feuer ihrer Augen brennt in den meinen.

Und so spüre ich, wie die Mauern langsam auf mich zurücken, mich zerdrücken wollen, und ich will schreien, doch da kommen sie, die Väter, und stopfen mir den Mund zu mit ihren Statistiken – und tanzen und schreien: glückliche Zukunft, Wirtschaftsaufschwung, Erfolgsbilanzen, Verteidigungsauftrag. So stopfen sie mir den Mund voll Zettel und Statistiken, und es trieft Blut heraus, und alle Zahlen werden rot gefärbt, die Wände rücken heran und zerdrücken mich, und ich sehe die Opfertafeln: Aus dem TEATR WIELKIE ermordete Hitler 350 Mitarbeiter, und ich spucke die blutigen Statistiken auf die Straße und schreie: Ihr, ihr seid es … schuldig!

Doch da fahren die Mauern zusammen, die Familienväter stampfen die Statistiken in meinen Mund, treten sie in die Ohren, die Mauern quetschen mich, es ist kein Traum, kein schlechtes Märchen, bei dem man aus dem Bett fällt und aufwacht, nein, ich bin hellwach, und die Mauern und Väter tun, was ihre Pflicht ist.

Da setzt der Regen wieder stärker ein, spült weg, was die Mauern gerichtet haben, und so fahre ich hin als blutiges Rinnsal in den Schnittgerinnen Warschaus und falle und falle den Opfern entgegen, wo mich die Wärme empfängt.

Die Flammen für Warschaus Tote schlagen gen Himmel, und mein Schrei nach den Namen der Schuldigen findet die stillen Augen, in die ich so lange gesehen habe und in ihnen ihr ewiges Feuer. Da sitze ich im Zug, neuen Mauern zu, ich werde allein sein, wie vorher, ein Einzelner.

Freudenvolle Väter werden mich erwarten, winkend mit erfüllten Jahresplänen. Ich weiß, daß ich nicht mehr schweigen kann. Ich sitze im Zug, und in mir wird nichts bleiben, nichts, nur das Brennen ihrer Augen.

1973

Der Dritte Satz für ein

Deutschlandbuch

Als es wieder so weit war, und doch nur die Fortsetzung des
früheren sich ankündigte, das gar nicht aufgehört hatte, wie man
zu glauben sich wünschte, jedenfalls in den ersten Jahren mit
kleinen Muskeln und großen Träumen ans Werk ging, aber doch
eigentlich nicht wußte, wie es heißen würde, und so nur die Hoffnung mit auf den Weg nahm; wie immer nach einem Ende, das
nicht nur scheinbar sich vollzogen hatte, also den Anfang suchte
und fand, den Weg vorschritt mit Bewunderung der eigenen Kraft
und ruhelos, so das Leben erhoffend, es so verbrachte, da sah
man nach einigen Jahren, sich jedoch scheuend, jetzt schon
Bilanz zu halten, gar nichts Besonderes: Eine Anzeigenseite in
kleinstädtischer Manier, geschmückt mit Todesannoncen und
Verkaufsanzeigen, vielfach hervorgehoben, groß und klein, auch
starkgedruckt oder mit winzigen Strichen, je nach dem beige-
messenen Wert der Verkündigung und dem Volumen des jeweiligen Geldbeutels, als das also zu lesen stand, übersah man beinahe
die kleine Notiz einer Heiratswilligen, die vielleicht Erika hieß
und Krankenschwester hätte sein können, den intimen Hilferuf
nach einem Partner also, gleich welcher Physiognomie, Konstitu-
tion oder Lebensart, mit nur einer Bedingung, der fiktive Partner
sei bitte garantiert marxistisch-leninistischer Weltanschauung,
dann wäre alles in bester Ordnung und werde schon zu machen
sein, in dieser Zeit, als das zu lesen stand, schwarz auf weiß, das
eine und das andere, als es wieder einmal so weit war, war der
Dichter Johannes Bobrowski schon tot.

1977

AUFBRUCH HINTER DIE
SPIEGEL

VIERTEL DER HALBEN BROTE

Er zündete sich eine Zigarette an und ging ans Fenster, zerschlug die Scheibe, sagte, es wird kalt werden, ohne sie.

Der Zoohändler stellte die Pappe ins Fenster: Lebendfutter vorrätig.

Er kam noch zu Hause an, aber die Briefkästen seiner Jahre blieben jetzt leer.

Hier treibt Gas die Laternen.

Hier treiben die Seelen der Selbstmörder.

Hier brechen die Einsamen das Brot der Einsamkeit, und der Abbruch steht still.

Hier lüften die Häuser ihren löchrigen Hut, und der Regen kommt ganz nah.

Hier bist auch du angekommen.

Hier wohnst du im Viertel der halben Brote.

1978

Die Gerechtigkeit

Obwohl du es dir nur vorgestellt hast, einmal ist alles so gekommen.

Am späten Abend plötzlich, du hattest gelacht und getrunken, zwischen zwei Tänzen hat sie dir gesagt, wie das Fremde in ihr wächst.

Und keiner hat dir den Namen gesagt und keiner die Schuld benannt.

Eine andere Liebe vielleicht, dachtest du, oder ein Kind mochte es sein, nicht von dir, das mag es geben, warum solltest du gerade verschont bleiben, aber wenn alles so weit gekommen ist, wirst du schon gelernt haben, daß es das nicht war, was eigentlich aufgestanden ist zwischen euch und auf kargem Boden sich eingerichtet hatte und jetzt langsam emporstieg.

Es konnte auch sein, und vielleicht war es wirklich so, daß du zuviel getrunken hattest, oder du warst einfach nur müde, als du neben ihr schlafen gingst und über nichts mehr nachdenken wolltest, oder gehörtest zu denen, die zu viele Abschiede hinter sich haben und sich eines Tages entschließen, diesmal zu bleiben. Aber nun liegst du neben ihr, und der Schlaf verfliegt wie ein Rausch, und du kannst seine Flügel hören. Und manchmal meinst du schon aufgestanden zu sein, aber Gewißheit darüber bekommst du erst, wenn du bereits auf der Straße stehst und jetzt erst Zeit findest, den Mantelkragen fester um deinen Hals zu schlagen. Dann nimmst du den ersten Zug.

Im Abteil bist du mit der blauen Notbeleuchtung allein, und draußen irren die Sterne und Nebelschwaden und die Dämmerung über der Stadt, und unter ihnen liegt die, die du verlassen hast.

Doch der Zug wird schneller, und die Möglichkeiten zu schlafen oder aus dem Fenster zu schauen sind noch nicht erschöpft, als der Zug plötzlich steht. Dann bist du angekommen.

Der Steinschotter stürzt übereinander, als würde jemand Geld verlieren, aber das kümmert jetzt keinen, hier, wo du aus dem Zug gesprungen bist, der wie ein dunkles Tier zwischen den Feldern auf freier Strecke steht. Also gehst du nach vorn zur Lokomotive. Und du siehst: Hier im Gewirr verdrehter Schienenstränge, zwischen geknotetem Eisen und zersplitterten Schwellen wird vielleicht dein Leben liegen. Doch wer soll sich jetzt noch auskennen, jetzt, wo auch der Lokführer neben seiner abgeschalteten Maschine steht und sich den Kopf kratzt mit allen Fingern seiner linken Hand. Und du trittst von hinten an ihn heran, und noch bevor deine Fingerspitzen seine Schulter berühren können, sagst du ihm: Warum sollten wir weiter so tun, als kennten wir uns nicht, jetzt, wo sich unsere Wege verschlungen haben!

Da dreht er sich um, mit dem Rücken zur Lokomotive, und sagt, kaum hörbar, so weich wie der Nebel jetzt trägt: Das also ist es. Ich habe es lange geahnt, aber wußte nicht, daß wir so früh aussteigen würden.

Und er reicht dir schon die Schaufel, und bald fahren die Züge wieder, andere Züge, nach anderen Zielen, mit anderen Generationen, die nicht ahnen, daß die da draußen, die auf den Schwellen sitzen und rauchen, schon angekommen sind.

Und eines Morgens hielt noch einmal der Frühzug dort. Männer und Frauen in langen, nie gesehenen Gewändern entstiegen ihm, und einige von ihnen trugen Waffen. Sie gingen zu euch und sagten, daß sie die Gerechtigkeit seien, jetzt, für euch alle sei sie angebrochen.

Und ein Fest hob an, wie du es noch nie erlebt hattest, und jeder Tag eures gemeinsamen Tuns stand unter dem Stern der Gerechtigkeit und des Friedens.

Aber irgendwie bist du ihnen nicht gefolgt, oder vielleicht auch warst du zu diesem Zeitpunkt schon etwas seltsam geworden, denn warum sonst bist jeden Früh aufgestanden, um die wenigen Schritte bis zum Bahndamm zu gehen und dein Ohr an die Schienen zu legen, als hätte dich eine Nachricht, die nur für dich bestimmt sein würde, noch nicht erreicht.

Denn manchmal, wenn morgens die Nebel noch treiben, für kurze Zeit, hält dort der Frühzug.

1979

für Jan Soukup

Langsam decke ich die Leiche zu. Die nassen, dicken Lappen, die sie feucht halten sollen, riechen nach Formalin und Phenol.

Dann gehe ich aus dem Seziersaal, in der Hand noch das Skalpell und zwei Pinzetten.

Auf der Treppe zu den Waschanlagen treffe ich meinen Stationsarzt; ich wünsche ihm einen schönen Feierabend, was er flüchtig erwidert, aber dann ruft er mich plötzlich zurück: Ach so, Herr Kollege, das hätte ich jetzt beinahe vergessen; es ist etwas für Sie abgegeben worden. Bitte sehr, Herr Kollege. Auf Wiedersehen, bis morgen.

Ich falte einen Zettel auseinander, lese eine Adresse und stecke den Zettel in die Tasche meines Kittels.

Als ich von meinen Händen die Reste von Oberhaut und Fettgewebe der sezierten Leiche wasche, merke ich, daß das Wasser aus dem Hahn schon langsam kalt wird, und so beeile ich mich sehr, die Seife noch zum Schäumen zu bringen.

Dann gehe ich auf die Straße. Die Sonne ist schon versunken, es ist ein schöner Abend, gerade diese Stunde ‚in der der Himmel sein Blau noch zu erkennen gibt, dieses fahle Licht, dem die Sonne aus den Fensterscheiben gewichen ist, der Mond blaß am Himmel steht, die Autos ihre Scheinwerfer angeschaltet haben und ein Vogel sein Abendlied auf einer bizarren Antenne singt.

Dann kommt die Nacht schnell, hat einen kalten Himmel und klare Sterne.

Ich lasse die Allee hinter mir, gehe eine ruhige Seitenstraße entlang, in der gerade die Straßenbeleuchtung aufflammt, und biege dann in eine schlechter beleuchtete, durch Abrißhäuser und wilden Rasen gesäumte kleine Gasse ein.

Und dort steht auch schon dieses alte graue Haus, das ich suche. Ich wechsle die Straßenseite, springe schnell ein paar Stufen hinauf und öffne mühsam die schwere Tür.

Ich hatte von außen kein Licht gesehen, aber jetzt, wo ich im Treppenflur stehe, weiß ich plötzlich: Hier muß Licht sein. Im Dunkeln tastend lasse ich die Vorhalle hinter mir und steige, mich bei jeder Stufe am Geländer orientierend, die stille Treppe hinauf.

Oben im ersten Stock ist noch weniger zu erkennen, nur der Mond läßt die Schemen von Stühlen um einen Tisch undeutlich hervortreten.

Zögernd gehe ich im Dunklen weiter.

Plötzlich setzt ein Klavier ein, so, als hätte es nur geschwiegen für kurze Zeit, um den Frieden der Vorhalle und der stillen Treppen nicht zu stören, so, als ob es dem Fremdling zum letzten Mal eine kleine Pause, eine allerletzte Frist gewährt hätte, rasch umzukehren, um ihn nun, wo er so nah steht, willkommen zu heißen – als müsse er nur die Tür öffnen, und alle Last würde von ihm gehen. Zögernd drücke ich die Klinke herunter, sofort springt ein Lichtstrahl aus dem engen Spalt, durch den ich den Blick werfe. Da bricht das Klavier. Ich sehe in ein großes Zimmer, Parkettboden, die Wände aus Spiegel, ein Mädchen hatte getanzt, verbleibt nun für eine Sekunde so mitten in ihrer Bewegung und läuft dann mit kurzen Schritten schnell auf mich zu.

Ich weiß sofort: Colombina.

Ich rufe ihr entgegen, noch bevor sie meinen Arm ergreifen und mich zur Tür hereinziehen kann; mit nachlassendem Widerstand und leiser werdenden Worten: Wo ist mein Leben?

Und sie sagt: Jan ist schon da, tritt nur herein, wir haben gewußt, daß alles so kommen würde.

Und ich schaue in eine der Spiegelwände und sehe: Dort, genau hinter mir, steht der Flügel, und an ihm sitzt Jan.

Da drehe ich mich um, Jan lächelt mir zu und schlägt langsam ein paar Takte an, dann mit beiden Händen und immer schneller und schaut mich noch immer lächelnd an. Während sein Spiel noch schneller wird und ich mich mühe, seinen Händen zu folgen, merke ich, wie Colombina wieder anfängt zu tanzen und sich dann in immer weiteren Schritten und Bögen mitten unter dem Leuchter in einem Wirbel von Licht dreht.

Plötzlich bricht Jan ab und ruft zu Colombina hinüber: Das ist nicht die Commedia dell'arte, wenn du davongehst, dann sieh nicht nach dem, was dich halten will. Du darfst nicht in den Spiegel sehen, wenn du anfängst zu tanzen. Und beginnt wieder zu spielen.

Und noch schneller und gelungener erscheinen die Töne, und er unterbricht nicht mehr, denn Colombina hat ihre Augen geschlossen und bewegt sich langsam auf die Spiegel zu. Und während ich gerade darüber nachdenken will, sehe ich Jan winken und bemerke, wie auch ich mich bewege, erst vorwärts, dann immer heftiger und nach allen Seiten. Die Spiegel werfen ihr Licht, und ich kann Colombina nicht mehr erkennen, so schnell bewegt sie sich jetzt durch den Raum. Jan, so erscheint es mir, sitzt mit dem Kopf nach unter am Klavier oder scheint mit ihm zu tanzen.

Und als ich denke, Colombina schon nicht mehr sehen zu können, ruft sie mir plötzlich mit ganz naher Stimme zu: Jetzt gehen wir hinter die Spiegel, komm! denn Jan hat mir gesagt, als die Spiegel einst alle zusammenhielten, gab es noch Glück. Aber jetzt sind sie zerbrochen in Millionen Splitter, auch wenn sie eckig oder rund, geformt und geschliffen verkauft werden als einzelne Spiegel. Und alle sind sie nur Scherben, und jede davon bringt sieben Jahre Pech. Komm mit, wir brechen auf hinter die Spiegel, von wo unser Blick sie alle durchschauen wird, denn wir kennen nur einen Spiegel für das Leben: Glück.

Seitdem leben wir hinter den Spiegeln. Jan, Colombina und auch ich. Durch jedes Bruchstück eines Spiegellebens können wir schauen und den Blick sehen, der hineinstarrt mit der Hoffnung, es sei etwas darin. Doch nichts, was zählen würde, sieht uns an. Beim Rasieren am Morgen, oder am Abend beim Schminken vor den großen, rechteckigen Splittern der Opernhäuser, wo man noch schnell die Abendkleider und Fräcke zurechtzupft.

Und so geschieht es manchmal, daß ich dann einen alten Kommilitonen aus früherer Zeit wiedersehe, wenn er sonntags mit seiner Familie auf der Autobahn fährt; und seine Kinder, die er die fade Asphaltromantik früh gelehrt hat, vom Rücksitz her kreischen und rufen: Vater, überhole doch, fahr doch vorbei, laß den doch stehen, vorwärts, Vater!

Und wenn er dann schon den Blinker angestellt hat, um den Wagen links vorbeizuziehen, nur noch einen kurzen Moment in den Rückspiegel schaut, ob die Straße frei ist, und sie ist immer frei, wenn man so oft schon überholt hat, dann sehn wir uns kurz an, ich hinter den Spiegeln und er mit verzweifeltem Blick und nur einer einzigen Frage, die heißt: Wo ist mein Leben!

1978

HÄLFTE DES LEBENS

für Gerd und Wolfgang

Alte Freundschaften sind tot. Oder, man erinnere sich, wo gibt es das noch: Der Freund eines alten Freundes, eines Schulkameraden vielleicht, kommt eines Abends zu dem Freund dieses alten Freundes, der zum Beispiel Direktor der Eisenbahngesellschaft geworden ist, mit einem Zettel im Mantel, der ihn als Freund des anderen Freundes hinreichend ausweist.

Wenn dieser Freund jedoch, der nun vorbeigekommen oder vom alten Freund sogar geschickt worden ist, sich umgehend als gefürchteter Terrorist entpuppt, wer würde ihn dann schon herzlich in seine Arme schließen, ihn, ohne Umstände zu machen, hereinbitten, ein Nachtlager richten, und gar noch, in Kenntnis von Streckenplan und Lebenslauf, eben jene Eisenbahn mit ihm zusammen in die Luft fliegen lassen, deren Direktor man eines Tages und zum Beispiel geworden ist.

Die alten Freundschaften sind tot, bis an einem beliebigen Abend der Freund eines alten Freundes mit einem Zettel im Mantel vor oder an der Tür steht.

Oder man stelle sich vor, alle drei sind gefürchtete Trinker.

1982

„Immer habe ich auf den Schnee gewartet,
weil ich mich nach der Reinheit sehnte."
Manès Sperber

Sie kommt an, dachte ich, und ich würde sie schon erkennen, auch wenn meine Hände rauh geworden sind.

Draußen hatte es geregnet, und es war Herbst und morgens noch früh.

Ich war noch einmal davongekommen und doch aufgestanden und gerade mit dem Frühstück fertig, als sie klingelte.

Ich weiß, sagte sie, es hat nichts zu bedeuten, doch gerade deshalb, und du magst mir auch verzeihen, manchmal möchte ich schon gerne wissen, was das ist, das Leben.

Du kommst von deinem Mann, sagte ich, ich habe auch deine Karte erhalten, aber sie hat mich nicht mehr erreicht, du warst schon zu fern. Aber jetzt bin ich hier, bei dir, sagte sie, vielleicht können wir Tee trinken. Ich weiß, du machst nie Feuer, bevor der erste Schnee fällt.

Als ich zur Küche ging, hörte ich, wie sie den Sessel rückte und anfing zu rauchen. Ich sah aus dem Fenster, hinter dem der Tag stand mit Wolken und Nässe, und das weichende Grün über den eingestürzten Häusern verriet den nahen Winter.

Während ich den Zucker aus dem Kühlschrank nachfüllte, rief ich ins Zimmer hinüber: Du wirst es mir nicht erlauben, so etwas zu denken, aber wer konnte wissen, daß diese belanglose Karte, die mich in Gleichgültigkeit erreichte und die später als Lesezeichen Verwendung fand, unser ganzes Buch war, das nicht gelesene?

Sie antwortete zuerst nicht, sagte dann aber leise, daß ich in der Küche aufhören mußte, mit den Tassen zu klappern: Beeile dich, ich bleibe nur bis zum Winter.

Ich ließ die Tassen in der Küche und ging hinüber ins Zimmer. Sie stand am Fenster und hatte die Stirn gegen die Scheibe gelehnt.

Draußen fiel jetzt Schnee.

1979

DER GAST

„Lange vor Abend
kehrt bei dir ein, der den Gruß getauscht mit dem Dunkel."

                                                Paul Celan

Es war zwecklos. Sie saß jetzt den dritten Abend mit diesen fünf Lumpen am Tisch, die irgendwas im Bankleben darstellten und deren lautvernehmliche Konversation darin bestand, unter dem hysterischen Beifall ihres Lachens sich blöde Worte in die Hand zu geben. Wobei sie sich hüteten, einander wirklich die Hände entgegenzustrecken, da jeder von der Schmutzigkeit des anderen sichere Kenntnis hatte.

Es war zwecklos. Sie hatte mich den ganzen Abend lang keines einzigen Blickes gewürdigt, und ich erhob mich, stand vom Tisch auf, nachdem ich einen kleinen, verschütteten Weinrest mit der entschiedenen Geste meines linken Handrückens vom Tisch gewischt hatte.

Es war eines dieser kleinen Cafés mit dem gleißenden Licht der großen Städte, in dem die Welt und die ihr angegliederte Boheme der Liebe ihre Teilnahme bewies, indem sie den Damen ihre halbvollen Sektgläser in die geöffneten Blusen schüttete. Es war die eigentliche Heimat meines Denkens. Es war zwecklos.

Für einen Moment sah ich noch einmal zurück auf meinen Platz, der jetzt verlassener wirkte als nach früheren Abschieden, bemerkte ein offen klaffendes Loch im Plüsch der Chaiselongue, aus dem in langen, hellen Fäden das Stroh des Polsters kroch. Es mußte die verzweifelte Arbeit mehrerer Generationen von Gästen gewesen sein, die offensichtlich alle diesem gleichen, nicht unter Kontrolle zu bringenden Antrieb gefolgt waren.

Zuletzt blickte ich noch kurz in einen der Spiegel über der metallisch glänzenden Theke, sah mich so einen Moment lang unter dem Kristalleuchter dieses Salons stehen, gab Franz zum Abschluß ein ungewöhnliches Trinkgeld, ließ eine Taxe rufen und winkte vor der Tür einer der zahlreichen Pferdedroschken dieses Viertels. Gerade in jenem Moment spürte ich, wie jemand gänzlich unerwartet seine Hand auf meine Schulter legte, denn die wirklichen Meinungen und Nachrichten entstehen hinter unserem Rücken und befallen uns von dort.

Sie ist mir also nachgekommen, zumindest auf ein Adieu, dachte ich, das ist nicht wenig. Ich wandte mich um. Es war Franz. Er mußte mir unbemerkt auf die Straße gefolgt sein.

Haben Sie nicht gewußt, mein Herr, sagte er, daß sie den Namen aller Huren trägt?

Ich verstehe nicht, sagte ich, was meinen Sie, Franz?

Alle, sagte er, die gefallen sind, tragen diesen Namen.

Sie meinen…? – Ja, sagte er und schlug seinen Blick zu Boden, Sie werden verstehen: Magdalena!

Nein, Franz, rief ich, diese fiel unter Gnade!

Mein Herr, sagte er, beruhigen Sie sich, alle dieses Namens fallen darunter. Verbleibt noch der Umstand, daß es kaum jemand weiß. Bitte entschuldigen Sie, aber ich mußte es Ihnen sagen, denn ich kenne Sie schon lange und habe Sie oft beim Schweigen beobachtet. Als lebten Sie in einer anderen Zeit. Und immer hatte ich gehofft, Sie würden selbst dieses Rätsel lösen, das Ihnen aufgegeben war, aber Sie fielen nicht unter Gnade.

Ich verzeihe Ihnen, nein, ich danke Ihnen! rief ich, und drückte Franz zum Abschied die Hand.

Als ich in den Wagen stieg, war mir, als ob zwischen uns noch nicht alles gesagt sei, als würde, wollte ich jetzt nicht reden, für ewig ein Schweigen zwischen uns sein. Aber ich wußte Bescheid, als ich, um zu rufen, das Fenster herabzog und mich mit meinem ganzen Gewicht hinauslehnte. Ich sah Franz mit geradem Blick zurück ins Café gehen.

Sogleich überfiel mich Kälte, und es erschien mir, als würden Reisende leichter frieren als andere, die alltägliche und gewohnte Wege begingen, als wäre ein zu Gast weilender dem Frost näher als einer, der weiß, wo sein Haus und sein Hof sind.

Mit einbrechender Nacht fuhr ich zum Flughafen, erreichte noch die nächstfolgende Maschine in unbekannte Richtung und näherte mich in eiliger Fahrt dem für sein undurchdringliches Dickicht bekannten Wald.

Nach zwei Tagen und sechsmaligem Wechsel des Gespanns überschritt ich die jenseitige Grenze des Waldes und setzte bei dichtem Nebel nach zweistündigem Flug in X auf.

Ich sah den Mond. Ich sah den Mond. Ich stand unter dem Nacht-
himmel auf der Gangway und zündete mir eine Zigarette an. Ich
stand neben der Kutsche und tätschelte den Pferden die schönen
Hälse. Ich nahm mein Gepäck vom Fließband des Airports,
während der Kutscher meine Reise-Kiste vom Bock schnallte.

Es schien nicht zwecklos. Nach kurzem Ritt von der nächsten
Poststation aus erreichte ich hinter den jagenden Fenstern eines
Schnellzuges das, was ich mein Ziel genannt hatte. Die Tür des
Bauernhauses war offen, ich drückte die Klinke und stand im
Licht der Freundschaft.

Am folgenden Tag lief ich einige Stunden an Gebirgsrändern entlang und machte in Schänken halt. Man bediente mich schweigend, und auch die graue Föhre hinter dem Fenster der Gaststube
schien keinen Laut von sich zu geben. Aber schon am Nachmittag, als mein Weg einmal kurz die Ränder des nahegelegenen
Waldes streifte, hatte ich zwei Bewohner des Bauernhauses,
offensichtlich ein Liebespaar, beim Holzsammeln bemerkt. Aber
ich wagte nicht, sie wirklich anzusehen, denn ich wußte ja Bescheid. Die Liebenden brachen das Holz am Tage mit Mühe für
die warmen und langen Nächte ihrer Liebe. Aber ich war ein
Gast, jemand, der vorbeigekommen war, ein Durchreisender, dessen Wege zwecklos erschienen und der nicht zu frieren aufhören
wollte und dem man bei Einbruch der Nacht aus freundlicher
Rücksichtnahme zwei oder drei Scheite vom brandgierigen Holz
der Liebe zustecken würde. Denn es war bekannt, daß er des
geduldigen und wissenden Suchens nicht fähig sei.

Am Abend, als die Kristalleuchter in den Cafés gezündet
wurden und das Licht in den Fernsehstudios aufschoß, ließ ich
meinen Ofen kalt. Denn daß die Liebenden ihr Brot brächen,
ausschließlich unter sich, hatte ich früh vernommen und war
seither den mühevollen Wegen dieses Glaubens gefolgt.

Ich nahm Abschied schon am nächsten Morgen und begann
mich sogleich, ohne weiteres Aufsehen zu wünschen, zügig dem
Tod entgegenzutrinken.

1984

DIE ENDLOSE FAHRT

ERSTER ABEND, LETZTER MORGEN

„Dies Leben war ein gutes Leben.
Es nahm alles, was es gab."

Ilmarinen, „Kalevala"

I

Ich komme an. Ende November, mit drei anderen, abends um neun.

Mit dem Zug sind wir von Gießen nach Frankfurt gefahren, dann flogen wir. Bis hierher.

Die anderen drei werden von Bekannten oder Freunden abgeholt, und es gibt ein großes Gedränge, so daß ich mich nur von Manfred verabschieden kann. Er hat seine Frau wiedergefunden, die er vor drei Jahren verlor. Ja gut, Montag um zehn.

Dann gehe ich aus dem Flughafen, mit zwei Plastiktüten in der Rechten, mehr Gepäck habe ich nicht; mit der Linken will ich die Tür öffnen, aber bevor ich einen der Griffe erreichen kann, schiebt sie sich auseinander. Ich trete hindurch, mache ein paar Schritte nach links, dann nach rechts, dann bleibe ich stehen: Hier ist Berlin.

Wie Sie zum Lager kommen, wissen Sie? hat einer mich in Gießen gefragt, und ich sagte „Ja", irgendwo hatte es auf einem der Zettel gestanden, die stapelweise in meinem Beutel stecken. Ich versuche, den Packen Zettel und daraus das richtige Blatt zu finden. „Fahrverbindungen" steht darauf, ich entsinne mich und wühle zwischen Socken und Prospekten, die „Freiheitsglocke" lese ich, „Gefahren des Kleingeschriebenen", „Nur mit uns. Ratgeber für Opfer des…"

Hier ist es dunkel, und ich gehe, vor der automatischen Tür kurz zögernd, die Hand wie abwehrend erhoben, zurück in die Halle des Flughafens, setze mich in eine der gelben Plastiksitzreihen, dorthin, wo ein Aschenbecher steht und zünde mir eine Zigarette an. Dann suche ich.

Beim Hinausgehen tue ich so, als achte ich nicht auf die Tür, es gelingt, sie geht auf und hinter mir wieder zu. City-Bus, den brauche ich zuerst, steht auf dem Zettel, den ich in der Hand halte, in der rechten jetzt, noch gerötet von den beiden Plastikbeuteln. Dort links steht ein Schild: City-Bus 9. Ich gehe an Taxen vorüber, die an den beiden Seiten einer Fußgängerinsel stehen. Taxi – warum nicht, denke ich und gehe auf den ersten Wagen zu, der Chauffeur steht neben der geöffneten Fahrertür. Als er mich sieht, öffnet er den hinteren Wagenschlag, ich mache eine Geste der Entschuldigung und bleibe möglichst weit entfernt vom Wagen stehen.

Entschuldigen Sie, wieviel kostet es mit dem Taxi bis zum Aufnahmelager Marienfelde, frage ich mit einer Betonung und künstlichen Energie, als würde ich eine Fremdsprache benutzen oder befürchten, der angesprochene Mann verstünde kein Deutsch, oder ich bezweifelte ernsthaft, in diesem deutschen Teil Deutschlands würde kein Deutsch gesprochen.

Na ungefähr, dreißig, vierzig Mark.

Schönen Dank, aber das ist mir zu teuer, entschuldigen Sie bitte. Er sagt nichts, und ich drehe mich um und gehe weg. Ich bin dran, verdammt noch mal, ruft er und meint einen anderen, einen Kollegen, nicht mich, der ich schuldig bin an seiner ausgefallenen Tour. Jetzt bloß nicht hinsehen, denke ich. Vielleicht bin ich dran, vielleicht bin ich an allem schuld.

Der Bus wartet gerade, zwei alte Leute sitzen schon drin. Vor der Tür steht einer in blauer Uniform, ein Busfahrer oder was weiß ich. Ich frage ihn nach der Haltestelle, an der ich aussteigen muß, um in die U-Bahn umzusteigen. Er nimmt mir den Zettel aus der Hand, liest, sagt dann: Politischer Häftling, Mensch, da darfst du auf keinen Fall durch den Osten fahren. Und zu dem Fahrer, der, wie ich jetzt erst sehe, schon im Bus sitzt: Nicht erst bis Zoo, setz' ihn doch gleich am Jakob-Kaiser-Platz ab, da kann er in die U-Bahn.

Gut, sagt der Fahrer, komm mal rein.

Ich steige ein, frage, wieviel kostet es? Einsfünfzig, sagt er und gibt mir den Fahrschein. Ich schüttele und kratze im Geld auf meiner Handfläche, es dauert ein wenig, bis ich das Geld, Fünfziger, Mark- und Zweimarkstücke unterscheide und lege dann einsfünfzig abgezählt auf die Kasse. Der Fahrer lächelt und schreibt irgendwas, gibt mir dann einen Zettel, sagt, so mußt du fahren. Rechtschönendank. Ich setze mich, und mir wird plötzlich ganz warm, vielleicht weil sich an mir und unter meiner Zeugenschaft eine menschliche Geste vollzogen hat, deren Existenz ich nie bezweifelt hatte und nie vergessen, nur: Ich wußte sie nicht mehr.

Später sagte mir einer: Wenn mich einer grüßte, sind mir die Tränen gekommen, so überrascht war ich.

Der Fahrer hebt die Hand, der in Uniform klopft an seine Mütze.

Türenschließen, Abfahrt. Jetzt bin ich schon nicht mehr so sehr unterwegs wie vorher in meinen Gefängnisjahren, nur im kleinen Maßstab noch, auf den Straßen einer fremden Stadt, in einem Bus, ich habe bezahlt und einer hat einen Zettel für mich geschrieben, nichts Neues eigentlich, würde ich nicht jetzt erst anfangen, in die Fremde zu kommen.

Am Jakob-Kaiser-Platz, U-Bahnhof, sagt der Fahrer: Jetzt mußt du raus, Richtung Rudow, weiter bis Mehringdamm. Umsteigen. Alt-Mariendorf.

Ich folge dem Zettel.

Und doch, etwas ist mir schon an diesem Abend aufgefallen, wie ein Zeichen, als ich mich auf die grünen, weichen Polster der U-Bahn-Wagen setzte, diese Bänke quer zur Fahrtrichtung, daß man die Gegenübersitzenden anschauen muß, ganz einfach, oder die vorbeifliegenden Mauern des Streckenschachts. Ganz einfach? Ich weiß es nicht, aber was schon an diesem Abend da war, und ich war voll damit beschäftigt, in dieses Marienfelde zu kommen, das spürte ich durch meinen Panzer aus Fremdheit, Neugier und Müdigkeit hindurch, etwas, das meine Freunde mir nicht abnehmen wollen und meine Feinde, was keiner sehen will und worauf niemand hört, als gäbe es eine gemeinsame, heimliche Absprache über dieses Tabu: Hier, zwischen den Menschen ist Schweigen.

Und später sagte mir einer, in Paris in der Metro sei es anders, und in Lissabon und Amsterdam in der Straßenbahn undenkbar, und ein Mädchen aus Köln, das hier lebt, sagte: Diese Angst, ich glaube, in dieser Stadt haben die Menschen Angst.

Das ist soweit alles, was andere mir sagten und was ich erfuhr, als ich nicht aufhören wollte zu fragen, weshalb die Menschen hier schweigen.

An diesem ersten Abend kam ich in Marienfelde gegen zehn Uhr an, ein Mann in grauer Uniform nahm meine Personalien auf und gab mir einen Zimmerschlüssel.

II

Ich sollte erwachen am nächsten Morgen und an allen anderen Morgen dieser Jahre, die ich hier lebte und die über mich kamen wie ein ewig währendes Verhängnis. Aber jeder Morgen, jede, damals noch ferne, durchwachte Nacht, in der ich mich zu betäuben suchte und in der die Zeit „JETZT" hieß, gingen zurück auf diesen ersten Abend und strahlten auf ihn hin, auf damals, als ich unschuldig ankam in dieser Stadt, in der die Angst schon alt war, und ich wußte es nicht.

Das Flammenzeichen an den U-Bahn-Schächten hatte ich nicht gedeutet an diesem Abend und nicht bedacht. Hier sollte ich aufsteigen in den Glanz marmorner Hausflure und mitschwingen im Schritt des gleißenden Lichts der Boulevardfassaden. Hier sollte ich eine junge Frau haben und das sich spiegelnde Licht in ihren Augen für ein Zeichen des Feuers halten. Hier sollten mir zwei Töchter geboren werden, zwei Jahre, bevor ich alt war, und ihre splitternden, frühen Schreie waren mir erschienen wie das Kristall reinen Glücks. Und die einzige Antwort auf die Welt, der sich die Menschen hier zuzählten, oder über das schweigende Reich, in dem ich jetzt gefangen war – ich konnte es nicht unterscheiden –, gaben die schwarzen Risse in den grell geschminkten Gesichtern der Frauen, deren verweste Münder, die die ihrer Mütter waren, von Liebe lallten.

Und eines morgens, als alle Lichter gelöscht waren und die Flammen gesunken, sollte ich erwachen nach einer durchtrunkenen Nacht, deren Zeit „ZUENDE" hieß, mit *einem Gesicht aus Asche*, das ich am letzten Abend in dieser Stadt auf den weißen Marmortisch eines beliebigen Prachtstraßencafés gelegt hatte, um hier nichts anderes mehr zu tun, als einzuschlafen in dieser Stadt und eines hellen blinden Morgens die Zeichen zu verstehen: Salome. Der Tänzerin zweier Welten Wunsch ist schnell erfüllt. Meinen Kopf in einer goldenen Schüssel. *UND WER ANKOMMT IN DIE IHM VERHEISSENE STADT MIT ZWEI PLASTIKTÜTEN ODER AUF EINEM ESEL: Dem ist sein Platz gewiß.*

1981/86

Das ist es nicht: Wenn er ißt, schmatzt er ein wenig. Er liebt Spezialitäten, frische Leberwurst oder Salzhering. Er sitzt an seinem Tisch, zwei Meter von mir entfernt, ist Beststudent, Mitglied des Leitungsgremiums, hat immer ein offenes Ohr. Er leidet an einem Gehörfehler, der ihm nichts auszumachen scheint.

Ich könnte seinen Namen einführen oder einen erfinden, aber ich denke, das muß vielleicht nicht sein, weil es nichts ändert, und so lasse ich es dann bei „er"; „er", kleingeschrieben, versteht sich, denn wir sind nicht im Mittelalter. Er ist Mitglieder der Arbeiter- und Bauernpartei und besitzt das Vertrauen aller Vorgesetzten, obwohl er einen Bart trägt, einen kurzgeschnittenen, schwarzen, was vor ein paar Jahren noch genügt hätte, ihn seinen Gönnern verdächtig erscheinen zu lassen. Er erzählt gern, wenn sein Studium ihn nicht gerade gefangen hält, also selten, aber dann legt er los. Unsere Jahre, unsere Erfahrungen kann uns keiner nehmen, sagt er, und ich nicke kurz und träume über einem Berg von Determinanten von Ruhe. Aber er kommt schon in Schwung, schlägt seine Bücher und Hefte zu und dringt in mein Ohr. Mit lauter Stimme spricht er, als wäre ich die Versammlung, die er gewohnt ist. Aber ich lächle, für ihn unsichtbar, und denke an seinen Gehörschaden.

Nicht umsonst, sagt er, bin ich Mitglied. Eingetreten bin ich vor vier Jahren, damals bei der Armee. Nun weiß ich, daß die Determinanten ruhen werden, bis die Geschichten vorbei sind und die Nacht kommen wird. Draußen schneit es, und durch das halb geöffnete Fenster dringen manchmal Stimmen von Kindern herein, die jetzt nach dem Mittagessen losziehen, um sich mit Zurufen auszutoben beim Eislaufen oder Schlittenfahren, und gerne wäre ich dabei oder würde am liebsten im Zimmer sitzen und ganz allein dem Fallen des Schnees zuhören.

Aber er sitzt neben mir, es ist ein Wohnheim für Studenten der Arbeiter- und Bauernfakultät, und ich habe keine Wahl, wenn ich die Determinanten bis morgen lösen will. Er steckt sich eine Zigarette an und, es kommt vor, bietet auch mir eine an, mit väterlicher Geste, denn die Zigaretten haben Filter, sind teurer als die Sorte, die ich rauche. Aber er redet schon wieder und sieht

mich befriedigt an, wie ich den süßlichen Rauch einziehe, Beloh-
nung für mein Schweigen. Nur diese Marke, denke ich, hat den
süßlichen Geschmack, den er so liebt. Er, mit seinem Stipen-
dium. Drei Jahre Armee, Soldat auf Zeit, das gibt, wenn man
studiert, die doppelte Kohle.

Hörst du überhaupt zu? fragt er mich. Und ich schlage schnell
die Asche der Zigarette an einer Untertasse ab. Der Friede muß
bewaffnet sein, sagt er, das kann man denen als Unteroffizier
vielleicht noch vermitteln, aber daß in einer Armee auch ein
bißchen Ordnung herrschen muß, weil es sonst drunter und drü-
ber geht, das wollten einige überhaupt nicht fressen, und ich
mußte sie bestrafen. Wie hast du das gemacht? frage ich. Na, das
mußt du doch selbst wissen, Soldat warst du ja auch. Ausgangs-
sperre oder den Urlaub streichen, und wenn das nichts hilft, gibt
es Bau. In einer Armee, die den Frieden schützt, muß es auch das
geben. Was würde daraus, wenn jeder machen kann, was er will?

Und ich weiß, er meint diese Armee, in der auch ich dienen
mußte und wo meine Vorstellungen von „ein bißchen Ordnung"
erheblich korrigiert worden sind; aber vielleicht ist es auch nur
eine schlechte Eigenart von mir, an allem herumzumäkeln. Er ist
anders. Offen heraus, wo drückt der Schuh, Jugendfreund? Laut
gesagt, was los ist. Aber manchmal stelle ich erstaunt fest, ist es
zu laut gesagt, und was noch schlimmer zu sein scheint, schon
geschrieben gewesen und zu lesen, bevor er es sagt. So bleibt nur
sein offener Mund, der auf mich gerichtet ist, rot im schwarzen
Bart.

Wenn ich dann plötzlich aufstehe, aus dem Zimmer gehe und
gar nichts sage, stelle ich mir seinen blöden Blick vor und schlur-
fe die wenigen Meter über den braungekachelten Flur. An der
Tür des Zimmers 139 klopfe ich nicht, weil ich weiß, daß man
mich hier gern sieht. Aber diesmal ist es doch ein Fehler. Selvan,
der dunkelhäutige Inder, schlägt schnell ein blaues Heft zu, ein
Sparbuch, wie ich sehe, und wirft es in einen riesigen Koffer, der
ansonsten leer ist. Dann bugsiert er den Koffer auf den Schrank.
Ich sehe, daß Selvans Gesicht leicht rot geworden ist, eigentlich
nur etwas dunkler. Dann lachen wir, denn wir wissen Bescheid;
auch ich kenne Selvans Plan: einmal in den sieben Jahren seines
Studiums nach Hause fahren, seine Eltern und die drei Schwestern wiedersehen.

Selvan sagt „Moment", geht aus dem Zimmer und kommt

nach einer Minute mit zwei Töpfen zurück. „Hier hast du Messer und Gabel." Er verteilt Reis auf zwei Teller und schiebt einen davon zu mir. „Komm, iß mit mir." Wir essen, und ich muß lächeln, wenn ich an seine Ankunft vor einem Jahr denke. Ich hatte ihn vom Flugplatz abgeholt, er sah mich und sagte sofort: „In diesem Land bleibe ich keinen Tag." Ich hielt es für einen Scherz, aber Selvan sah mich elend an. „Warum?" fragte ich. „Als die Maschine gelandet war", sagte Selvan, „und wir über die Schleuse in die Wartehalle kamen, habe ich gesehen, wie zwei sich küßten. Mitten am Tag, vor allen Leuten!" „Wir nehmen ein Taxi", sagte ich damals und verdrückte ein weiteres Lachen. Aber jetzt essen wir zusammen Reis mit Fischstücken, Selvan trinkt Leitungswasser dazu. Ich habe mich für den Löffel entschieden, den ich in Selvans Bettkasten fand. Er ißt mit den Fingern, wie immer, und wir haben uns seit einiger Zeit an diese gegenseitigen Fremdartigkeiten gewöhnt.

Nach dem Essen entschließen wir uns zu einem Spaziergang, es hat jetzt zu schneien aufgehört, und ich erzähle Selvan, während wir den Waldrand erreichen, daß wir uns jetzt in einem Bild Levitans befänden, des großen Malers der russischen Landschaft und ihrer Stille. Nur wir, zwei Menschen, wären künstlich hinzugefügt, weil Levitan keine Personen malen konnte und dafür einmal einen anderen Maler bemüht hätte. Aber nur einmal, für ein Bild. Ja, einmal, sagt Selvan und schweigt dann, aber ich sehe, wie unter seinem Blick die schneebedeckten Bäume zu Savannensträuchern werden und wie sich die dunklen Schluchten des Hochwaldes zu stampfenden Rinderherden verwandeln; wie um uns Selvans Heimat ersteht. Dann sehen wir vor uns die Bahnlinie, die den Wald zerschneidet, wirbeln mit unseren Schuhen den Schnee auf und beginnen zu laufen. Ich erzähle Selvan von der Liebe, der anderen großen Sehnsucht nach Heimat und meinen Wegen dahin. Geschichten, die immer traurig waren, aber in meinem Mund sich verwandeln würden zu lustigen Späßen, wie unter einem Zwang.

Hier an dieser kleinen Eisenbahnbrücke war es, als Manne, Hilli und mir aufgefallen war, daß wir alle drei dieses Mädchen liebten, das jeder von uns für diesen Nachmittag zu einem Spaziergang eingeladen hatte. Und es war Sommer und der Waldboden warm und jeder hatte wohl die gleiche Absicht, bestimmt jedoch eine andere, als sich wie verabredet an das Geländer dieser Brücke zu hängen, mit den Beinen über den Schienen zu baumeln und auf den nächsten Zug zu warten. Als er herankam, gaben wir gleichzeitig auf und zogen uns mit roten Köpfen nach oben. Dem Mädchen lief jeder von uns weiterhin nach, und es war der darauffolgende Winter, als sie mir im Dampf des unter uns wegschnaubenden Zuges sagte, daß sie mich nie verlassen wolle.

Jetzt gehen Selvan und ich weiter, ich werfe einen Schneeball nach ihm, und er jagt mir nach, quer durch den Wald, durch eine Senke mit kniehohem Schnee, bis wir vor der Tür des „Waldhauses" stehen. Wir stampfen den Schnee von den Schuhen und öffnen die Tür. Selvan nimmt die Mütze vom Kopf. Eine Frau, die hinter einer Tasse Kaffee sitzt, sagt: „Was für ein schöner Neger."

Am Abend war der Wald dunkel, und wir sangen, am Morgen hatte ich meine Determinanten nicht gelernt und fiel durch eine Prüfung, und ein Jahr später, als ich in einer anderen Stadt studierte, sagte mir ein Bekannter, Selvan sei nach Indien zurückgefahren, weil man seinen Vater erschossen habe. Er sei Mitglied der Armenpartei Indiens gewesen, nun müsse Selvan seine Mutter und die drei Schwestern versorgen; ein halbes Jahr später wurde ich verhaftet und ins Gefängnis gebracht. Ich sah Selvan nie wieder.

Und jetzt manchmal, in den von purem Licht glänzenden Straßen des Exils, wenn ich morgens nach einer durchtrunkenen Nacht nach Hause gehe, habe ich die beiden, falls ich mich nicht irre, schon einige Male wiedergesehen. Ich folgte ihnen, lief ihnen nach über die unzähligen Straßenkreuzungen dieser Stadt und ihre offenen Plätze, aber es machte niemals einen Unterschied, ob ich schneller ging oder ins Schlendern verfiel, immer waren sie schon weiter vorangekommen, als ich sie gerade zu erreichen glaubte. Am Ende gelangte ich dann jedes Mal an die letzte Ampelkreuzung, weit draußen vor der Stadt und sehe, wie eines der Männchen, denen ich folgte, grün nach oben springt, um dann sogleich zu erröten. Ich aber bleibe stehen und warte ab, weil ich die genaue Mechanik des Lebens zu kennen glaube, mit seinem Wechsel zwischen Nacht und Licht, Gut und Böse, Stillhalten und Weitergehen. Ich warte, bis es Morgen wird und der Horizont anfängt, sich zu röten, genau von da aus, aus jener Richtung, wo meine Heimat liegt. Und dann, wenn die Intensität

des Himmels genau die der Ampel erreicht hat, der rote Himmel-
strich sich hinter das Rot meiner Erinnerung schiebt und ich sie
nicht mehr zu unterscheiden vermag, ehe das Grün wiederkehrt,
genau diese zehn Sekunden, bin ich mitten unter ihnen und
erkenne sie wieder: Selvan und den Bärtigen, die ich kenne,
meine Heimat aus Gut und Böse – und bin so vielleicht endlich
angekommen. Und später, im Frühbus der Linie 28, habe ich auf
einem Zeitungsfetzen des kommenden Tages mein Schicksal
entziffert.

1976/83

Die Alten Griechen, sagt der Mann im Fernsehen, hielten einen Menschen erst dann für tot, wenn man seinen Namen vergessen hat. Wer den Namen noch weiß, für den lebt dieser Mensch noch, sagt der Mann, ein berühmter Schauspieler, in einem Film, der *Der Angriff auf die Queen Mary* heißt.

Da fällt mir etwas aus meiner Kindheit ein, und ich erinnere mich an ein Haus. Es war ein freistehendes Haus, umgeben von Schrebergärten, bewohnt von Angestellten der Eisenbahn und ihren Familien. Die Schrebergärten grenzten an zwei Fußballplätze, der eine hinter, der andere in Front des Hauses gelegen, und oft stellte ich mir vor, wie die Bewohner des dritten und vierten Stockes, die Einsicht auf beide Plätze hatten, in ihren Wohnungen aufgeregt hin und her liefen, vom Vorderfenster zur Rückfront, wo die Küchen und Toilettenfenster lagen, um den Verlauf der Spiele auf beiden Plätzen zu verfolgen.

Ich stellte mir vor, was geschähe, würde in beiden Spielen, auf beiden Plätzen gleichzeitig ein Tor fallen, wie Vater und Mutter vielleicht aus Wohn- und Schlafzimmer, Großmutter aus dem Klofenster der Rückseite, zusammen mit den Kindern, die aus dem Küchenfenster lehnten, *Tor* brüllen würden. Aber das habe ich nie gesehen, sondern mir nur gedacht, wenn ich an diesem Haus vorüberlief.

Einen Großvater in meine Gedanken aufzunehmen, der ebenfalls *Tor* rufen würde, gelang mir nie, denn meine beiden Großväter waren im Krieg geblieben, obwohl der Krieg aus war, oder es lag einfach an der Zahl der Fenster in diesem Haus.

Ich war öfter auf den beiden Fußballplätzen unterwegs, auf dem großen, zur Rückseite des Hauses gelegenen, der der ersten Mannschaft der Stadt vorbehalten war, das Spielfeld gepflegt und grasbewachsen, immer sonntags als Zuschauer, während ich mir die Woche über nachmittags auf dem anderen Platz die Eintrittskarte als Ballholer verdiente. Hier spielten die zweiten und dritten und vierten Mannschaften und jeden Samstag die *Alten Herren*. Dieser Platz war mit schwarzer Schlacke belegt, hieß bei den Fußballern *Ausweichplatz*, bei uns Kindern und den Anwohnern einfach *Schlackeplatz*.

Der andere, größere Fußballplatz, war das Stadion, und einmal gab auch ich meine sonntägliche Zuschauerrolle dort auf und belegte auf der roten Sandbahn bei einem Radrennen der A-Jugend den ersten Platz. Aber es war Mittwoch und der tosende Beifall, den ich von den Fußball-Sonntagen her kannte und der meine ganze Hoffnung gewesen war, als ich in die Pedale trat, blieb aus.

Ich kehrte zurück auf den *Schlackeplatz* als Ballholer, verdiente mir die Eintrittskarte für Sonntag und an heißen Tagen das eine oder andere Mal eine Flasche Brause aus Vereinsbeständen.

Eines Samstags, die Alten Herren holzten über den Platz, und bei jedem Angriff auf das Tor feuerte der Blonde Rolf den Ball weit über die Hinterlinie, so daß wir Jungen uns die Lungen aus dem Leib rennen mußten, während der Torwart der angegriffenen Mannschaft geklärt rief, einmal nach so einer Rakete von Rolf, die einen Aschekübel des Hauses getroffen und umgestürzt hatte, lief mir ein rothaariges Mädchen entgegen und schrie: Ich soll euch von meinem Vater sagen, ihr gehört alle in die Klapsmühle oder ins Rentnerheim, wenn das nicht aufhört.

Ich kannte sie, sie ging mit mir in die selbe Schule, in eine der Parallel-Klassen; ich murmelte etwas von *Männersache* und schoß den Ball Richtung Torwart zurück.

Einige Wochen später begannen die Sommerferien, die beiden Fußballplätze lagen jetzt still, nur manchmal an kühleren Tagen, nachmittags auf dem *Schlackeplatz*, sah man ein Häuflein verstaubter Schuljungen mit verschwitzten Köpfen sich um den Ball raufen. Die große Sommerpause des Fußballs hatte begonnen.

Und auch ich fuhr jetzt lieber mit dem Fahrrad in den Wald oder verbrachte, wenn es heiß wurde, zusammen mit meinem Freund Hasso die Ferientage im Sommerbad. Ende August, mitten auf den Feldern waren schon die großen Heuhaufen errichtet, wurde es plötzlich sehr kühl, heftiger Regen setzte ein, und wir mußten die letzten Tage vor Schulbeginn im Haus verbringen.

Wir kamen in die siebente Klasse. Der erste Schultag Anfang September war für uns noch ungewöhnlicher als es erste Schultage ohnehin sind. Aus den drei Parallel-Klassen, die unser Jahrgang seit der ersten Klasse bildete, wurden vier, die Klassen blieben jetzt kleiner. Trotzdem übersah ich fast eine Woche lang, vielleicht weil Hasso mir fehlte, der in eine andere Klasse kam als ich, das rothaarige Mädchen zwei Bänke hinter mir, in der Mittelreihe, diese Fußballfeindin.

Als ich sie bemerkte und mit dummem Gesicht anstarrte, lächelte sie plötzlich; ich dachte, was soll das, die ist kein Ersatz für Hasso, mit dem man prima Kaugummi auf den Lehrersitz kleben oder Tafelschwämme an die Wand werfen konnte. Nicht einmal Fußball mochte die.

Zum Glück endete jetzt auch die Sommerpause, und ich konnte, nachdem ich vormittags mit Euklid und Pythagoras rang, an den Nachmittagen meinen eigentlichen Aufgaben auf dem *Schlackeplatz* nachgehen. Allerdings von nun an stets etwas unsicher, denn nie konnte ich wissen, ob und wann dieses Mädchen dort auftauchen, aus dem Haus kommen würde, um die entsprechenden Botschaften ihres Vaters zu bestellen. Vor allem wenn der *Blonde Rolf* sich auf dem Platz zeigte, der berühmt für seine Einschüsse und Bomben war, fürchtete ich sehr, sie außerhalb der Schule wiedersehen zu müssen.

Und eines Tages geschah es, sie stand plötzlich an einem der Fenster dieses Hauses, rief irgendetwas und winkte hinaus. Beim dritten Mal hörte ich meinen Namen. Die spinnt wohl, dachte ich, nahm ein paar Schritte Anlauf und schoß den Ball, den ich gerade aus einem großen Brennesselbusch hinter dem Tor gefischt hatte, zurück aufs Feld – ich wollte schießen – er prallte gegen die Latte und flog über den Straßenzaun.

Unter dem Lachen der Männer auf dem Platz, und wie ich meinte, auch dem des Mädchens am Fenster, sprang ich über den Zaun, kletterte den Hang hinab und rannte den abschüssigen Weg entlang. Erst nach dreißig Metern, vor den Hecken des Oberen Friedhofs, rollte der Ball aus.

Ich blickte auf die Gräber, über die dichten Hecken hinweg. Auf diesem Friedhof befanden sich auch die Namen meiner beiden Großväter, gemeißelt in ein Kriegerdenkmal, eingraviert unter *Vermißt*, sie selbst aber waren im Krieg geblieben und vielleicht doch nicht so tot, wie gemeinhin angenommen nach all den Jahren, denn ihre Namen waren zurückgekehrt in diese Stadt und in goldenen Lettern.

Ich lief zurück, startete von der Straße aus eine mächtige Rakete über Hang und Zaun hinweg, Richtung Tor, und ging, das Fluchen der Spieler im Rücken, beleidigt nach Hause. Morgen sofort sollte die was erleben.

Die ersten drei Stunden ließ ich die Rothaarige unbehelligt, lief aber am Ende der großen Hofpause, die ich mit Hasso auf dem Schulhof verbracht hatte, indem wir den Mädchen in Röcken einen Handspiegel vor die Füße schmissen, um über die Farbe ihrer Höschen informiert zu sein, vorzeitig ins Zimmer unserer Klasse hinauf.

Jetzt reicht's, schrie ich, als ich die Tür öffnete und zwei Mädchen, die Rothaarige auf meinem Platz, über mein Hausaufgabenheft gebeugt sah, in das sie irgend etwas schrieben.

Die Mädchen sprangen auf, trippelten kichernd aus der Bank, ich riß das Heft von der Tischplatte, blätterte es durch und wurde rot. Sie hatten eigentlich nichts Böses getan. Nur den Stundenplan, die Reihenfolge der Fächer von Tag zu Tag, hatten sie für einige Wochen vorausgetragen, soweit ich das jetzt in aller Eile sah. Das wurde so von den Lehrern gefordert, aber ich war dafür bekannt, es nicht zu tun, da ich an den Nachmittagen Wichtigeres zu tun hatte. Die Hausaufgaben erledigte ich abschreibend vor Schulbeginn oder pausenfüllend vor den jeweiligen Fachstunden, was Kombination und Erinnerung auffrischte, so daß ich bei Überraschungsangriffen der Lehrer – Kurztestat oder mündliche Prüfung – immer eine gute Figur abgab.

Jetzt hat die sich verliebt, dachte ich mir, und zwar in dich. Wer sonst, einige Streber, Fettärsche allesamt, ausgenommen, hätte sonst seine große Pause so vertrödelt, jedenfalls nicht damit. So einfach ist also die Liebe, dachte ich. Hasso, was soll ich jetzt machen. Und ich hielt, in der Bank kauernd, meinen Kopf bis Schulschluß hinter dem Rücken des Vordermanns versteckt.

Einige Wochen, von mir fast unbemerkt, vergingen, ich wurde also geliebt, bildete es mir ein und genoß es, obwohl ich das rothaarige Mädchen in der Schule kaum beachtete und weiterhin kein Wort mit ihm sprach, am Nachmittag auf dem *Schlackeplatz* Dienst tat, treu, auch bei kalten Winden, jetzt im Oktober, und anhaltendem Regen. Hier jagte ich den verschlagenen Bällen nach, in der Schule ging ich umher wie ein eitler Hahn.

Und merkte nicht, was hinter meinem Rücken geschah, Gerüchte kamen auf, das rothaarige Mädchen war ihr Gegenstand und das Thema der Schule. Aber ich blieb unbekümmert und ahnungslos, obwohl der Platz des Mädchens in der Mittelreihe unserer Klasse jetzt öfter frei blieb, und nur einmal streifte ich den Physiklehrer mit einem Zornesblick, als er etwas von einem *horizontalen Gewerbe* fallenließ, in Zusammenhang mit meinem Mädchen.

Auch als Hasso mich eines Tages auf dem Pausenhof beiseite nahm und vom Schultanzabend zu reden anfing, sie hätte ihm gesagt, sie sei nun einmal die größte Nutte der Schule und das wolle sie auch bleiben, winkte ich immer noch ab und verstand nicht.

An einem Montag im November, ich war inzwischen doch mißtrauisch geworden und hatte das Fehlen des Mädchens auf ihrem Platz bereits wahrgenommen, erschien plötzlich der Direktor, mitten in der Stunde, tuschelte mit dem Fachlehrer und hielt eine kleine, leise räuspernde Rede. Ob jemand Näheres wüßte. Wer ihre beste Freundin. Wer sie mit wem.

Er sagte *gewesen war* und *zuletzt gesehen hat*, und wir sperrten die Münder auf und wußten nichts Näheres, ich nicht und alle nicht, auch wenn ich jetzt aschfahl in der Bank saß.

Hasso wußte Näheres, schon in der großen Hofpause. Wegen eines Zwölfers aus Zwickau. Von einer der berühmten vogtländischen Talbrücken. Spannweite 574. Backstein. Höhe 78. Göltzsch-Elster-Syra? 26 Millionen Ziegel. Hasso wußte nichts Näheres.

So einfach war die Liebe. Ich hatte mir keine Blöße gegeben und nichts von mir gezeigt als mein Schweigen. Sie hatte aus dem Haus zwischen den beiden Fußballplätzen meinen Namen gerufen, und ich war beleidigt gewesen. Sie hatte mein Hausaufgabenheft vorgetragen, damals in der großen Pause, warum? Was hatte sie von mir gewollt? Und dann die Gerüchte und das Tuscheln.

Ich sah ihre Schrift vor mir, hatte das Heft jetzt unter der Bank auf meinen Knien liegen, schlug die Seiten zurück. Es war Ende September gewesen, als ich die beiden Mädchen erwischt hatte und sie kichernd weggelaufen waren. Ich blätterte weiter, leere Wochen, manchmal ein Satz *Diktat unterschreiben lassen* oder *Blauhemd* oder *Altstoffsammeln*. Heute werde ich vierzehn und lade dich ins Eiscafé Pinguin ein. Fünfzehn Uhr.

Meine Knie stießen gegen die Bank, das Heft rutschte weg und schlug auf den Boden. Es war ihre Schrift, ihr Satz, den ich damals nicht bemerkt, später nicht gefunden hatte. Nächsten Dienstag wäre sie vierzehn geworden.

Also doch, ich hatte es mir nicht eingebildet. Sie war am

Leben gewesen im September und hatte sich für mich interessiert. Und für den Zwölfer aus Zwickau, Hasso und, wenn es stimmte, für viele andere. So einfach die Liebe, und die Brücke stand noch, aber das Mädchen war tot.

Es begann jetzt ein Gefühl in mir aufzusteigen, fast eine Sicherheit, denn ich war stumm geblieben ihr gegenüber, eitel und kalt, daß ich einen Preis würde zahlen müssen eines Tages und immer wieder für mein Schweigen zu meiner ersten Liebe.

Aber ich wußte den Namen dafür noch nicht, wußte nur sicher von meinem Verrat. Und ich glaubte, einen Teil dieses Preises dadurch bezahlen zu können, daß ich mich sofort als einer der beiden Klassenvertreter zur Teilnahme an der Beerdigung des Mädchens auf dem Oberen Friedhof meldete.

Es war Dienstag, ich hatte ihr blasses Gesicht unter dem roten Haar gesehen, als sie im offenen Sarg lag in einem weißen Kleid. Später war dieser Sarg verschraubt in ein frisch geschaufeltes Erdloch gesenkt worden. Ich saß im Café Pinguin auf einem Plastikstuhl, aber die rote Erdbeermilch, die vor mir auf dem Tisch stand, wollte und wollte nicht schmecken.

Dort sitze ich noch immer, als wäre mir seither sämtliche Bewegung abhanden gekommen, denn wo diese Geschichte zuende scheint, geht sie doch weiter. Aber der Stuhl ist ein Sessel für heute abend, der Fernseher läuft leer, die *Queen Mary* wurde angegriffen, erobert und wieder verloren. Das Mädchen, das ich liebe, ist schon zu Bett gegangen, ins Nebenzimmer, und hat schon mehrmals nach mir gerufen.

Ich sitze in einem Sessel vor dem Fernseher, der Hauptdarsteller hat am Anfang des Films einen Satz gesagt, ich mußte an ein Haus denken, das zwischen zwei Fußballplätzen liegt, an eine Kleinstadt, in der ich meine Kindheit verbracht habe. Das mag alles zusammenhängen in einfacher Weise. Auf dem Friedhof sind drei Namen hinzugekommen, in Friedenszeiten, also mit Grabsteinen und Körpern. Meine Großmutter, eine Tante, ein Onkel. Und viele Blumen, die aus diesem Boden wachsen.

Aber das alles habe ich nicht selbst gesehen. Denn ich bin in der Fremde und darf nicht zurück. Ein Land, eine Regierung hat mich von der Schule entfernt, ins Gefängnis geworfen und außer Landes gewiesen. Zum Land gehören die kleine Stadt, das Haus neben den Fußballplätzen, etwas abschüssig der Friedhof, die Namen und Gräber meiner Toten. Ich darf nicht zurück, durfte, die gestorben sind in zehn Jahren Abwesenheit, nicht begraben.

Es gibt einen Brief meines Bruders, in dem steht, er habe nach der Beerdigung meines Onkels mit dem Friedhofsvorsteher gesprochen, privat bei einem Glas Wein. Menschen, die das Land verließen aus anderen Gründen als ich, könnten zurückkehren nach ihrem Tod und in ihrer Heimat, auf *ihrem* Friedhof bestattet werden. Problematisch wäre es bei den Politischen. Es gäbe strikte Anweisungen im Falle ihres Todes und darüber hinaus…

Als Lebender und als Toter: Ich kann nicht zurück.

Manchmal steht etwas in den Zeitungen, Autoren, die von dort kamen, dürfen den Särgen ihrer Mütter nicht folgen, beim letzten Gang des Menschen. Manche sind älter als du, denke ich, aber da kommt die Angst und sagt: Deine Mutter ist auch schon alt.

Alles, was ich davon weiß, ist zu mächtig, zu viel für Papier, das der Zeitung und dieses hier. Lilos Mutter kommt vom Volkspolizeikreisamt und dreht den Gashahn auf. Ihre Tochter besuchen, das können Sie vergessen, so lange Ihr Schwiegersohn im Ausland sitzt und gegen die Republik schreibt. Francis hat *Solidarnosc* an das Haus des Bürgermeisters von Plauen geschrieben, er kommt aus dem Gefängnis, findet seine Mutter in der Psychiatrie, sie erkennt ihn nicht mehr, stirbt bald darauf. Johanna ist erst siebzehn, Blecher Buchhändler, der zwei Platten von Biermann zu Hause hat und sie manchmal Bekannten vorspielt. Blecher kommt in den Knast, wird nach Hessen verkauft, Johanna ist erst siebzehn und darf keinen Antrag stellen, ihm dorthin zu folgen. Sie macht's mit Tabletten. Zuviel für Papier, das will keiner wissen und nicht, daß es ein Land gibt in Deutschland, in dem die Regierung, eine Partei, Krieg führt gegen das eigene Volk und mit allen Mitteln.

Aber ich habe in einem Sessel gesessen und den Fernseher eingeschaltet heute abend, und ein Mann hat etwas gesagt von vergessenen Namen. Und Axels Bruder, der am Pfingstsonntag auf einer fränkischen Autobahn starb, ohne Fremdeinwirkung, der war erst ein Jahr hier und durfte dort nicht mehr Schauspieler sein. In Regensburg spielte er den Arzt in Büchners *Woyzeck*. Und Wlodzimierz kam nach zehn Jahren zurück nach Warschau, sein Vater lag im Sterben, hat ihn mit *Sie* angeredet und dem unbekannten, jungen Mann *alles Gute* gewünscht für die

Zukunft, als Wlodzimierz an seinem Sterbebett saß. Ohne Fremdeinwirkung.

Namen, die zu viele sind für Papier, Namenlose, deren Namen ich kenne, Tote in einem Krieg, der keinen Namen hat und der seine Toten nicht zählt. Wenn Ihr Sohn aufhört, gegen uns zu hetzen, kann er wieder mal einreisen, das müßte seine Mutter ihm ja wert sein, sie nach zehn Jahren wieder mal zu besuchen.

Ich bin in der Fremde, ich sitze in einem Sessel und kann nicht zurück. Ich weiß die Namen.

Aber den Namen des rothaarigen Mädchens, damals in der siebenten Klasse, weiß ich wirklich nicht mehr, so sehr ich mich auch bemühte, mich an ihn zu erinnern, und vielleicht ist sie wirklich tot, vielleicht weil *ich* ihren Namen vergaß, wenn das griechische Wort von den vergessenen Namen stimmt, und der Mann, der den Angriff auf die *Queen Mary* führte und verlor, recht hatte.

Da schalte ich das Fernsehgerät ab, denn das Mädchen, das ich liebe und das schon im Bett liegt, hat bestimmt recht, wenn sie jetzt ruft, ich solle nicht wieder *bis in die Puppen* irgendwelche blöden Filme angucken.

Da gehe ich wirklich hinüber ins andere Zimmer, in dem das große Bett steht, aber vielleicht sollte ich jetzt doch die Wahrheit sagen, denn hier, hier in der Fremde, in diesem Land, in dem ich seit zehn Jahren lebe, gibt es kein Mädchen, das mich liebt und zu Bett ruft, als müßte ich immer noch einen alten Preis zahlen für etwas, dessen Namen mir bis heute unbekannt geblieben ist.

Ich kann nicht mit einem Typen zusammen sein, der am nächsten Morgen nicht weiß, wo er die Brötchen hernimmt. Hat die Letzte gesagt, die ich kannte. Aber das kann der Name nicht sein, so einfach nicht, und ich, müde heute abend und nach den Jahren des Suchens, überlege nicht länger, weil ich schon längst weiß, daß das Gesetz unter dem ich lebe, namenlos bleiben muß.

Und so steige ich schnell in das große luftige Bett im Nachbarraum, höre, wie an manchen Abenden, noch ein wenig Musik im *Deutschlandfunk* und lege mich schlafen zu meinen Toten.

1988/89

Das Eichsfeld

oder

Die endlose Fahrt

1

Wir waren das Erstsemester für Humanmedizin und wurden zwei
Tage nach der Immatrikulation in Leipzig zur Kartoffelernte nach
Mecklenburg geschickt. Im Dorf gab es einen sächsisch spre-
chenden Konsumverkäufer, eine Kneipe mit Klavier und
angeschlossenem Tanzsaal und eine bösartige Krankheit, die
offensichtlich alle männlichen Einwohner zwischen sechzehn
und sechzig befallen hatte. Ich wurde auf dem Feld zum Träger
ernannt und mußte die Körbe mit den aufgelesenen Kartoffeln zu
den bereitstehenden Anhängern schaffen, die abseits am Feldrand
standen. Über diese Arbeit war ich froh, weil ich befürchtet hatte, zu den Sammlern zu kommen, die den ganzen Tag gebeugt in
den endlosen Erdfurchen hocken mußten.

Ich erinnere mich noch an die Kälte des ersten Morgens auf
freiem Feld, wie der Rauhreif durch die Kleider schlug und wir
froh waren, als vormittags der Nebel stieg und die Sonne endlich
durch ihn hindurchbrach.

Da sah ich sie zum ersten Mal, und wußte nicht, wie sie hierher gekommen war, hierher, zwischen die Wagen und Kartoffel-
körbe. So fremd erschien sie mir, vom ersten Moment an. Sie
trug einen dunkelbraunen Lederhut mit kleiner Krempe, ihre
Ausstrahlung hatte so gar nichts Erotisches, ein Gedanke, den ich
später immer wieder korrigieren mußte.

Vielleicht war es nur das auffällig scharf geschnittene Profil
ihres Gesichtes, vielleicht der leicht gebräunte Teint; ich weiß es
nicht mehr, ich weiß nur, daß sie sich für einen Moment aufrecht
neben ihren halbvollen Korb stellte, sich streckte, ihr Gesicht in
die Sonne hielt, mit geschlossenen Augen dastand und mit einer
leicht kreisenden Bewegung des Oberkörpers ihre Rücken-
schmerzen loszuwerden suchte.

Ich betrachtete sie so eine Weile, sah, wie sie sich wieder in die Furche bückte, um weiterzusammeln, zögerte noch einen kurzen Moment und ging dann mit einem leeren Korb zu ihr. Ich ließ ihn betont nachlässig vor ihr fallen, nahm ihren nur halbvollen, drückte ihr eine Plastikmarke in die Hand, die für einen vollen Korb galt, sah möglichst weit an ihrem Gesicht vorbei und drehte mich nicht mehr um, bis ich den Anhänger am Feldrand erreicht und den Korb mit einer kräftigen Bewegung geleert hatte.

Als ich mit dem leeren Korb zu einem Studenten lief, dessen Korb mehr als gefüllt war und der schon mehrmals nach mir gerufen hatte, sah ich im Augenwinkel, daß sie auf den Knien hockend, mit aufgerichtetem Kopf noch immer zu mir herüberblickte.

Die ganze nächste Woche hielt ich mich auf dem Feld so weit wie möglich von ihr entfernt und blickte am Abend, bevor ich in das einzige Wirtshaus des Dorfes, das *Zum Dorfkrug* hieß, eintrat, jedes Mal lange Zeit von außen durch die beschlagenen Scheiben, um zu erforschen, ob auch sie anwesend sei. Und immer war ich erleichtert, sie nicht zu sehen. Sie kam an keinem der Abende dorthin.

Schon seit einigen Tagen war die Rede gewesen vom großen Erntefest, das am Samstagabend stattfinden sollte. Auch seitens der männlichen Bewohner des Dorfes war uns einige Abende lang im *Dorfkrug* recht Seltsames versprochen worden. So sollten wir gerade beim Erntefest am Samstag dieser bösartigen Krankheit anheimfallen, die wir auch ohne medizinische Vorkenntnisse gleich nach unserem Eintreffen im Dorf hatten diagnostizieren können.

Samstags arbeiteten wir nur bis zwölf Uhr, aßen danach zu Mittag und machten dann in kleineren Gruppen Spaziergänge. Ich wanderte zusammen mit zwei Kommilitonen ins Nachbardorf, durch die schon kahlen Felder Mecklenburgs, über denen die schwarzen Keile der Zugvögel nach Süden flogen, schneller noch, so erschien es mir, als die tiefhängenden Regenwolken dieses Herbstes.

Wir wanderten und sprachen über unser soeben begonnenes Studium, die Varianten der Terminologie in unseren Anatomie-Büchern, über Leipzig und schließlich über den am heutigen Abend stattfindenden Tanz zum Erntefest und darüber, ob es der bösartigen Krankheit gelingen würde, uns heimzusuchen oder nicht.

Im Nachbardorf trank ich am Kneipentresen zwei Korn auf das Wohl des kommenden Festes und versuchte, auf keinen Fall daran zu denken, ob sie heute Abend kommen würde und wie sie ohne ihren Lederhut, ohne den ich sie noch nie gesehen hatte, aussehen würde.

Damals hatte ich schon seit einigen Jahren angefangen, Gedichte zu schreiben und kritzelte jetzt am Tresen ein paar Zeilen auf den Bierdeckel, steckte ihn ein und bezahlte. Dann gingen wir zurück zu unserem Dorf, zuerst ein Stück im Regen, dann nahm uns ein Bus mit, der von selbst anhielt, ohne daß wir ihm gewunken hätten. Der Bus setzte uns im Dorf direkt vor unserem Haus ab, das als normales Wohnhaus leerstand und in dem jetzt Doppelstockbetten für uns aufgestellt waren. Die Mädchen schliefen in einem großen alten Gutshaus am anderen Ende des Dorfes.

Wir duschten, warteten noch, bis unsere Haare getrocknet waren, steckten Schlüsselbunde und Zigaretten ein und gingen im immer noch anhaltenden Regen zum *Dorfkrug*.

Ich sah wieder durch das Fenster der Gaststube, aber an den Tischen saß niemand, und der Klavierdeckel war nach unten geschlagen. Alle befanden sich schon im großen Tanzsaal.

Wir gingen hinein, an den Toiletten vorbei, und betraten den Saal. Die Tanzfläche war leer, ein drohendes Niemandsland, das zu beschreiten eine Frage von Leben und Tod schien.

Wir begriffen sofort, und unsere Hände umfaßten die Schlüsselbunde in den Hosentaschen. Nahe bei der Bühne, dichtgedrängt, saßen unsere Kommilitonen an den Tischen bei der Tür, wie eine Mauer, die einheimischen Bauern. Von unseren Mädchen waren nur wenige, Mädchen aus dem Dorf, außer den zwei Kellnerinnen, keine erschienen.

Einige Bauern, die an der Tür standen, ließen uns jedoch ungehindert eintreten, verdeckten aber sofort wieder mit ihren Körpern den Einlaß. Das Spiel war klar und hieß: rein ja, raus nicht mehr. Wir gingen über das Parkett wie über glühende Kohlen, setzten uns eilig auf die freien Stühle nahe bei der Bühne und warteten ab. Den ersten Schlag führte die Musik, eine Feuerwehr-Kapelle mit viel Bläserei und Paukerei. Die Kellnerinnen liefen, brachten Bier an die Tische, während Schlager von vorgestern ungehört über dem Parkett verhallten.

Nach etwa einer halben Stunde mußte ein Mädchen von unserem Tisch auf die Toilette. Wir gingen zu fünft mit hinaus, nachdem wir mit den Zurückbleibenden vereinbart hatten, uns nachzukommen, wenn wir in drei Minuten nicht zurück seien.

Als unsere Gruppe in der Mitte des Parketts angelangt war, setzte die Musik plötzlich aus, und ein Feuerwehrmann auf der Bühne rief: „Damenwahl". Wir gerieten etwas durcheinander, und gingen weiter Richtung Tür, um sogleich mit den vielversprechenden Worten „Heute haun' wir euch die Fressen ein" empfangen zu werden. Das Mädchen ging zur Toilette, und wir warteten im Gang auf sie. Niemand beachtete uns, und wir gingen mit dem Mädchen unbehelligt zurück durch die Tür, über die Tanzfläche und zu unseren Tischen. Erst als wir wieder saßen, spielte die Musik weiter.

Einer, den wir den „Schwarzen Ulrich" nannten, stand jetzt auf und forderte eine der Kellnerinnen, die wenig zu tun hatten, zum Tanz auf. Sie willigte ein, die Kapelle spielte „Ja, ja so blau, blau, blau blüht der Enzian", der „Schwarze Ulrich" drehte sich mit der ebenfalls schwarzhaarigen Kellnerin älteren Jahrgangs, als ein Bauer sich auf die Tanzfläche zubewegte, sein Bierglas hob, auf das tanzende Paar zuschwankte, Unverständliches schrie, ausholte, im Begriff war, den zweiten Schlag zu führen, dabei das Gleichgewicht verlor und nach hinten umschlug.

Die Musik spielte weiter, das zerschlagene Glas lag neben dem Kopf des Mannes, und Bier floß in die Parkettritzen. Wir sahen den klaffenden Mund des Bauern, dem sämtliche Vorderzähne fehlten, und Lachen hob an, zuerst von den Tischen der Bauern her, grob und lauthals, mit offenen Mündern, ohne Vorderzähne, schwarze Münder, die alle von der gleichen Krankheit gezeichnet waren, die nicht Karies hieß, sondern Faustrecht, basierend auf Volltrunkenheit.

Zehn Minuten später waren alle Tische des Saals zur Tafel vereinigt, das Publikum an ihr gemischt, der cand. med. saß neben dem friedfertigen Bauern der Produktionsgenossenschaft, auf der Tanzfläche wirbelten die Paare, und die Kellnerinnen begannen ihre Beine zu spüren. Gegen Ende des Abends hielt der Vorsitzende der Gemeinde eine halbstündige Rede, von der weder das Publikum noch die Musiker Notiz nahmen, jedoch ein junger Traktorist, der den dritten und letzten, zählbaren Schlag ins Gesicht des Vorsitzenden führte, als dieser das Ende seiner ungehörten Rede zum Anlaß nahm, eine neben ihm sitzende Studentin abzuküssen, zu deren Beschützer sich offenbar der junge Traktorist gemacht hatte. Danach erinnere ich mich nur noch an eine Wolke prügelnder Arme und Fäuste, die allmählich über das Parkett dem Ausgang zuwehte.

Wir aber fuhren am nächsten Tag mit heilen Vorderzähnen und von der Krankheit verschont nach Leipzig zurück – einzig der „Schwarze Ulrich" zog sich ein kurzfristigeres Leiden zu, als er sich von der schwarzhaarigen Kellnerin seine vom Tanz ruinierten Ausgehhosen noch in der Nacht nähen ließ. Das Leiden ist unter dem Namen GO bekannt und gilt, selbst bei angehenden Medizinern, die wir waren, als bedenkenlos ausheilbar. Aber die, auf die ich den ganzen Abend gewartet hatte, war nicht gekommen.

2

Am Sonntag vormittag fuhren wir von unserem Dorf aus in Bussen nach Güstrow, von dort mit der Eisenbahn weiter nach Leipzig.

In Potsdam hatten wir einen längeren Aufenthalt, einige Studenten stiegen aus; ich ging ebenfalls hinaus, um mir die Beine zu vertreten und eine Zigarette zu rauchen.

Nach einer Weile bemerkte ich, wie zwei Mädchen langsam am Zug entlangspazierten, und erst, als sie direkt an mir vorbeikamen, erkannte ich die eine. Sie trug keinen Lederhut. Die beiden Mädchen schienen in ein Gespräch vertieft zu sein, aber als sie an mir vorbeikamen, sahen beide mich an. Ich fühlte, wie mein Gesicht starr wurde und schnippte mit meinem Zeigefinger nervös an meiner Zigarette. Die Mädchen gingen weiter, tuschelten, und die Freundin fing an zu kichern. Ich stieg in den Zug, wartete, bis die beiden wieder zurückkamen, ging nochmals auf den Bahnsteig, folgte ihnen und wartete so lange, bis ich wußte, in welchem Abteil sie saßen.

Der Zug fuhr an, und nach einigen Minuten stand ich auf und lief durch den Zug. Ich fand sie, wo ich sie vermutet hatte, sie saß in Fahrtrichtung am Fenster, gebeugt über ein Buch, aus dem sie ihrer Freundin, die gegenüber saß, leise vorlas. Da hörte ich, obwohl ich keinen der Sätze deutlich wahrnehmen konnte zum ersten Mal ihre Stimme mit diesem seltsamen, rollenden „R".

Ich beugte mich im Vorbeigehen leicht nach vorn, wandte

144

mich um, schaute auf den Rücken ihres Buches und erkannte den Titel. Sie las die „Hetärengespräche" des Lukian.

Zwei Abteile weiter traf ich meinen Bekannten Paul, der in Mecklenburg mit mir Träger gewesen war, und wir verabredeten, in Leipzig im *Burgkeller* noch kräftig einen zu nehmen.

Der Zug fuhr auf Bahnsteig 18 in der Osthalle ein, und wer in Leipzig jemand vom Zug abholen will, braucht sich lediglich dorthin zu stellen, wo sich die Prellböcke befinden, denn dort wird auch die Lokomotive einfahren, und dort muß jeder Ankommende vorbei.

Nach einer Weile sah ich Paul, der mir von weitem aus der Menschenmenge zuwinkte, und – mein Blut erstarrte – neben ihm gingen die beiden Mädchen. „Aus meiner Seminargruppe", sagte Paul und zwinkerte mir zu. „Sie wollen mit in den *Burgkeller.*" „Andrea", sagte sie, das Mädchen mit dem braunen Gesicht. „Ines", sagte ihre Freundin. Wir kamen auf den Bahnhofsvorplatz, gingen die Goethestraße hinauf, über den Nikolai-Kirchhof zum Naschmarkt und betraten den *Burgkeller* vom Seiteneingang aus. Der Naschmarkt lag still, die im Sommer hier aufgestellten Tische, an denen wir noch am Vorabend unserer Abreise gezecht hatten, waren verschwunden.

Mehr zufällig als durch Absicht kam ich neben Andrea zu sitzen. Ich erfuhr, daß sie aus dem Eichsfeld käme, aus einem kleinen Dorf an der Grenze, ganz in der Nähe von Heiligenstadt. Ich machte Witze über ihr rollendes „R", wir tranken Wein, und am Ende des Abends sprachen Paul und ich nur noch Sätze, in denen jedes Wort ein solches „R" hatte, das wir laut und zum Entsetzen der Nachbartische aus unserem Mund rollten.

Zwischen Paul und Ines, die im Thüringer Wald wohnte, hatte es offensichtlich ebenfalls gefunkt; wir verabredeten uns für die nächste Woche und fuhren dann gemeinsam mit der Linie 16 ins Internat zurück. In den folgenden Wochen gingen wir öfters zu viert aus, ich sah die drei anderen immer mittwochs im Anatomiesaal, wo wir an benachbarten Tischen arbeiteten, ansonsten sah ich Andrea nie, weil sie zu einer anderen Seminargruppe gehörte als ich.

Auch im Internat konnte man nie ungestört sein, Andrea war stets von den drei Mädchen umlagert, mit denen sie das Zimmer teilte, so daß ich mich eines Sonntagabends entschloß, sie vom Bahnhof abzuholen. Ich wartete drei Züge aus Richtung Erfurt ab und fuhr dann ins Internat zurück. Ich fand Andrea zusammen mit ihren Freundinnen im Zimmer, wir konnten nicht miteinander reden, und sie sagte nur, daß sie schon vor zwei Stunden aus Richtung Dresden gekommen sei. Dabei sah sie mich seltsam an, ich verstand nicht und verabschiedete mich.

Es war bereits Dezember, der erste Schnee fiel, auf dem Alten Markt waren die Weihnachtsbuden aufgebaut, die Karussells drehten sich, und immer gingen Paul und ich nach der praktischen Anatomie jetzt dorthin, um Glühwein zu trinken, den Spielen der Kasper-Theater zu folgen, und, wenn die Füße kalt wurden, einen Abstecher zu einem Glas Bier in den *Kaffeebaum* oder in den *Thüringer Hof* zu machen. Und dann am Abend huldigten wir auf dem Marktplatz laut singend unserem Kumpel Christian Woyzeck, der der Sündhaftigkeit seiner Marie mit dem Messer beizukommen versucht hatte.

Aber einmal, an einem dieser Mittwoche im Anatomiesaal, sagte ich Paul für den Weihnachtsmarkt ab, ging hinüber zu Andrea, die gerade ihr Skalpell säuberte, und lud sie für den kommenden Nachmittag zu einem Bummel über den Alten Markt ein. Sie schien zuerst etwas überrascht, sagte dann aber zu, so plötzlich und ernsthaft, als hätte sie einen Entschluß gefaßt.

Ich zog mich im Internat um, obwohl ich seit einigen Wochen im Leipziger Osten eine eigene Wohnung angemietet hatte, die jedoch noch fast leer stand, wusch mir lange die Hände und versuchte, mit dem Rasierwasser von Paul den Leichengeruch von den Fingern zu reiben. Dann ging ich zu Andrea, sie war schon angezogen, und ihre drei Mitbewohnerinnen setzten abschätzige Mienen auf, als sie sahen, daß wir verabredet waren.

Auf dem Alten Markt waren fast keine Menschen, es war ein eiskalter Tag, nur eine Schar Kinder folgte einer mit fröstelnder Stimme vorgetragenen „Frau Holle"-Aufführung des Puppentheaters. Wir schauten zu und tranken Glühwein, ich nahm ihre rechte Hand und schob sie zusammen mit meiner linken in meine Manteltasche.

Als Frau Holle Gold- und Pechmarie jeweils nach ihren Verdiensten entlohnt hatte, gingen wir weiter, über den Markt, das angestrahlte Alte Rathaus im Rücken, zum *Falstaff*. Ich wollte sie zu einer Flasche Wein einladen und bestellte eine Marke, die mir besonders geeignet erschien, der Kellner kam mit einer Flasche „Sonnengold" zurück und goß ungefragt den Probeschluck in mein Glas. Andrea sah mich an, ich schnitt eine Grimasse, rührte das Glas nicht an und ließ die Flasche zurückgehen. Denn was man wissen muß, will man ein Mädchen verführen in Leipzig oder Rostock, oder auch nur zu einem stillen Abend einladen, über Weine, die zwischen Eisenach und Aue, zwischen Saalfeld und der Insel Usedom angebaut werden, ist, daß einzig die, die den Aufdruck „Saale-Unstrut" auf ihren Etiketten führen, erwähnenswert sind.

Eine Ausnahme bilden einige Sorten ungarischer Weine, die im oben abgesteckten Gebiet ebenfalls erhältlich sind, allen voran die Muskat-Weine, die sich durchaus mit Muskatweinen Südfrankreichs messen können, wie sie etwa in der Gegend um Bezirs angebaut werden. Aber einmal erhielt ich neue Hoffnung auf eine Differenzierung meiner Verführungskünste, als direkt auf dem Alexanderplatz in Berlin, nur ein paar Schritte vom Fernsehturm entfernt, die *Mährischen Weinstuben* eröffnet wurden. Ich trank alle in der Speisekarte verzeichneten, mir allerdings bereits bekannten Sorten durch, umarmte den Kellner bei Ausschankschluß und bat ihn inständig, mir zu bekennen, welcher denn nun der mährische Wein gewesen sei und wo dieser denn angebaut würde. Der tschechische Kellner aber, bereits mit seiner Tagesabrechnung beschäftigt, antwortete mir schroff, es gäbe auf der ganzen Welt keinen mährischen Wein und schloß die Tür hinter mir ab.

Jetzt kam der Kellner mit einem Riesling der Region Saale-Unstrut zurück und goß trotzig unsere Gläser randvoll. Nach der ersten Flasche küßten wir uns, nach der zweiten brachen wir auf, gingen über den Alten Markt zur Straßenbahn am Leuschner-Platz, und ich erzählte ihr die Geschichte vom betrogenen Woyzeck, der hier auf dem Marktplatz 1824 seinen Kopf lassen mußte.

Wir fuhren mit der Linie 6 in den Leipziger Osten, zu meiner Mansardenwohnung, in der es eiskalt war, und wir mußten das noch zerlegte Bett gemeinsam zusammenbauen, um uns zu lieben.

Ich stellte den Heizkörper an, und im roten Licht der glimmenden Metallfäden, die uns die ganze Nacht über leuchteten, schien ihr Körper tiefbraun zu glänzen. Ich hatte mich nicht geirrt, als ich in der aufgehenden Sonne Mecklenburgs zum ersten Mal ihr Gesicht gesehen hatte.

Am Morgen ließen wir die Heizung brennen, und als es im Fenster schon hell wurde, beschlossen wir, die ersten Vorlesungen ausfallen zu lassen und im Bett zu bleiben.

Ich betrachtete die Zimmerdecke, und ich weiß nicht mehr warum, aber plötzlich sagte ich zu ihr etwas Seltsames. „In diesem Haus… hast du dir schon einmal vorgestellt, wie viele in diesem Raum geboren wurden, sich geliebt haben und gestorben sind. Alle Wände sind nur hingestellt, von Menschen gebaut, manchmal denke ich, daß alles, was hiervon bleibt, der Horizont sein wird."

Sie sagte nichts, zündete sich eine Zigarette an, und erst, nachdem sie zu Ende geraucht und sich unter der Bettdecke an mich gekuschelt hatte, schien sie auf eine Frage zu antworten, die keiner von uns gestellt hatte. „Weißt du", sagte sie, „unser Dorf im Eichsfeld liegt direkt an der Grenze. Die Landschaft fällt dort in Richtung Westen steil ab, und wir können das Nachbardorf sehen, zwischen ihm und unserem Dorf läuft die Grenze. Zu den Festtagen, zu Ostern vor allem, gehen wir auf den Dorfplatz, die drüben und wir bei uns und winken uns zu. Das dauert nur ein paar Minuten, verstehst du, weil wir keinen Kontakt mit ihnen aufnehmen dürfen. Am schönsten aber ist es, wenn in einem der beiden Dörfer ein Kind geboren wird, dann geht der Vater mit dem Neugeborenen vor das Dorf, auf einen Hügel direkt bei den Grenzanlagen, und hält sein Kind hoch, und im anderen Dorf kommen alle Menschen aus den Häusern, um zu klatschen und zu tanzen, und was weiß ich noch. Das ist schön, nicht?"

„Ja", sagte ich. „Aber ich kann es mir nicht vorstellen."

„Schade", sagte sie, „aber das macht nichts, du mußt mich nur mal besuchen." Sie schwieg noch eine Weile und sagte dann: „Gehst du Kaffee machen oder soll ich?"

Ich ging in die Küche, es war jetzt bald Mittag, und als ich ins Zimmer zurückkam, war sie schon aufgestanden und hatte sich angezogen. „Ich gehe schon mal vor", sagte sie. „Wir sehen uns dann in der Vorlesung, ja?" Wir tranken im Stehen unseren Kaffee, sie zog ihre Jacke an und umarmte mich plötzlich heftig und unerwartet.

„Weißt du", sagte sie, „mit dem Besuchen, das wird nicht leicht sein, meine Eltern… Ich wollte dir nur sagen, daß ich verheiratet bin. Deshalb komme ich immer aus Dresden. Mein Mann studiert dort." Sie lief in den Gang, öffnete die Wohnungstür und rannte die ersten Treppen hinab. Ich stürzte ihr nach: „Hetäre!

Hätte ich wissen müssen!" Sie war schon auf dem Absatz des nächsten Stockwerkes und rief: „Ich besuch' dich, morgen um zehn, abends!"

Bevor ich in die Vorlesung ging, setzte ich mich noch auf eine Zigarettenlänge in die Küche, fuhr dann mit der Straßenbahn bis zum Bayerischen Platz, ging die Nürnberger Straße hinab, kam zu spät, um noch einen der guten Plätze zu erwischen, setzte mich in die hinterste Reihe und versuchte, Andrea ausfindig zu machen. Mehrmals suchte ich die wie in einem Amphitheater abfallenden Reihen mit den Augen nach ihr ab, konnte sie jedoch nicht entdecken.

Sie kam am nächsten Abend, wie sie es versprochen hatte. Ohne ein Wort zu sprechen, ging sie, nachdem ich ihr geöffnet hatte, an mir vorbei, zog einen Hammer und Nägel aus ihrer Manteltasche, befestigte einen Kunstdruck an meiner Wand, der das Schweißtuch der Heiligen Veronica von Zurbarán darstellte und sagte: „Wie du siehst, ich bin da." Sie blieb die Nacht über und den nächsten Morgen und kam auch an allen folgenden Tagen, außer den Wochenenden.

So lebten wir zwei Semester zusammen, sonntags holte ich sie abends vom Zug ab, freitags fuhr sie nach Dresden zurück, ins Wochenende, zu ihrem Mann. Im Anatomiesaal standen wir mit übernächtigten Augen nebeneinander, während unsere zittrigen Hände mit Skalpellen Muskel- und Fettgewebe an den Leichen sondierten. Als es Sommer wurde, fuhren wir mit der Straßenbahn nach Thekla und bräunten am Baggersee. Die ersten Sonnenstrahlen verwandelten ihren Körper in den einer tropischen Königin und machten ihn glänzen, wie ich ihn in unserer ersten Nacht gesehen hatte. Ende Juli, nach den Semesterprüfungen, hatten wir Ferien, und für mich begann eine schlimme Zeit, denn Andrea war mit ihrem Mann ans Schwarze Meer gefahren. Ich saß in meiner Mansardenwohnung mit den schrägen Wänden und las Hölderlin, jeden Abend, bis der Mond an meinem Fenster vorübergezogen war und ging dann schlafen. Abends versuchte ich, es auszuhalten, nicht zu trinken und ging tagsüber nicht außer Haus.

Anfang September kam sie zurück und besuchte mich zwei Tage später in Leipzig. Als ich das Braun ihres Körpers sah, fürchtete ich zu sterben, so glücklich war ich bei dem Gedanken, daß ich sie wieder besitzen würde. Und ich starb wohl auch für einen kurzen Moment, als sie mir erklärte, daß sie für immer bei mir bleiben wolle, denn sie habe sich im Urlaub entschlossen, sich von ihrem Mann zu trennen. In dieser Nacht liebten wir uns mehr noch als in unserer ersten, und ich vergaß all meinen Hölderlin.

Eine Woche später, das Semester sollte erst nach der Herbstmesse beginnen, fuhr sie noch einmal nach Dresden zurück, schrieb mir eine Postkarte, daß ihr Mann für drei Wochen ins Militärlager müsse, sie in dieser Zeit ihre Sachen packen und Anfang Oktober für immer zu mir nach Leipzig kommen würde.

Am Morgen des 5. Oktober, der ein Freitag war, am Montag wollte Andrea einziehen und meine Frau werden, wurde ich wegen meiner Gedichte, die ich geschrieben und an Freunde verteilt hatte und von denen Andrea nichts wußte, in Leipzig von der Politischen Polizei verhaftet.

Eines der Gedichte, um derentwillen der Staatsanwalt Gefängnis forderte, hatte ich in Mecklenburg geschrieben, an diesem Nachmittag vor dem Erntefest, als ich mich gefragte hatte, ob Andrea wohl am Abend in den *Dorfkrug* kommen würde.

So lange

So lange schon
sah ich
einen Mund verstummen

in Mecklenburgs Mondnächten

den Mut versinken
hinter die Grenzen
die Messer verbluten

über der Asche

So lange schon
sah ich
mein Land verschlingen sich

mit meinem Land

150

3

Ich war teuer – Facharbeiter/Abitur/Medizinstudium – und wurde für etwa 100 000 Mark in den Westen verkauft.

Vierzehn Monate hatte ich im Gefängnis gesessen, zuerst lebte ich in Westberlin und ging später nach Göttingen, um an der Georgia-Augusta zu studieren.

Ich mietete ein kleines Zimmer in einer Wohngemeinschaft in einem Dorf, das zum Flecken Nörten-Hardenberg zählt und direkt im Leine-Tal liegt. Nach Hause schrieb ich Karten, die von der Post mit dem Stempel „Nörten-Hardenberg – Erholungsort zwischen Harz und Solling" versehen wurden, und die, wie ich hoffte, vielleicht auch meine Mutter im Vogtland beruhigen konnten. Heinrich Heine hat hier studiert, Gottfried August Bürger liegt bei Göttingen begraben, und Hardenberg ist das alte Geschlecht, aus dem der Romantiker Novalis entstammte. Die heutigen Grafen Hardenberg, zwei Brüder, wohnen im Flecken, der eine besitzt eine berühmte Kornbrennerei, der andere betreibt eben in jenem Dorf, in dem ich wohnte, Landwirtschaft.

Die Leute, mit denen ich nun zusammenlebte, hatten in Göttingen verschiedene Studien abgeschlossen und besaßen nichts. Trixi und Made, Adel und Frank, Uwe und Didi lebten von Bafög oder Sozialhilfe. Für mich war das neu, die Mischung aus alten Burgen, ihren Besitzern und der Armut derer, die in Ermangelung von Geld für Winterkohle in den benachbarten Wäldern Holz stehlen mußten. Aber die Landschaft war schön, in fünf Minuten war ich mit dem Fahrrad im Wald, oder der abendliche Spaziergang im Leine-Tal, der Schnee, wenn der Mond genau in der Mitte zwischen Solling und Harz stand. Hier erinnerte ich mich an die heimatliche Landschaft, an den Garten meiner Großmutter und an meine Geburtsstadt im Vogtland. Hier hörte ich, daß es im Schloßhotel Hardenberg einen Wein gab, der für 1200 Mark pro Flasche verkauft wurde, ich aß bei Maria in der einzigen Pizzeria des Ortes die beste Lasagne meines Lebens, ging durch die Fußgängerzone in Göttingen, die die ganze Stadt in ein riesiges Kaufhaus zu verwandeln drohte. saß im Göttinger Ratskeller unter uniform gekleideten Touristen und trank Bier, las hier die *Harzreise* zum zweiten Mal, sah die Stadtstreicher sich beim *Gänselieschen* versammeln und blieb bei den vor den Kaufhäusern hockenden Bettlern stehen. Hier war ich ganz fremd. Aber hier heilten meine Kreislaufstörungen und das Herzstechen, das ich mir im Gefängnis zugezogen hatte. Die Bauern im Dorf waren freundliche Nachbarn, die Kinder von Trixi und Made bald beliebt bei den anderen Kindern. Hier betrieben wir auf einem kleinen Stück Acker Gemüseanbau, vor dem Haus wuchsen zwei Büsche Riesenbärenklau, und die Dorfkirche neben den beiden Linden schlug jede Viertelstunde. An den Abenden lasen wir, oder Uwe holte seine Flöte aus dem Zimmer und spielte irische Volkslieder. Wir schlugen den Takt auf tönernem Geschirr und tranken dazu selbstgemachten Wein. Hagebutte und Löwenzahn. Am Morgen fuhren wir nach Göttingen zur Universität.

Auf dem Wilhelmplatz das Büro der Uni, ein kleines Café, das ständig seine Besitzer und seinen Namen wechselte, daneben das Schild der Studentenschaft Pommern. Ein Antiquariat, die stadtbekannte Galerie *Apex*. Jeden Monat las dort ein Autor aus meiner Heimat, und nie konnte ich meinen Freunden hinreichend erklären, warum ich, der diese Heimat verlor, dort nicht lesen durfte. Das *Junge Theater* verließen der Fotograf Bernd Markowsky und ich in schnellen Sprüngen, war es uns doch wie ein Bezirksbüro der *Freien Deutschen Jugend* vorgekommen. Vieles war ähnlich: Der Markt und die Häuser wie Freiberg in Sachsen, die Montanwissenschaften, die Studenten im Sommer mit ihren Fahrrädern auf dem Campus – wie ein Bild aus Weimar in Thüringen. Hier lebte ich eine Zeit, die für mich nicht gemessen wurde an Glück oder Unglück. Hier im Göttinger Wald, die Stadt zu ihren Füßen, hatte ein Mädchen Heinrich Heine verkündet: „Einst wird man dich relegieren."

Aber ich war schon relegiert. In einem anderen Land, „wegen Zersetzung des Klassenkollektivs und Beleidigung von Armeeoffizieren". Bis die Panzerwagen ins Dorf kamen. Ich war zu viele Male über die Leine gegangen, als daß ich jetzt nicht schon „meine Leine" gesagt hätte und die Panzer im Dorf mich nichts angegangen wären. Britische Truppen übten im Herbstmanöver die Einnahme unseres Dorfes: Häuserkampf, niedergewalzte Zäune, ein überfahrenes Schaf, der beinahe überfahrene Sohn von Trixi. In der Nacht malte Adel ein Schild mit der Aufschrift „Atomwaffenfreie Zone" und hängte es am Morgen über die Haustür. In der nächsten Nacht flog ein Farbbeutel darauf, und ich erinnere mich noch, daß ich lange Zeit darüber grübelte, wie man einen solchen Beutel eigentlich herstellt.

Seit diesem Tag hießen wir im Dorf „Spione" und Trixi galt als „Rädelsführerin". Unsere Kinder aber kamen jetzt des öfteren mit kleinen Geschenken der Bauern nach Hause; ein Bauer, dessen Frau mehr noch als wir über das Manöver der Briten geschimpft hatte, schenkte uns pünktlich zu jedem Monatsanfang einen halben Sack Korn für unsere Ziege Agnes.

Aber etwas war verlorengegangen, Paradies und Idylle hatten ihre Unschuld eingebüßt, und auch ich erwachte wie aus einem schönen Traum. Vielleicht war es gerade deshalb kein Zufall, als ich an einem Mittag, gerade in diesem Herbst, in Göttingen auf dem Wilhelmplatz Andrea wiedersah. Ich hatte ihr aus dem Gefängnis nicht schreiben dürfen, alle Briefe, die ich ihr nach meiner Entlassung von Westberlin aus geschickt hatte, waren zurückgekommen. Freunde aus Leipzig teilten mir mit, daß sie in Dresden von ihrem Mann geschieden worden und von dort verzogen sei. Keiner wußte, wohin. Ein einziges Mal nach meiner Verhaftung sei sie bei zwei Freunden in Leipzig aufgetaucht, wie diese berichteten, und habe vor der Tür gesessen, ohne bei ihnen zu klingeln. In ihren Händen habe sie eine Zeichnung gehalten, die mich hinter Gittern zeigte, auf meine Stirn das Schweißtuch der Heiligen Veronica. Ihr Studium hatte sie aufgegeben und sich schriftlich exmatrikulieren lassen. Und wie eine große Leidenschaft jäh ihren Anfang nimmt, um ebenso wieder zu enden, verstärkt noch durch das Gefängnis und die andere, neue und fremde Welt, in die ich geworfen wurde, hatte ich mich abgefunden, Andrea für immer verloren zu haben. Aber jetzt, an diesem Mittag in jenem Herbst sah ich sie wieder. Ich lief auf sie zu, überquerte die kleine Parkanlage auf dem Wilhelmplatz, achtete nicht auf den Mann, der neben ihr ging. Wieder trug sie einen Hut, ich sah ihr braunes Gesicht, dessen Züge immer mehr verschwammen, je näher ich auf sie zukam, um völlig andere zu werden, als ich vor ihr stand. Es war eine fremde Frau.

Noch am gleichen Nachmittag setzte ich mich in den Bus, fuhr aufs Land zu einem befreundeten Autohändler, sah einen weißen 2 CV auf dem Platz stehen, handelte ihn auf 300 Mark herunter und fuhr mit ihm in unser Dorf zurück. In der folgenden Nacht las ich bis zum Morgen die Autokarte von Deutschland, und es war mir, als würde ich erst jetzt meine Identität wiedergefunden haben, als hätte ich, seitdem ich aus dem Gefängnis gekommen war, wie in einem Rausch gelebt, in dem man fühllos bleibt, mit einem klaren Verstand. Ich hatte mein Schicksal wiedergefunden. Am nächsten Morgen fuhr ich die Autobahn bis Hannoversch Münden, dann die Landstraße über Witzenhausen weiter bis zur Grenze. Ich sah Schloß Berlepsch, von dem mein Freund Frank mir erzählte, daß es kaum hundert Meter auf hessischem Gebiet läge, sein Besitzer, ein Graf, Anhänger einer indischen Sekte sei und Frank, der drei verkommene Fischteiche von ihm pachten wollte, abgewiesen hätte, weil er nicht dieser Sekte angehörte. Ich dachte an Gottfried August Bürgers „Wer bist du Fürst"/"Du nicht von Gott, Tyrann!"; ich sah den Hohen Meissner rechterhand liegen, auf dem Frau Holle wohnt, und fuhr weiter zur Grenze.

Ich war hierher gekommen, um dieses Dorf im Eichsfeld zu suchen, von dem mir Andrea in Leipzig in unserer ersten Nacht erzählt hatte. Ich war gekommen, um den Kreis zu schließen. Drei Wochen lang, bis mir das Geld für Benzin ausging, fuhr ich jeden Tag die Dörfer an der Grenze zwischen Witzenhausen und Duderstadt ab. Ich kam durch Wahlhausen, wo die Werra die Grenze bildet, fragte Gastwirte und alte Frauen, die mir verwundert nachblickten, als ich weiterfuhr, ohne ihre Fragen nach dem „Warum" meiner Suche beantwortet zu haben. Ich hatte ein Ziel und folgte ihm wie ein Besessener. Ich war an einen Stern gefesselt und kehrte nicht um. Ich suchte ein Dorf jenseits der Grenze. Ich suchte das Dorf meiner Liebe und fand es nicht. Oder konnte es nicht erkennen. Aber es mußte dieses Dorf geben, ein Dorf, in dem die Neugeborenen von ihren Vätern hoch über die Grenze gehalten werden.

Drei Monate später kündigte ich mein Zimmer im Dorf und ging nach Berlin zurück. Freunde hatten mir geschrieben, daß Andrea im Osten der Stadt gesehen worden war.

Epilog

Vom Hohen Meissner herab weht an manchen Tagen ein seltsamer Schnee. Denn Frau Holle war eine Geliebte Adolf Hitlers, und Wilhelm und Jacob Grimm sind tot und können sie nicht mehr zurückrufen. Ostmarie und Westmarie sind pechhäßlich vom Jagen nach Gold, und kein Spiegel mehr wirft ihr Antlitz zurück. Auf der Sababurg schlummert Dornröschen ihren hundertjährigen Traum, und alle Liebenden sind unterwegs. Aber ich schmecke noch das Bittersalz der Ohnmacht auf meinen Lippen, das Leine und Werra von Osten her mitbrachten. Denn die Erde hier ist rot, und Schnee fällt in die Augen der Getrennten.

Die Zeit der Märchen ging vorbei, während die Herrschenden sich einig wurden. Aber eine Wunde, die gewaltsam gerissen und mit Stahl genäht wurde, verheilt zu keiner Zeit.

1986

WER ICH BIN,

WOHER ICH KOMME

UND WIE ICH FRISEUR WURDE

(autobiographische Notizen)

> *„Er selbst, Milosz, hat sich einmal ungefähr so ausgedrückt:*
> *der Unterschied zwischen dem westlichen Intellektuellen und*
> *dem östlichen besteht darin, daß ersterer nie richtig eins in die*
> *Fresse gekriegt hat. Im Sinne dieses Aphorismus bestünde un-*
> *ser Trumpf (ich schließe mich selbst nicht aus) darin, daß wir*
> *Vertreter einer brutalisierten Kultur sind, also dem Leben*
> *näherstehen. "*
>
> Witold Gombrowicz, „Tagebuch"

Meine Vorfahren väterlicherseits kommen aus Polen. Sie lebten
in der Nähe von Lódz. Diese Stadt liegt etwa 200 km südöstlich
von Warschau entfernt. Die Eltern meines Vaters waren, wie fast
alle Bewohner dort, Textilarbeiter.

Lódz war eine beleidigte Stadt. Es hatte in diesem Jahrhundert
für einige Jahre Litzmannstadt geheißen, nach seinem deutschen
Eroberer aus dem Ersten Weltkrieg. Lódz war seitdem eine Stadt
der Beleidigten, wie Polen ein beleidigtes Land war seit seiner
Existenz, Polen, damals mit Litauen verbündet, hatte eine der
ersten demokratischen Verfassungen der Welt, noch vor Frank-
reich, aber es scheint diesem Land beschieden zu sein, die Freiheit nur wie einen Hauch, Frühling einmal nur in Jahrhunderten
verspüren zu dürfen. Vielleicht sind deshalb die Leute dort die
sehnsüchtigsten der Welt, Polen, das Land der Poesie.

Meine Vorfahren, Textilarbeiter wie gesagt, waren vor allem arm.
Sie gingen, wie viele ihrer deutschstämmigen Landsleute, mein
Vater war damals 11 Jahre alt, in die entsprechenden Regionen
von Deutschland, um besser bezahlte Arbeit zu finden. Die Schle-
sier siedelten sich im Ruhrgebiet an und blieben Bergarbeiter.

156

Gemessen an ihrem Leben in Polen schien Deutschland ihnen inmitten der Zwanziger Jahre eine wirtschaftliche Blüte zu erleben. Und noch heute sind im Ruhrgebiet eine Unzahl polnischer Namen vertreten, wie sonst kaum in einer anderen Region Deutschlands.

Die Eltern meines Vaters aber waren Textilarbeiter und gingen ins sächsische Industriegebiet, genauer, ganz nach dem Süden von Sachsen, ins Vogtland. Sie zogen in die Stadt Reichenbach, die etwa 30 km von Böhmen und 50 km von Bayern entfernt liegt.

Sie waren mit der Hoffnung nach Deutschland gekommen, Arbeit zu finden, ein besseres Leben zu führen und ahnten nicht, daß nur ein Jahr später ein einziges Brot mehrere Millionen Reichsmark kosten würde.

Mein Vater und meine Mutter lernten sich im Krieg kennen, mein Vater ging mit 22 Jahren in den Krieg, war fünf Jahre Soldat, auch in Polen, zwei Jahre Kriegsgefangener. Er kam nach Hause und war alt, die Städte waren zerbombt und kalt, die Eltern zeugten meinen Bruder, einige Jahre später, im Januar 1954 wurde ich geboren, was blieb ihnen anderes übrig. Wer sich auflehnte, kehrte nach Sibirien zurück, es gab da einen gewissen Erich Honecker, Jugendführer, verantwortlich für die Deportation hunderter deutscher junger Männer, Demokraten und Sozialdemokraten, die einen anderen Weg wünschten als den von Stalin diktierten.

Reichenbach im Vogtland machte Bekanntschaft zuerst mit den Amerikanern und wurde dann, zusammen mit anderen Gebieten – wie z.B. Thüringen und Erzgebirge – den Russen übergeben: im Austausch an die Amerikaner für einen Teil der alten Reichshauptstadt Berlin. Diesen Teil, den man heute West-Berlin nennt.

Die Vogtländer, arm, aufsässig und stolz, ein alter deutscher Stamm (noch heute gebrauchen sie, einzigartig in der deutschen Sprache, das Wort „itze" für „jetzt", eine Ableitung vom altdeutschen „itzo"), diese Vogtländer, die in ihrer Geschichte nie einen König über sich geduldet hatten, den sächsischen Königen zu unbedeutend und armselig, den böhmischen Königen zu unwirsch das Land, zu weit und unerschlossen, diese Vogtländer standen jetzt unter russischer Herrschaft.

Wie gesagt, von frühester Kindheit an erschienen meine Eltern, ein durchschnittliches Nachkriegs-Ehepaar, uns Kindern, meinem Bruder und mir, uralt. Der Vater war es im Krieg geworden, meine Mutter, so scheint es, vom Warten auf ihn, auf das Ende des Krieges, auf den Frieden, auf das Ende der Gefangenschaft – danach sollte das Glück beginnen. Aber meine Mutter hatte das Warten müde gemacht und still, während mein Vater die im Krieg erlernten Künste an uns, seiner Familie, ausübte: Schreien und Schlagen.

Aber wir Kinder hatten keine Zeit, auf Vater und Mutter zu warten, ein paar Jahre vergingen unter ihrer Diktatur, verbündet mit einer vitalen Großmutter, aus dem Land der Poesie kommend, die den Schirm ihrer Güte über unsere vielfach bedrohte Kindheit aufspannte. Und eines Tages sah ich meinen sechs Jahre älteren Bruder, der gerade Abitur gemacht hatte, auf einem alten, schwarzen Motorrad wie einen Teufel durch die Stadt rasen – und ich wußte – wir waren entkommen. Vielleicht war es gerade dieser Sommertag meiner Kindheit, ein Sonntag mit Regen, der plötzlich und heftig eingesetzt hatte, nach einer Periode wochenlanger, gelber Trockenheit, unter der die Menschen den Verlust der Ernte zu fürchten begannen, vielleicht war es dieser erste Regentag der Monate Juli und August, als ich mich unverwandt aufmachte, mit einem Mal und unangekündigt, für mein Leben die Poesie zu suchen und ihr zu dienen, wo immer ich sie finden würde.

Mein Vater schrie weiter mit Feldwebelstimme, meine Mutter schwieg ohne Blick, in der Schule war es verboten, Jeans zu tragen, von den Dächern mancher Häuser sägten die Stoßtrupps der Freien Deutschen Jugend die Westantennen und prügelten alte ergraute Bibelforscher aus unserer Nachbarschaft zu den Wahlurnen.

Mein Bruder und ich trugen Jeans; wenn wir sie anzogen, stand die Großmutter mit verschwörerischem Blick an der Küchentür auf Posten. John Lennon sang im Treppenhaus, die Westantenne war vom Dach einen Stock tiefer, auf den nicht einsehbaren Dachboden gerutscht, das ergab ein kleines, fernes Rauschen in den Lautsprechern, noch fremder erschien uns diese Musik nun und nährte unsere Sehnsucht. Poesie – das waren auch Beatles und Small Faces via Luxemburg und Saarbrücken, aus dem Äther gefiltert mit der geheimen Antenne unterm Dachboden. Es schien, als wären wir wirklich entkom men, die Feldwebelstimme wurde dünner und verlor ihre Macht.

Andere Väter waren anders aus dem Krieg gekommen, einer hieß Heinrich Böll, ein anderer, der keine Familie mehr gründen konnte, weil er todkrank heimkehrte, Wolfgang Borchert. Ihre Bücher erschienen in kleinen Auflagen, wurden zerlesen weitergegeben, unser Interesse und Tun mißtrauisch von Eltern und Schule beäugt, für die einen war das Ende des Krieges „der Zusammenbruch", für die anderen „die Befreiung durch die Rote Armee" gewesen: Pazifisten, noch dazu welche, die das anarchistische Element lebten und schrieben, waren dem herrschenden System so lange genehm, wie sie sich als Kriegsgegner gebrauchen ließen und keine gegenwärtigen Themen anschlugen.

1967 ließen meine Eltern sich scheiden, mein Vater verzog in eine andere Stadt, zu einer anderen Frau und nahm den Teppich aus dem Wohnzimmer mit. Und es zeigte sich, daß auch meine Mutter zu entkommen schien. Die Nachbarn blieben unter dem Fenster des Hauses am Gartenzaun stehen, hörten meine Mutter und sagten: Frau Rachowski singt so schön.

Einen Sommer später gab es in der Nacht plötzlich Lärm, und dann fuhren zwei Tage lang Panzer und Wagen mit angehängten Kanonen durch unsere Stadt, wohin, wußte jeder, nach Böhmen, dem 30 km entfernten anderen Land, wir hörten auf Kurzwelle im 49-Meter-Band einen schwachen Pfeifton, darüber eine schwankende Stimme: Wir sind ein kleiner Sender und wissen nicht, wie weit wir zu hören sind… in der Tschechoslowakei gibt es keine Konterrevolution. Im Hintergrund Schüsse. Wir sahen die Panzer auf der Straße und wußten wieder einmal Bescheid: Einen „Sozialismus mit menschlichem Antlitz" durfte es nicht geben.

In Reichenbach im Vogtland aber gab es Inschriften, an der 5 km entfernten, größten Backsteinbrücke der Welt, stand „Hoch Dubček", eine Nacht lang, bis zum Morgen, bis die Inschrift von Sonderkommandos der Kampfgruppen übertüncht wurde. 25 Jahre zuvor hatten deutsche Kommunisten an dieselbe Brücke „Hoch Thälmann" geschrieben, damals und in diesem August 68 fand die Politische Polizei die Täter schnell, im Laufe eines Tages. Zwei Wochen später kam ich auf das Gymnasium der Stadt, die „Erweiterte Oberschule", die den Namen Goethes trug und wollte Abitur machen. Der Direktor, ehemaliger Fähnleinführer der Hitler-Jugend, ehemaliger Absolvent der Kadettenschule der DDR, Major und Reservist, unterrichtete Biologie und hieß Übel. Die Namen von Heinrich Böll und Wolfgang Borchert dürften ihm unbekannt geblieben sein. Er richtete Ordnungsgruppen ein, mit roten Armbinden, und es war Pflicht für Schüler, jeden Lehrer auf dem Schulgelände mit „Freundschaft" zu grüßen. Schulgelände, hatte Direktor Übel verordnet, waren auch die umliegenden Straßen der Goethe-Oberschule. Bei einigen Lehrern, begegnete man ihnen dort, konnte man es wagen, einen „Guten Tag" zu wünschen, sie nickten zurück wie Verschwörer.

Nach zweieinhalb Jahren wurde ich wegen allseitiger Renitenz und Beleidigung von Armeeoffizieren von der Schule relegiert und aus der Freien Deutschen Jugend entfernt. Es lag ein Ministerbeschluß vor, den Margot Honecker mit unterschrieben hat.

Als ein Grund für meine Renitenz wurde angeführt, ich hätte einem Mädchen von sechzehn Jahren ein Buch mit dem Titel „Abschied von den Eltern" geliehen. Der Autor ist Peter Weiss, der Vater des Mädchens war der Kreisfrauenarzt, ein hohes Parteimitglied und ein guter Freund von Major Direktor Übel.

In diese Zeit fällt auch mein erstes Verhör durch einen Major des Staatssicherheitsdienstes. Es dauerte vier Stunden und hatte nur ein einziges Thema: Literatur und Sozialismus.

Ich arbeitete damals als Transportarbeiter bei der Eisenbahn, auf dem Güterboden, einer traditionsreichen Stätte für Aufsässige: Lehrer Hieke, Alt-Philologe, hatte als einziger Lehrer der Goethe-Oberschule den Einmarsch in die ČSSR nicht öffentlich gutgeheißen, mit einem weißen, gestärkten Hemd und aufrechtem Gang transportierte er nun auf dem Güterboden Ölfässer und Garnkisten. Später, weil ich in meiner Heimatstadt keine Lehrstelle fand – ich war in der Kleinstadt so etwas wie eine negative Berühmtheit geworden – lernte ich in der sächsischen Industriestadt Glauchau Elektriker. Eigentlich wollte ich die Poesie suchen gehen, aber weil es keine Tiefbaufirmen gab, wurden wir Lehrlinge dazu ausersehen, die Kabelgräben zu schachten, acht Wochen Erdarbeiten, zwei Tage Kabelziehen, einen Tag, unserer eigentlichen Ausbildung nachgehend, die Hausanschlüsse. Poesie wollte ich finden und wurde zum Wehrdienst einberufen, einem der letzten Mittel, einem aufsässigen jungen Mann meiner Generation und meines Landes die Seele zu nehmen, das psychische Rückgrat zu brechen. Ich hatte Glück, kam gut davon, ich war Elektriker und wurde zu einer Baueinheit für ein halbes Jahr mitten in den Wald abkommandiert, überlebte so die andere Zeit unter den Feldwebelstimmen in der Kaserne. Die kannte ich schon, war ihnen schon entkommen.

Vom Militär zurück, immer noch der Poesie nachjagend, machte ich innerhalb von zwei Jahren das Abitur nach, studierte zwei Semester Medizin in Leipzig und wurde – eine Folge von Poesie – im Oktober 1979 durch den Staatssicherheitsdienst verhaftet. Ich hatte nämlich Gedichte geschrieben. Und an Freunde verteilt.

Das brachte mir 27 Monate verschärftes Zuchthaus ein, ich zog die bräunlich-grüne Sträflingskleidung an, diejenige mit den gelben Streifen auf Rücken und Ärmeln, ein wandelndes Fadenkreuz, das Zeichen der Verbrecher. Im Westen lebende Freunde und ehemalige Verbrecher erfuhren von meinem neuen Aufenthaltsort, und ich wurde Klient von amnesty international. Aus Norwegen kam tröstende Post für meine Mutter, und nach 14 Monaten schickte ich ein Telegramm an sie, in dem stand: alles in ordnung stop bin in westberlin.

Alles in Ordnung? Stop. Ich erinnere mich an neun leere Jahre Westen, ich wollte die Poesie suchen gehen, auch hier, aber ich lag wach jahrelang und nachts, gefoltert von dem Gedanken, monatlich wiederkehrend, woher ich am nächsten Ersten das Geld für die Miete nehmen würde und für die Stromrechnung. Und in der Poesie?, abgesehen vom ewig leeren Kühlschrank, auch hier, in der Literatur, nach neun Jahren Westen, schreibe ich den Satz, zitiere ich Hölderlin: Aber sie können mich nicht brauchen.

Und die Mädchen hier sind anders, ich weiß nicht wie, ich weiß nur – anders: fern von Poesie, fern von meinen Mädchen, den gehabten und geträumten. Aber einer wie ich darf an soetwas nicht einmal denken, einer wie ich, süchtig nach Poesie, kann hier ein Mädchen nicht einmal zu einer Pizza einladen. Einen Tag der Poesie und einen Abend bei Pizza gibt es für mich nicht.

Stattdessen und anstatt der Zeilenbrüche meiner Verse stehen mir nachts die Vordrucke unbezahlter Rechnungen vor Augen, auch wenn ich diese schließe, die Mahnbriefe und Schreiben der Gerichtsvollzieher, maschinell ausgedruckt oder handgeschrieben, sehr persönlich an mich gerichtet. Habe ich etwas falsch gemacht, bin ich ein Trottel? Weil der ein Trottel ist, der sich von

Wanzen fressen läßt, nachdem er Haie verjagt hat und Tiger erlegte?

Auf einer Party, fällt mir jetzt ein, zu der mich ein Freund mitgenommen hatte, ohne zu wissen, was er anrichtete, einen, der sich von Poesie nährte, unter Leute zu bringen, die mit Pizza gefüllt waren (Pizza Calzone), fiel mir sofort ein Mädchen auf. Eine Blondine, der ich nach drei Wodka und einigem Zögern, für meine Verhältnisse beinahe draufgängerisch, in die Küche folgte, weil Küchen-Feten die verheißungsvollsten sind. Sie war mir nicht umsonst aufgefallen, denn ich erkannte in ihr sofort die Ausnahme von der Regel: Sie schien angefüllt, ja, platzend voll von Poesie und darüber hinaus zu einigem bereit. Meine Muse, sagte ich schüchtern. Trottel, sagte sie, warum geißelst du dich und die Leute. Auch ich habe einmal Gedichte geschrieben, das ist ein Geschäft für kleine Mädchen. Lebe endlich! Oder, na, bist du vielleicht unfähig dazu? Ich lebe und habe vor zwei Jahren einen Friseursalon eröffnet. Und bin glücklich. Sagte sie. Und wir tauschten verschämt die Telefonnummern.

Es war Februar, und auf dem Nachhauseweg, ein Taxi konnte ich mir nicht leisten, vom Himmel fiel Schnee, dicht wie Kopfschuppen, und plötzlich, unter all den Lichtern der Restaurants, die für mich verboten waren, ging mir ein ganz persönliches Licht auf. Richtig. Recht hat meine Muse. Warum sollte ich nicht Friseur werden; wie zum Beispiel mein Onkel, Rudi Richter, der es damit immerhin zu einem Kabriolett gebracht hatte und abends stets in den besten Restaurants von Bamberg aß? Von seinen Freundinnen will ich hier, aus familientechnischen Gründen, lieber nicht reden. Und ich ging nach Hause und legte mich schlafen.

Ein leichter Kater, ein Kätzchen fast, sprang mich an, als ich zwölfuhrmittags vom Klingeln des Telefons erwachte. High noon, dachte ich, eine Muse tut gut, und hüpfte aus dem Bett. Mein Friseuschen, hier kommt dein Friseur, summte ich auf dem Weg zum Telefon, spülte mir den Mund mit einem Schluck Wasser und hob ab.

Es war der Osten, und für eine Weile hörte ich nur ein leises Klirren und unwilliges Knistern, nachdem ich „meine Walküre" in die Muschel gehaucht hatte. Es war der Osten und Egbert verhaftet. Sitzt im Gefängnis. Staatssicherheit Kassberg Karl-Marx-

Stadt. Und auf meinen kleinen Kater sprang ein stärkeres Tier und wetzte seine Krallen, und meine sich sträubenden Haare ließen mich nicht mehr wie einen Friseur aussehen. Sie war wieder da, Poesie, die ich gesucht hatte.

Neunzehn Jahre nach meinem ersten Verhör, fast auf den Monat, sitzt Egbert einem Mann gegenüber, einem Vernehmer. Und es ist derselbe Mann, der mich einst verhörte, als ich 16 Jahre alt war. Sein Dienstgrad hat sich geändert, sein Thema nicht: Literatur und Sozialismus. Wie immer: Alles will er wissen, der Mann, die Namen, die Helfershelfer. „Umgestaltung Neues Denken / kommt ein Wind von Osten auf / seht wohin der Karren fährt / unser Kutscher möcht' auch lenken / kann nichts sehen aber fährt – / Nur umgekehrt!" Hat Egbert auf die Rückwand einer Bockwurstbude in der Nähe des Marktplatzes von Reichenbach im Vogtland geschrieben. Poesie, die ich gesucht habe. Berechtigt hat ihn hierzu nichts. Ein Eimer Ölfarbe, ein Pinsel und die Mitgliedschaft in jenem „Reichenbacher Dichterkreis", den wir, als unsere beinahe rührende Antwort, auf die Verhöre der Stasi vor neunzehn Jahren gegründet hatten.

Alle wollten wir dort bleiben, im Vogtland, in dieser Stadt. Zu Hause bleiben. Alle wurden wir verhaftet. Einige gingen ins Gefängnis, danach in den Westen, einige wurden zum Schweigen gebracht. Alle waren wir Freunde. Egbert der Letzte, tätig Überlebende. Alle wurden wir in alle Winde verjagt. Der letzte gestern verhaftet, neunzehn Jahre nach meinem ersten Verhör.

Erzählt mir was von Poesie: Ich sehe meinen Freund Egbert mit Eimer und Pinsel an der kleinen Bockwurstbude in der Nähe vom Marktplatz stehen. Noch bin ich nicht Friseur geworden. – Der Mann, der Verhörer, der Dienstgrad geändert, stellt immer die gleichen Fragen. Er fragt auch nach mir. Jetzt fragt er nach mir. Ob sein Name auch in meinen Büchern stehen würde, der eitle Hund, sein Name in meinen Büchern, die von Freunden und mir via Tschechoslowakei in den Osten geschmuggelt wurden. Egbert hat sie zu Hause im Regal stehen, gab sie seinen Freunden weiter, die so meine Freunde wurden, ich ihr Freund. Jetzt fragt der Verhörer nach mir, und ich nehme Egbert, damit es ihm in diesem Zimmer leichter werde, mit den Gittern vor dem Fenster, dem Neonlicht und der Schreibmaschine und vielleicht – es ist schon Mai – den Vögeln draußen in den Bäumen, ich nehme Eg-

163

bert, damit es ihm leichter werde, diese eine Antwort ab: Nein, Major Kummer, in meinen Büchern habe ich Ihren Namen nicht erwähnt, aber Ihre Taten und die kleine weiße Villa, freistehend, mit dem Zaun aus Stacheldraht, in die sie uns brachten, wenn Probleme der Literatur anstanden, später die Fahrt zum Gefängnis in einem Lieferwagen ohne Fenster, das, Major Kummer, habe ich aufgeschrieben. Und daß der Direktor unserer Schule, in Fragen der Biologie ausgebildet, Übel hieß und Major der Reserve war, daß Sie, der erste Vernehmer, ausgebildet in Fragen von Schule und Literatur, Kummer hießen und Major der Politischen Polizei waren. Und noch immer Kummer heißen. Dienstgrad geändert. Das habe ich jetzt endgültig aufgeschrieben, diese Antwort bin ich imstande, meinem Freund Egbert, der jetzt vor Ihnen in diesem Zimmer sitzt, abzunehmen. (Weißt du noch, Ecke, eins-zwei-drei-vier-Eckstein, alles muß versteckt sein und wie wir die Scheibe der PGH Aufzugsbau, gleich neben der Schule, eingeschossen haben.) Damit es Dir leichter werde, Ecke, dort wo du jetzt bist. Wo Kummer und Übel dich hingebracht haben, Ecke, du mein Freund.

Ich habe einen gewitzten Verleger, darüber hinaus, daß er mich manchmal gewitzt um mein Honorar bringt, hatte er im Herbst 1988 noch genug Witz übrig, mein Buch „Der letzte Tag der Kindheit" zur Ausstellung „Bücher aus der Bundesrepublik Deutschland" in die DDR zu geben. Eine Wanderausstellung, die in Rostock, Ostberlin, Dresden und Weimar gezeigt wurde. Außer mir waren von den „Ehemaligen" noch Siegfried Heinrichs und Hans-Joachim Schädlich vertreten, die anderen Verlage der Bundesrepublik hatten, wie üblich und nicht anders erwartet, diese Möglichkeit, Texte verjagter Autoren an ihrem Ursprung zur Wirkung zu bringen, einfach verschlafen. Und siehe da, die vier ausstellenden DDR-Städte überboten meinen abgekochten Verleger noch, wurden zu den reinsten Witzbolden und kauften je ein Exemplar meines Buches an. Rostock, Ostberlin, Dresden und Weimar. Da staunte selbst mein Verleger, schaute verdattert in die Umsatzliste und gab ungläubig zwei Bier aus. Kummer hatte ich in „Der letzte Tag der Kindheit" nicht beschrieben, aber Übel und wie er 1968 den in die ČSSR einfallenden verbündeten Armeen mit roten Fähnchen zuwinkte und „Bravo!" schrie. Aber Kummer war schon unterwegs, zwanzig Jahre später, und während noch in Dresden mein Buch zu sehen und im Stehen zu lesen war, verhaftete er Egbert wegen dessen Poesie an der Bockwurstbude, fuhr mit seinem Dienst-Wartburg bezirksübergreifend – was eine Auszeichnung für einen treuen Mitarbeiter darstellt – zwischen Dresden, Karl-Marx-Stadt, Zwickau und Reichenbach hin und her und beschlagnahmte alle meine, in den letzten Jahren für Freunde der Poesie eingeschmuggelten Bücher. Kummer hat halt, wie sich herausstellte, auch seinen Witz. So einen Haussuchungs-Humor, der einem das Grauen bis ins Wohnzimmer trägt. Aber zwei meiner Bücher, die nicht zu übersehen in Egberts Regal stehen, rührte er nicht an. Witzig oder nicht witzig, das scheint mir über Kummer und Übel hinaus sogar mit dem Teufel zuzugehen.

Jetzt mal was anderes. Ohne Eitelkeit. Vor zwei Jahren etwa, wieder war es Februar und draußen wirbelte der Eisschnee vorm Fenster, erwachte ich mittags von dem Knall, den die eingeworfene Post immer macht, wenn sie durch den Türschlitz auf meinen Flur schlägt. In der Wohnung war es eiskalt, der Knall hatte schwer auf mein Gemüt gebumst, auch in den nächsten Tagen würde ich keine Kohle kaufen können, wußte ich, gestern hatte ich mich, zwischen Brot, Zigaretten und Kohle wählend, für Zigaretten entschieden. Ich war nicht gelaunt. Trotzdem rannte ich aus dem Bett, hob die Post auf, lief zurück und legte mich wieder hin. Den Knall hatte mein vom SFB abgelehntes und zurückgesandtes Hörspiel „Liebe ist eine glänzende Sache" ertönen lassen, in dem ich den Abschied von meiner Frau beschrieb. Das war also geklärt. Es gab noch einen Brief, einen kleinen, ich zündete mir erstmal eine Zigarette an und schob die andere Hand unter die Bettdecke, um sie zu wärmen. Ich rauchte die Zigarette bis zur Hälfte, ließ sie auf den Lippen und riß den anderen Brief auf: … Künstlergilde Esslingen… Düsseldorf… in Zusammenarbeit mit dem Lande NRW (hoffentlich kein Druckfehler, dachte ich, NRD ist im Polnischen die Abkürzung für DDR) … daß Ihnen der diesjährige Andreas-Gryphius-Förderpreis zugesprochen wurde, den Hauptpreis für sein Lebenswerk erhält Ottfried Preußler… Hotzenplotz!, mein Lieber, was soll das, dachte ich. Kein Stück Brot im Haus, aber den Gryphius-Preis. „Reichenbacher Dichterkreis", dachte ich, Poesie, dachte ich, „Poesie wie Brot", und sah den Rauch meiner Zigarette aufsteigen, Egbert, verjagt in alle Winde, Andreas Gryphius, dachte ich: „So werden wir verjagt gleich wie ein Rauch von Winden". Eins-zwei-drei-vier-Eckstein, alles muß versteckt sein. Wie ein Rauch von Winden. Mensch, Ecke.

Und die Menschen hier, gekleidet wie Puppen, ihre Themen welk, die Augen ohne Glanz, die Mädchen anders, ganz prosaisch hinter Friseuren mit Kabriolett her. Ohne Liebe, mit diesem Preis zahlen zu müssen, hatte ich nicht gerechnet, als ich mich auf den Weg in das Land der Poesie machte.

Einschub.
Erste und zweite und dritte Preisverleihung an Egbert Eckstein.
ERSTER PREIS: Egbert ist wieder frei, nach einem halben Jahr Knast. Sie haben ihn nach Berlin gebracht, in die Haftpsychiatrie, und ihm einen Schein über verminderte Zurechnungsfähigkeit verpaßt.

ZWEITER PREIS: Wenn die Herrschenden Dir den Jagdschein geben, gebe ich Dir hiermit die Würde zurück und erkläre dich zum Dichter. Hier, Ecke, hast Du den Lorbeerkranz.

DRITTER PREIS: (Gestiftet von der Deutschen Industrie) Lebenslanges und freies Menü an allen Bockwurstbuden. (Glückwunsch, Egbert. Du hast es von uns allen, vom „Reichenbacher Dichterkreis" am weitesten gebracht.)

Und ich. Ich stehe vor der Kapuzinergruft meiner Freunde. Ich frage, sehr rhethorisch, was soll ich, ein Trottel, jetzt tun. Mein Kühlschrank ist leer. Ich habe meine Muse um Rat bitten wollen, aber das Mistück hat mir eine Telefonnummer gegeben, damals auf der Party, die mit 5 beginnt, so eine Nummer gibt es in der ganzen Stadt nicht und, wie ich fürchte, auch keine Musen. Aber die gibt es, auf den Meter drei, die immerzu fragen, was man ist und nie fragen: Wer man ist. Und die die Nasen rümpfen, wenn ich ihnen sage, woher ich komme. Und wohin ich unterwegs bin. Oder sollte ich vielleicht doch einen Friseursalon aufmachen, vielleicht ganz in eurer Nähe, Leute, geschwätzig wie ich bin?

Ein Abschiedsgespräch.
So etwa. So stelle ich mir das vor. In naher Zukunft. Es ist Sonntag, ich habe meinen weißen Friseurkittel an, morgen soll

166

Eröffnung sein. Ich schaue noch einmal in einen der vielen Spiegel über den Becken, streiche mir wie nebenbei etwas Pomade ins Schläfenhaar und ordne noch dieses und jene Handtuch. Da klopft es. Zwei Herren stehen vor dem Schaufenster. Ich gehe zur Tür, öffne sie und sage: Herzlich willkommen, aber morgen erst, wir haben erst ab morgen geöffnet, meine Herren. Sie fragen: Sind Sie. Ja, ich bin, sage ich. Haben Sie unsere Briefe nicht erhalten? Nein nicht … aber warten Sie, vor ein paar Jahren erhielt ich einen Brief von der Gryphius-Jury…

Schwätzen Sie nicht, sagt der eine Herr, der offensichtlich das Sagen hat, kommen Sie mit.

Etwas verschüchtert ziehe ich meinen weißen Kittel aus und lege ihn über den Arm. Soll ich den vielleicht mitnehmen?, frage ich, brauchen Sie einen Friseur?

Sie werden bald einen anderen Kittel bekommen, aber brauchen tun wir Sie, sagt der Herr, der immer spricht.

Ich stehe zu Ihrer Verfügung, meine Herren. Wohin geht es denn?, frage ich, oder sind Sie vielleicht … und da sehe ich kurz in einem der Spiegel das alte, gute Gesicht meiner Großmutter aufblitzen … geht's vielleicht dorthin, zu ihr, ins Land der Poesie? Aber ihre Antworten verstehe ich nicht, denn sie haben mir schon die Arme auf den Rücken gedreht und aus meiner Brust dringt der Ton, das Jubel-Lied, die Hymne jenes Landes, aus dem einst meine Großmutter kam:

„Jeszcze poeczja nie cgineka póki my zyjemy."
Noch ist die Poesie nicht verloren – so lange wir leben!

In dem Land, in dem ich jetzt lebe, das es nicht gibt und wo man sehr freundlich zu mir ist, fand ich die Zeilen des russischen Dichters Joseph Brodsky. Sie sollen auch mein Abschied sein:

„Ich rede jetzt mit dir, und ich kann nichts dafür,/ wenn du mich nicht verstehst. Denn die Summe der Tage,/ die uns ins Auge sticht, verschlägt uns bisweilen die Sprache. Auch mir fehlt es an Stimme – so muß ich deren Schrillheit nicht beklagen. …

…Umso besser vernimmt man den Kuckuck, das Ticken der Uhr/ und auch das Kratzen der Nadel im Herzen der krächzenden Platte –/ nur damit du nicht merkst, wenn ich einmal verstumme, so stur,/ wie das Rotkäppchen einst vor dem Wolf geschwiegen hatte."

1988/89

DIE ALTE STADT

Eine literarische Collage

VORSPANN

Die versunkene Stadt/GRAU.
Eine Stadt ist eine Stadt. Das ist ein beliebiger Satz, lieblos
gedacht und nachlässig dahergesagt. Selbst ein Tourist ist fähig,
anderes Zeugnis abzulegen. Denn jede Stadt, so weiß er zu ver-
künden, besitzt zumindest ihre eigene Farbe, und der Mensch, der
in ihr lebt, hat in seinen Gewohnheiten und Genüssen, seinem
Gezeter, den Abstufungen des Lärms, die wiederum den Abstufungen des Lichts folgen, diese Farbe angenommen. Unter ihr
gehen, stehen, liegen, essen, träumen, schlafen und tun die Menschen einer Stadt.

Alles unter dieser einen Farbe, die ihr den Rang verleiht
und ihr einst durch Berg oder Meer, durch Tiefebene oder Hoch-
land, durch Strom oder See zugesprochen wurde. Oder es war
eine göttliche Entscheidung, einmal hat einer die Farben verteilt.
Jede von ihnen und einzeln färbt seither Gesten, Träume und
Worte der Menschen, in jeder Stadt anders. Nur die Liebe ist viel-
farbig, bunt und überall gleich, nicht einmal der Regenbogen genügt den Menschen dieser einzelfarbigen Städte, wenn sie lieben.

Das sieht man ja gleich! Kommt man in die roten Ziegelstädte
an der Ruhr, in die weißen Mittelmeerstädte, die schwarzen Städte des Egertals, oder in die grünen der Atlantikküste. Oder man
fährt hinaus zu den blauen Inselstädten Skandinaviens, um-
brische Festungsstädte – wie das nach Farbe riecht – dieses eine
Attribut.

Dort immer und überall ist alles gleich, vollzieht sich unter
dem Gesetz der Zeit, das über allem steht, die Monochromie des
menschlichen Lebens. Manchmal, verlöschend, dunkel, unnütz
scheinbar, verschollen, ein Reflex von einer Farbe zu anderen,
wie ein Winken, und immer selten.

Aber es gibt Städte, die niemand besuchen kann, wohin keine
Fähre übersetzt, wo kein Zug hält, kein Jet eine Landebahn

findet, der der abgesetzte Fallschirmspringer ins Leere stürzt. Das sind die farblosen, einem bleichen Siechtum anheimgefallenen Städte, der Transparenz ausgeliefert, auf immer, wie es scheint. Einst hatte dort die Sünde über die Menschen triumphiert, bis ein Donnerschlag sie ausbleichte. Diese nennt man die versunkenen Städte.

Solch eine versunkene Stadt ist meine Heimatstadt – aber: Nur für mich. Die Menschen, die dort wohnten, als ich abwesend war, haben von ihrem Schicksal nichts gemerkt, die Asche nicht auf ihren Lippen geschmeckt, das Gift, das sie einsogen, hielten sie für das tägliche Brot, die Finsternis um sie her erschien ihnen als schützende Hand über sich.

Aber die alte Stadt beginnt sich zu verändern, denn als ich sie wiederfand, war sie schon grau, langsam färbte sie sich ein, und neues Leben schien in ihr aufzuerstehen: Die verlorene Zeit aber muß man sich vorstellen als einen sonnigen Nachmittag am Wasser. Mehr nicht. WENN DIE GERECHTEN NICHT LEIDEN, WENN DIE LUMPEN NICHT HANDELN, WENN DIE MEHRHEIT NICHT SCHWEIGT. WEHE DIR O BABYLON!

HEIMKEHR

> *„So wie ihr seid, bin auch ich: verloren,*
> *aber wo ich bin, da gibt es kein Zurück."*
> *Sergej Jessenin*

Der Traum

Letzte Nacht ging ich noch einmal durch meine alte Stadt. Ich trug eine grell bemalte Maske und ein Faschingskostüm. Allen fiel ich auf, aber keiner erkannte mich. In dieser Stadt war ich immer der Narr gewesen.

Meine Mutter hatte mich gebeten, in einer Stunde wieder daheim zu sein, und ich hatte es versprochen. In der Zwickauer Straße sah ich durch die beschlagenen Fensterscheiben des „Zigarren-Hering". Ich bekam Lust darauf, meine alte, längst vergessene Zigarettenmarke zu rauchen und ging hinein.

Im Laden erregte mein Kostüm großes Aufsehen. Ich wählte eine Weile in verschiedenen Marken, da meine Sorte nicht vorrätig war. Selbst im Traum noch träumte ich den Mangel. Da bot mir ein Gast eine Zigarette der Sorte an, wie ich sie verlangt hatte. Ich nahm meine Maske vom Gesicht und bestellte eine Flasche Bier.

Jetzt erkannten mich alle, gingen auf mich zu oder beobachteten mich verstohlen aus der Ferne, aus den dunklen Nischen des Lädchens. Alle Jungs, die mit mir redeten, waren mit ihren Freundinnen hier, die Mädchen lachten mit gelangweiltem Interesse und sahen zu mir herüber.

Mir fiel wieder ein, daß ich nur eine Stunde fortbleiben wollte und das meiner Mutter versprochen hatte. Aber von hier aus gab es jetzt kein Fortkommen mehr. Mein Aufenthalt nahm kein Ende, es hätte ein zwanghaftes sein müssen; immer mehr Leute, alle jünger als ich, umringten mich. Der Verkäufer pries Zigarettenmarken an, die ich nirgends, selbst dort, wo ich herkam und wo in allen Sachdingen Überfluß herrscht, je gesehen hatte.

Ich jedoch drängte darauf, hinaus zu gelangen, denn ich mußte nach Hause, ich hatte es versprochen. Es gab eine kurze Verstimmung, aber ich ging. Zwei, drei Jungs begleiteten mich bis vor die Tür. Ihre Mädchen lachten wiederum amüsiert aus den Ladennischen, als hätte es über mein Narrenkostüm hinaus Bedeutung, jetzt gerade Abschied zu nehmen.

Ich ging ein paar Meter die Zwickauer Straße hinab, am „Wiener Café" vorbei, verfehlte durch ein paar zu hastig gesetzte Schritte die Zenkergasse, versäumte über den Postplatz einzubiegen, mehr aus Nachlässigkeit, denn aus Unkenntnis der Verhältnisse, irrte noch durch einige weißgekalkte, enge Gassen, ging heftig um mehrere unverständliche Ecken, meiner Verirrung jedoch kaum bewußt, desto mehr meines auffälligen Kostüms, gelangte auf einen leicht abfallenden Weg, der schon nicht mehr gepflastert war, wie die Gassen meiner alten Stadt, vergaß darüber schließlich auch ihre weiten Hänge, an denen die Häuser kleben, wie ich mich erinnere, als hätte sie nicht Menschenhand, sondern der Speichel von Schwalben dort angeheftet, vergaß das flinke Flüßchen, zu dem alle Hänge hinlaufen und das manchmal „Seifenbach", manchmal „Raumbach" heißt, in dem noch vor hundert Jahren Gold gewaschen wurde, wodurch meine alte Stadt ihren Namen bekam, vergaß auch diesen Namen, vergaß alle Namen und sah eine von Bäumen gesäumte, achtspurige Chaussee, blieb stehen, las das Straßenschild, blieb hier, wo die Topographie dieser Gegend ihren rückkehrlosen Namen gibt. Diese hier: die Fremde.

Göttingen, 17. März 1984

Nach Hause!

„In die Fremde kommt der Mensch schnell, aber wieder nach Hause, das ist ein langer Weg."

Aus: *„Hordubal" von Karel Capek*

Jetzt ist es gut. Ich sitze in dem kleinen Zimmer, aus dem sie mich geholt haben. Ein Sachverhalt wurde geklärt. Zwei Männer sind gekommen; aber jetzt sind nach Hause wieder zwei Worte. Nach Hause fehlt, wie mir scheint, etwas Drittes, ein Ausrufezeichen, damit es gut wird. Zu Hause muß es heißen, wenn dieses fehlt. Dann kommt die Ruhe: zu Hause. Dann ist es gut. Damit die Männer nicht wiederkommen, damit der Sachverhalt geklärt bleibt.

Reichenbach/Vogtland, 13. Januar 1990

Der Brief

„Die Menschen meiner Heimat haben ein gutes Gedächtnis, denn sie erinnern sich mit dem Herzen. Ich aber hätte sie beinahe vergessen, weil ich in den Ländern Westeuropas lebte und noch lebe, wo das Herz nichts ist, der Verstand ein wenig und die Faust alles."

Aus: *„Heute früh kam ein Brief" von Joseph Roth*

Heute komme ich dazu, Dir zu schreiben. Es muß auch etwas schnell gehen, denn ich bin zur Zeit allein zu Hause.

Ich habe müde Augen, einen traurigen Mund und finde kaum Schlaf. Die Woche verging schnell und langsam zugleich. Montag hatte ich bis 23 Uhr Dienst, Dienstag Elternabend, die Mittwochsdemonstration, und am Donnerstag war ich bei Deiner Mutter. Ich glaube, sie hat sich sehr gefreut, nächste Woche werde ich wieder zu ihr gehen.

Die Schwestern und Ärzte der Poliklinik werden am Dienstag streiken. Wir fordern höhere Löhne, mehr Urlaub und bessere Arbeitsbedingungen. Die im Gesundheitswesen gezahlten Gehälter, die ca. 25 Prozent unter den in der Industrie gezahlten liegen, stehen in keinem Verhältnis zu unserer Arbeit. Wir fordern die Rückführung des Hauses der SED in der Bahnhofstraße in Volkseigentum und seine Freigabe zur Nutzung durch das Gesundheitswesen.

Dein Vogtland habe ich gegrüßt, indem ich am Abend durch die Stadt spazieren gehe, in Gedanken mit Dir. Es ist alles so lebendig, also doch kein Traum. Ich hätte nie geglaubt, daß wir uns wiedersehen, zu wissen, daß Du es bist, war ein Werk von Sekunden (vielleicht etwas länger). Ich umarme Dich.

Reichenbach/Vogtland, 21. Januar 1990

Die Wirklichkeit

„Jemand mit meinem Gesicht, der geborene Narr,
wenn er lacht und wie es ihm langsam vergeht."

Bernd Jentzsch

Mein Exil, die vollkommene Abwesenheit von mir selbst, andere sagen, die Verbannung von einem Ort zu einem zweiten, ergab die rätselhafte Zahl von 10 Jahren, 2 Monaten und 19 Tagen. Ich hatte ein paar Falten mehr im Gesicht und die Häuser hier waren ein wenig mehr vom ersten Grau meiner Haare befallen. Andere sagen, die Luft hier sei schuld.

Als ich in meine alte Stadt einfuhr – und es regnete –, war es möglich, daß ich in der Fremde ein schlechter Mensch geworden war, denn ich hatte die Leute hier lange nicht reden gehört und vergessen, wie gütig sie sind, wie ihre Güte klingt und was sie ihnen bedeutet.

Sie zogen in der Dunkelheit durch die Straßen meiner alten Stadt und riefen: Wir sind das Volk. Sie schrieen es in die Nacht und liefen ihren Worten hinterher, während ich mit einem Taxi vom Bahnhof über die Albertistraße zum „Kyffhäuser" fuhr. Es kostete 95 Pfennige, aber der Wirt schloß gerade die Tür, als er mich erkannte; im Gesicht ein wenig gelber als der Wirt meiner Erinnerung mit demselben Namen. Die Gaststätte schloß um 6 Uhr abends.

Der Taxi-Fahrer hat noch gewartet mit abgestelltem Taxameter, der immer noch 95 Pfennige anzeige. Die Zahlen in dieser Stadt erschienen mir jetzt rätselhaft, angesichts des Preises, den ich in der Fremde hatte zahlen müssen; und der vielleicht noch einmal und vielleicht in dieser Stadt auf mich warten würde, sollte ich die Güte der Menschen hier, die allein zu den kleinen Preisen berechtigte, nicht wiedererlangen.

Ich ließ das Taxi abfahren und ging in der feuchten Nacht zum Bahnhof zurück. Aber die anderen sagen, so war es nicht.

Sie fragen: Glück oder Unglück – wo lebst du jetzt? Und ich sage, was ich einmal hörte, ich weiß nicht mehr von wem und wo, vor langer Zeit, als ich noch hoffen konnte, daß dies mich nicht betreffen würde: „Haltet mich nicht. Ich würde in den Schnee fliehen. Dorthin, wo mein Gott wohnt, Vater und Mutter noch jung sind. Glück oder Unglück. Die Antwort ist einfach: Kehre nie zu einem Ort deiner Vergangenheit zurück."

Westberlin, 16. Januar 1990

DIE DIKTATUR DER PÄDAGOGEN
Gegenwärtige Erinnerungen

In meiner alten Stadt spricht man schon keinen mitteldeutschen Dialekt mehr, sondern vogtländisch, das zum Ostfränkischen zählt, regional noch einmal gegliedert in nord-, südost- und kern-vogtländisch. Das Vogtland hat, wie sonst kaum eine andere Region Deutschlands, seine Mundart vor allem im alltäglichen Gebrauch bewahrt und bis heute gegen das Hochdeutsche durch-gesetzt.

Wenn man so will, wachsen die Kinder hier „zweisprachig" auf, was zur Folge hat, daß der Dialekt unter bestimmten Umstän-den eine Art Schutz bietet vor dem offiziellen Leben, die „zwei" Sprachen auch das Leben selbst teilen in privat und öffentlich. Vielleicht liegt hier ein Grund dafür, daß sich im Verhalten und Auftreten der Vogtländer für mich stets eine Art von Gespalten-Sein offenbarte, ein Schwanken zwischen kleinlautem Erdulden und Großrednertum, zwischen Feigheit und Mut. Und zwar, das ist dabei vielleicht das Überraschende, mit einigen Abstufungen quer durch alle sozialen Schichten.

Aber es gab immer Zentren des Widerstandes, Plauen war, solange ich bewußt denken kann, immer ein Hort des Ungehor-sams, vom Durchsetzen der verbotenen Musik in den Sechzigern, über die Biermann-Affäre bis zur einzigartigen Solidarität mit

der gleichnamigen polnischen Gewerkschaft. Bei all diesen Gelegenheiten waren die Gefängnisse des Landes gefüllt mit Vogtlän-
dern, die eine Quote stellten, die weit über der anderer Land-
striche lag. Die Plauener allen voran. Als in Leipzig noch keiner
von den Montagsdemonstrationen sprach, waren die Plauener
schon auf der Straße und bewarfen – Temperament und Braue-
reien machten's möglich – die Polizei mit Bierflaschen. So und
hier begann im Herbst 1989 die „friedliche Revolution" – und
nicht in Leipzig und nicht besonders friedlich.

In meiner alten Stadt im nördlichen Vogtland aber herrschten
und herrschen bis heute Zustände, die man beinahe als noch feu-
dal ansprechen könnte, ein besonders widerwärtiges Gemisch,
eine Versippung von Politik und Geld, von Lüge und Käuflich-
keit, Starrsinn und Stumpfsinn, zittrigem Schweigen und Maul-
heldentum. Dieses öffentliche Klima kann aber nie ganz greifen,
nie wirklich ganz durchdringen bis hin zum lebendigen Leben,
da ihm die besondere Güte tausender einfacher, leidender Menschen entgegensteht.

Das Bürgertum ging unter der DDR-Gesellschaft eine gefähr-
liche Symbiose mit der Macht und ihren Ideologen ein. Es fehlte
nur noch das Recht der ersten Nacht. Handwerker und Ärzte,
Ingenieure und andere Fachleute lebten hier gut unter sozia-
listisch-bürokratischer Herrschaft, weil sie schon früh ihre Kraft
und ihre Seele der Macht verkauften, ihr antrugen und unterstell-
ten. Wie immer gibt es auch hier mutige Ausnahmen. Die Lehrerschaft bildete eine eigene Kaste, auf das engste verwoben mit
sicherheitspolizeilicher und militärischer Macht. Am schlimmsten sind mir dabei die pädagogischen Mischungen Sport /
Deutsch und/oder Geschichte/Staatsbürgerkunde erinnerlich.

„Die Lehrer, die Rekrutenschilder, die brechen schon das
Kreuz der Kinder, sie pressen unter allen Fahnen die idealen
Untertanen."

Zeilen von Wolf Biermann, die auf die Lehrerschaft, der ich
begegnet bin, keineswegs nur als Metapher zutrafen. Ich über-
treibe? Man wird sehen.

Es gab Lehrer, die Hunde liebten und welche lasen zu Hause
Goethe und Tucholsky, aber wenn es ans Marschieren ging,
waren sie sich einig. Man muß diese Sport- und Deutschlehrer
gesehen haben, in den paramilitärischen Uniformen der „Gesellschaft für Sport und Technik", wie sie den Gleichschritt befahlen,

ihre helle Freude am Kommandieren, wie sie Turnhalle und Musikzimmer zur Kaserne verwandelten. Im Namen eines gesunden Geistes, der nur in einem gesunden Körper existieren könne, trieben sie Kinder auf Sprungbretter und Schwebebalken, in Ausbildungslager und Marschgesänge. „Spaniens Himmel breitet seine Sterne…" Aber nicht für uns, für uns war die Freiheit so fern wie die Estremadura, wir lebten unter Soldatenkönigen, die sich Lehrer nannten, wie sich die Wärter und Schließer im Gefängnis unsere „Erzieher" nannten.

Es gab Knochenbrüche und Herzversagen, die zertrümmerten Seelen nicht gerechnet. Wer nicht mitmachte (H., B., M.) wurde gefeuert, auf den Güterbahnhof geschickt, dem Wehrkreiskommando gemeldet und zur Armee eingezogen, zum Unterricht in der Grundstufe gezwungen. Wer als Englisch-Lehrer moderne englische Schlager zu Übungszwecken im Unterricht spielte oder als Deutschlehrer Hermann Hesse besprach, dem geschah dies.

Wenn diese Mittel nicht anschlugen, wurde er durch die Stasi, die an der Schule ein- und ausging bis in den Verfolgungswahn getrieben. Schon 1969/70 legten Jürgen Fuchs und ich eine Liste an, aller Namen von vor der Schule parkenden Pkw und Motorräder des Staatssicherheitsdienstes. Sie nahm nach ein paar Monaten beinahe eine A4-Seite ein. Ich vernichtete sie im Mai 1970, kurz vor einer drohenden Haussuchung.

Der Hase

Haken schlug ich
an die Kreuze
dieses Gitters

Karl-Marx-Stadt
Erdgeschoß
Verwahrraum sechs

nah war ich
den Wurzeln
die mich fraßen

Jetzt kann Ihnen niemand mehr helfen.
Sagte der Schuldirektor.
Aus dir wird nie ein richtiges Rindvieh.
Sagte der Lehrmeister.
Ich trete Sie ins Kreuz.
Sagte der Kompaniechef.
Ihr Bettenbau ist Marke Nagasaki.
Sagte der Zugführer.
Um Sie wäre es doch schade.
Sagte der Gruppendozent.
Ich schlage Sie mit dem Kopf an die Wand.
Sagte der Vernehmer.
Jetzt haben Sie die Katze aus dem Sack gelassen.
Sagte der Richter.
Und für Sie haben wir Geld ausgegeben.
Sagte CIA-Major.

Ich
bin schon da.
Sagte der Igel.

Die Grenzen sind offen. Mehr noch: Ich habe meine Mutter be-
sucht, und Deutschland ist wieder eins. Die Toten sind immer
noch tot. Meine Mutter ist in einen „Trabant" gelaufen und wurde schwer verletzt, zwei Tage, bevor ich wieder einreisen durfte,
nach mehr als zehn Jahren. Sie befand sich auf dem Weg zum
Fleischer, am Sonntag sollte es Rouladen geben, etwas zum Ver-
wöhnen, aber ich blieb der verlorene Sohn und machte mich auf
den Weg zum Krankenhaus. Einige Wochen später schickte die
kleine Stadt Nordhorn an der holländischen Grenze, die seltsa-
merweise die Partnerschaft meiner kleinen vogtländischen Stadt
geworden ist, eine neue Sorte Gips, die letzte Entwicklung auf
diesem Gebiet, an das Krankenhaus, in dem meine Mutter lag.
Ihre Beine wogen jetzt nicht mehr so schwer. Sie kann an
Krücken durch die Stadt gehen. Das war im Mai 90, als ich mit
ihr auf den Marktplatz kam und meinen Augen nicht traute: Eine
Kundgebung, am Rednerpult der ehemalige Parteisekretär der

Erweiterten Oberschule, Lehrer W. Er rief zu Streiks an den Schulen auf und schrie an gegen die deutsche Einheit. Er war Vorsitzender der Lehrergewerkschaft des Kreises und der Stadt geworden. Früher einmal, als ich die 9. Klasse besuchte und 15 Jahre alt war, gelangte ein Aufsatz von mir, der den Titel trug „Ein Tag mit besonderer Bedeutung für mein Leben" (ein Schulaufsatz, dessen Thema vorgegeben war), über ihn zum Staatssicherheitsdienst. Ich beschrieb darin eine Klassenfahrt nach Weimar und Buchenwald – und zwar realistisch, die Leibesvisitationen der Lehrer nach Alkohol und Zigaretten nicht unterschlagend, die geschlossenen Imbißstände unterwegs und das nicht vorhandene Konsumangebot in den Städten, die wir besuchten. Es gab darin neben der Betroffenheit beim Besuch des Konzentrationslagers Buchenwald auch Ironie und Witz über die Umstände der Reise.

Das rief u.a. auch den Lehrer W. auf den Plan – denn das durfte nicht sein! „In der 11. Klasse wäre dieser Aufsatz ein Fall für den Staatsanwalt geworden", sagte Klassenlehrer L. Im Sommer 1970 bekam der Lehrer W. den Parteiauftrag der Schule, mit uns zwei Wochen eine Klassenreise zu unternehmen. Unsere Klasse galt, nicht zuletzt durch meine Anwesenheit, als politisch verdächtig. Der Klassenlehrer war überfordert, W. nahm den Job an und schlich uns zwei Wochen lang außerhalb und innerhalb der Jugendherberge hinterher. Lange Zeit saß er auf dem mehrzelligem Klo, um unsere Gespräche dort zu belauschen. Unsere Verbrechen, die er aufklären konnte: „Proletkult", „Gemeinschaftliches Abhören von Sendern des Klassenfeindes" (die Hit-Parade des „Deutschlandfunk" montags, zwanziguhrfünf). Ich erinnere mich gut an seine Berichte am Lagerfeuer (nein! das fiel wegen Waldbrandgefahr aus), die davon handelten, wie er „Grenzverletzer" in seiner Militärzeit aus den Bäumen um Berlin geholt hatte (Apfelplantage) und nach der Festnahme („wir ließen sie vor uns herrobben") ihre Arbeitsbücher (SVK) studierte („einer hatte 20 Arbeitsstellen gewechselt"). Ich erinnere mich gut an die Fahnenappelle in unserer Schule und an die Erzählungen meines Bruders, der sechs Jahre vor mir dort war. Der alte Direktor, Major der Reserve, Übel, stand in der Uniform der Armee neben der Fahne, mit Ehrenbezeugung, wenn der abwesende, zur Zeit dienende Lehrer W. an der Berliner Mauer wieder eine Heldentat vollbracht hatte (den Fahnenappell, der meinen

Rausschmiß zur Folge hatte, hat Reiner Kunze in seinem Buch „Die wunderbaren Jahre" nach meinen Berichten beschrieben). Ich weiß nicht, ob W. einen Menschen erschossen hat, aber er war, solange ich ihn kannte, ein eifriger Fanatiker, treu bis in den Mord, versehen mit einer „mangelnden Grundintelligenz", wie ein Altphilologie-Lehrer über ihn sagte, der 1968 die Schule verlassen mußte, weil er sich weigerte, ein Pamphlet zu unterschreiben, das den Einmarsch des Warschauer Paktes in die CˇSSR verherrlichte. Er wurde zum Verladen von Kisten auf den Güterbahnhof versetzt. Dorthin, wo auch ich drei Jahre später auftauchen würde, von der Schule relegiert, aus der „Freien Deutschen Jugend" entfernt, mein Klassenlehrer L., im Frühjahr 1990 Direktor der Schule, hat mich damals zum Ausgang gebracht. Vorher beschlagnahmte er im Auftrag des alten Direktor Übel an mich gerichtete Briefe und Postkarten von Jürgen Fuchs, die der Direktor an den Sicherheitsdienst weitergab, was Jürgen, hätte Honecker 1971 nicht einen milderen Wind verordnet, zumindest den Studienplatz gekostet hätte. Ich will aber noch etwas bei Lehrer L. bleiben, der heute nicht mehr Direktor der Schule ist. Er war eigentlich ein netter, gutwilliger Lehrer, aber er fand sich wieder unter der Herrschaft des eiskalten, ehemaligen Kadetten und Majors Übel.

Wir waren die erste Klasse, die Lehrer L. hatte. In der ersten Stunde, ich erinnere mich genau, thematisierte er den soeben erfolgten Einmarsch in die ČSSR (was Pflicht war), überging dabei schweigend einige (u.a. meine) kritische Meinung dazu (was schon tapfer war). Am Ende dieser ersten „Klassenleiterstunde" stellte er für die 11. Klasse in Aussicht (noch nicht den Staatsanwalt, nein), daß wenn ein Vertrauensverhältnis zwischen Lehrer und Schülern gewachsen sei, eigentlich nichts mehr im Wege stünde, uns zu duzen. Er war wirklich gutwillig. Aber die Praxis, unter der seine und unsere Vorstellungen verkamen, sah anders aus. Der Direktor machte sich L. zur rechten Hand, um gegen mißliebige Schüler vorzugehen (Später soll er sich, wie ich hörte, wirklich besonnen haben. Und ich bete für seine Seele.) Abgesehen davon, daß er damals meiner Mutter bescheinigte, sie sei nicht in der Lage, mich zu erziehen, besitze ich in meinem Archiv noch heute einen von mir verfaßten Wandzeitungsartikel, den Lehrer L. abnahm, um ihn zu kopieren. „3x" steht darauf, mit Bleistift, in seiner Handschrift; er hat vergessen zu radieren.

Ich denke: 1x für den Direktor, 1x für die Parteileitung, 1x für den „Stasi".

Einmal, noch in der Grundschule, machte die Deutschlehrerin G. ein schönes Experiment: Jedem Schüler wurden die fünf gleichen Sätze vorgegeben, daraus mußte jeder einen Aufsatz entwickeln. Zwei Schulstunden Zeit. Blöderweise bekam ich schon einen Tag vorher Wind von der Sache und konnte mich gut vorbereiten. Bis drei Uhr nachts beriet ich jauchzend mit meinem Bruder die Details und den Verlauf des morgigen Schulaufsatzes. Die fünf vorgegebenen Sätze hatten zum Inhalt: Gaston (ich erinnere mich genau) ist ein Kneiper und steht hinter seinem Tresen, putzt Gläser, früh am Vormittag. Plötzlich schwingt die Tür der Kneipe auf, und herein kommen fünf Löwen. Was ist zu tun? So lautete die Frage, die uns gestellt war.

Keine Frage, daß die Noten „Eins" und „Zwei" an die Schüler verteilt wurden, die ohne den Himmel zu bemühen, alle irdischen Ordnungsmächte wie Polizei, Feuerwehr und Armee anriefen, während ich den Kampf mit den Löwen dem Wirt Gaston allein überließ. Aber meine Löwen waren schlauer als er und völlig friedlich. Sie veranstalteten im Gastraum und Haus eine Art Happening. Der eine war gelernter Schlosser, keine Frage, konnte, obwohl von Gaston in einen Kleiderschrank gesperrt, unsichtbar durch die Tür und in den Keller gehen, dort einen Nachschlüssel feilen und sich selbst aus dem Schrank befreien. Ein anderer Löwe tauchte mit viel Schaum und Haarwäsche in der Badewanne Gastons unter. Usw.usf. Am Ende verteilt Gaston Freikarten für den Zoo, und die Löwen ziehen sich zurück.

Keine Frage, daß mein Aufsatz durch Lehrerin G. eingezogen wurde, meine Mutter von ihr in die Schule bestellt, und ihr empfohlen wurde, nachdem mir die Note „Fünf" zugesprochen ward, mich von einem Nervenarzt untersuchen zu lassen.

Keine Frage, daß die Lehrerin G. heute am Gymnasium der Stadt Deutsch unterrichtet.

Aber einmal, damals in der siebenten Klasse, als ich dreizehn war, sah ich ihre Augen doch glänzen, wie ich es weder bei der Behandlung des Walther von der Vogelweide noch bei Cervantes je bei ihr gesehen hatte. Sie erzählte uns von den großen Aufmärschen der Sportler und Turner in Leipzig, vom Gemeinschaftsgefühl, wie die Jugend des Landes kam, um unseren

Führern zu winken... Sie war natürlich auch Sportlehrerin... Vor drei Wochen traf ich eine ehemalige Schülerin von ihr, die mir ihr zerschlagenes Steißbein beschrieb. Die Sportlehrerin G. hatte sie, trotz Weigerung, gezwungen, eine Übung am Schwebebalken auszuführen, bei der sie abstürzte (Z.).

1967/68 weigerte Lehrerin G. sich hartnäckig, meinem Wunsch nachzugeben, die Erweiterte Oberschule zu besuchen. Ich wurde nicht delegiert, obwohl meine Noten in Ordnung waren, wenn auch nicht besonders glänzend. Erst als sie schwanger wurde und vorübergehend aus dem Schuldienst ausschied, gelang es mir mittels 300 Gramm elementaren Natriums, gelagert in Paraffinoel aus der Vorkriegszeit, meinen Chemielehrer, der anstelle von Lehrerin G. unser Klassenlehrer geworden war, zu überzeugen, daß ich würdig war, das Abitur zu erlangen. Ich wurde nachgereicht und auf die EOS delegiert. Vorher hatte ich meiner Mutter angedroht, die Grundschule zu verlassen und eine Lehre als Maurer zu beginnen, wenn ich zum Abitur nicht zugelassen werden würde. Worauf sie meine Tante in Plauen in Aktion setzte, die nach schier endlosem Suchen in einer kleinen Plauener Drogerie (neben dem Bekleidungshaus „Narr", wo meine Mutter einst lernte) das elementare Natrium aufstöberte. Der Drogerist wird der älteren Dame verwundert nachgesehen haben, als sie das leicht reaktive, silberweiße Alkalimetall aus dem Laden trug und dessen eigentliche Wirkung, trotz aller Schulweisheit zwischen Himmel und Erde, kaum geahnt haben.

Sehr weise und löwenschlau verhielt sich auch der Kreisschulrat Dr. S. aus meiner alten Stadt. Als die Demonstranten im Herbst 1989 ihm öffentlich zuriefen: „Dieser Mann muß abtreten", einige, wie ich hörte, „Dich hängen wir auch noch auf", fand er es doch an der Zeit, wirklich zurückzutreten und sich in der „Freien Presse" (so hieß und heißt dieses jämmerliche Blatt nun einmal) bei der Bevölkerung der Stadt zu entschuldigen. Entschuldigen wir also auch, daß er heute bestens dotiert als Lehrer in Bayreuth wirkt, ein Praktiker des Vogtlandes ist auch in der Welt was, da läßt sich auch Franken nicht lumpen, nicht in grauer, gesamtdeutscher Theorie (s. auch Goethe).

Ganz nachbarschaftlich bei Dr. S. hat es sich der ehemalige Stasimajor Siegwald Kummer eingerichtet (warum eigentlich „ehemalig"?, ist einer kein Major mehr, nur weil seine Dienststelle aufgelöst wurde?). Er arbeitet als Hausverwalter zusammen mit seiner Frau in Franken und baut dort jetzt ein Haus. Der Ordnung halber und um der Erfahrung willen. Mindestens 20 Jahre sah er bereits in meiner alten Stadt auf Ordnung und observierte unsere literarische Gruppe. 1970 wurde ich zum ersten Mal von ihm verhört, 1979 stand er in Zusammenhang mit meiner Verhaftung, ein Jahr später wurde ich aus dem Gefängnis, in dem ich wegen einiger Gedichte saß, in den Westen abgeschoben. Aber Siegwald Kummer ist kein Fauler, die Franken müssen um ihre Häuser nicht besorgt sein! Er unternahm mit meinen Freunden (einzeln versteht sich) ausgedehnte Waldspaziergänge, ließ sie danach Schweigeverpflichtungen unterschreiben, holte sie persönlich von der Arbeit ab, nahm sie fest oder ließ sie wieder frei, stand unversehens und unverbindlich mit einer Haussuchungskolonne vor ihren Türen. Ein Fest der Drachensteiger unterband er am Bahnhof, in dem er die Teilnehmer mit dem nächsten Zug zurückschickte (z.B. nach Dresden und Berlin). Besonders gern saß er allein, mit Kollegen oder Familie in trauter Runde in der Milchbar, dem „Kyffhäuser", dem „Anker-Express" (hier immer, wenn die Schule zuende war und immer lange). Häufig auch zog es ihn oder seine Untergebenen in das Waldhaus „Zur Schwarzen Katze" (tolle Kneipe, sie hatten wirklich Geschmack!), um unsere Lieder und Gespräche mitzuschreiben, der Besitzer Gerd H. kann einige Lieder davon singen, über diese ungeliebten Stammgäste, die so merkwürdig stumm blieben und selbst zur fortgeschrittenen Stunde nicht sangen.

1985 wurde mein Freund, der Buchhändler Hans-Jürgen Voigt auf der Polizei-Kreis-Dienststelle ultimativ erpreßt, das Land zu verlassen, alle dazu nötigen Anträge (Bank, Gas, Strom etc.) lagen bereits fertig ausgefüllt auf dem Tisch. Man wollte ihm, sollte er nicht einwilligen, einen Mord anhängen, der in Neumark/Sachs. begangen worden war. Siegwald Kummer war bei diesem Gespräch nicht dabei, holte jedoch, als Vorbereitung, meinen Freund regelmäßig aus der Buchhandlung, um sich mit ihm zu unterhalten: „Na, Voigt. Du willst doch zum Rachowski. Nicht wahr!"

Kummer war es auch, der bezirksübergreifend meine Bücher „einsammelte", etwa in Dresden, und meinen Freund Klaus-Dieter Eckstein 1989 betreute (Haussuchung), als dieser verhaftet wurde, weil er sich mittels zweier Handzettel an Gebäuden der Stadt für Reformen im Sinne Gorbatschows eingesetzt hatte. Wie schon vorstehend: Er bekam den Schein der Stasi-Psychiater. Damit wurde es, nach meinen Kenntnissen, erst einmal ruhig um Siegwald Kummer, sei es, weil wir alle (!) von ihm versorgt worden waren (er hat 19 Jahre dazu gebraucht) oder weil andere Aufgaben (noch nicht die Sorge um die fränkischen Häuser) ihn erwarteten: Jeder konnte das viele Meter lange Spruchband im Frühherbst 1989 in der Tagesschau sehen und lesen, als die Züge aus Warschau und Prag an meiner alten Stadt vorbeifuhren:

DAS VOGTLAND GRÜSST DIE AUSREISENDEN!

ABSPANN

„Der Kampf des Menschen gegen die Macht, ist der Kampf des Gedächtnisses gegen das Vergessen."

Milan Kundera

Als notorischer Querulant und leidenschaftlicher Zugfahrer habe ich viel Zeit zum Nachdenken. Und sehe die neuen Menschen in ihren neuen oder nicht ganz neuen, jetzt blechhaltigen, Autos durch meine alte Stadt fahren. Und frage mich: Wissen sie um den Preis? Und: Wer hat ihn bezahlt? Wissen sie um die Millionen aus der Heimat Vertriebenen, wenn sie in den Rückspiegel schauen, um die Zehntausenden politisch Inhaftierten und was eine Nacht im Gefängnis bedeutet, wissen sie um die Toten?

Am Pfingstdonnerstag frönte ich wieder einmal meiner Leidenschaft und fuhr mit dem Personenzug von meiner alten Stadt aus nach Chemnitz. Das wieder so heißt, wie es heißt, für mich aber immer Karl-Marx-Stadt heißen wird – weil ich mich zu erinnern habe. Die Erinnerung heißt: Einzelhaft, „Wieviel Brot", „Hände auf den Rücken", „Freigang" (unter Drahtnetzen), „Wir können auch anders", „Eins, komm' Se". Ich kam nach Chemnitz kurz vor Pfingsten und hatte die Namen meiner Erinnerung im Kopf. Im Zug traf ich noch einen ehemaligen Deutschlehrer, dem ich an Sprache einst viel zu verdanken hatte und der mir sagte, daß das, was er von mir gelesen habe, eine „Literatur des Hasses" sei. Er stieg in Zwickau aus.

Am Haltepunkt Grüna, einem Vorort von Chemnitz, lag auf den Schienen ein Mann, nein, die Hälfte eines Mannes, der Oberkörper war exakt über dem Gürtel abgefahren, schon beiseite gezogen und mit Planen abgedeckt worden. Der Unterkörper, schwarze Schuhe, blaue Jeans, lag eingepaßt, genau in der Breite der Schienen. Als einziger des Abteils stand ich auf und sah hin, drehte den Kopf nicht zur Seite wie meine Mitreisenden.

Es war ein vierundvierzigjähriger Arbeitsloser aus Siegmar, der sich unter den Gegenzug geworfen hatte. Das stand am Samstag in der Regionalzeitung, als die Deutschen wieder ihr erstes gemeinsames Pfingstfest begingen, aber nichts darauf hindeutete, daß irgend ein Geist sich ihrer annehmen und über sie ausschütten würde.

Abgeschlossen am 11. September 1991

Letzte Nachricht vom Gymnasium der alten Stadt: Direktor Müller geht durch alle Klassen mit den Worten: „Wer Papierschnipsel aus dem Fenster wirft, fliegt von der Schule!"   (28.9.91)

WOLF BIERMANN

EINE KLEINE REDE ÜBER
UTZ RACHOWSKI
AM 13.11.91 IN FELLBACH

Diesen Menschen kannte ich bis heute nicht von Angesicht. Ich wußte nur: Er muß ein paar DDR-Jahre jünger sein als unser gemeinsamer Freund Jürgen Fuchs. Beide wuchsen in dem Städtchen auf, aus dem auch Hans-Joachim Schädlich stammt: Reichenbach im Vogtland.

Alle drei schreiben eine deutsche Prosa, die nicht von Pappe ist: knapp im Sozialen und lapidar im Seelischen. Scharfe Selbstbilder mitten im politischen Schlachtengemälde der Gesellschaft. Alle drei sind durchtriebene Untertreiber und geradezu übergenau mit sich und der Welt.

Verehrte Damen und Herren, Sie merken schon, woher der Wind weht: Ich denke an so was wie Kleist und wie Uwe Johnson und George Orwell. Das sind so drei große Namen, drei Punkte, durch die man eine Linie ziehn kann, die in die Richtung Utz Rachowski zeigt.

„Down and out in GDR" – oder „Inside the Stasi-Whale". So könnten, frei nach Orwell, seine Prosastücke heißen, wenn sie demnächst gesammelt im Ostberliner BasisDruck-Verlag erscheinen.

Ja, Utz Rachowski war im Bauch der Bestie. Wegen sogenannter Hetze (§ 106) wurde er eingesperrt und dann in den Westen verkauft. Das Unglück brach nicht unvorbereitet über ihn herein, er hatte schon vorher Gelegenheiten, seine Abwehrkräfte zu trainieren. Aus der Oberschule in Reichenbach flog er vor dem Abitur, weil er allzu ehrliche Deutschaufsätze verbrochen hatte. So stießen ihn die Herrschenden schon früh hinab in die herrschende Arbeiterklasse, und das erwies sich, wenigstens für die Bildung seines Charakters, als eine gute Schule. Utz Rachowski war ein störrischer Wahrheitssucher. Er widerstand solchen Lockungen der Staatssicherheit, auch so Drohungen, denen andere erlagen.

Da unten im Vogtland, nahe der Grenze zur Tschechoslowakei, wurden ja die Truppen der Nationalen Volksarmee schon vorher wochenlang in den Wäldern zusammengezogen. Dort warteten sie auf den Marschbefehl, um 1968 gemeinsam mit den Warschauer-Pakt-Brüdern den Prager Frühling niederzuschlagen.

In seiner Geschichte „Der letzte Tag der Kindheit" erzählt Utz Rachowski von seinem älteren Bruder, der auf eine herzzerreißende hilflose Art mit einem wackligen Motorrad versuchte, die Deutschen Demokratischen Panzer auf ihrer Fahrt gegen den „Sozialismus mit menschlichem Antlitz" zu stoppen.
Mich hat diese Erzählung mehr als andere erschüttert. Kein Wunder: Ich war nämlich zufällig in diesen furchtbar lehrreichen Zeiten immer mal wieder und gar nicht so weit von Reichenbach im Städtchen Markneukirchen. Dort leben die wunderbarsten Geigenbauer, göttliche Bogenmacher, dort lernte ich bei einem Max Hoyer die Anfänge des Gitarrenbaus.

In der Nacht zum 21. August 1968, als die Panzer auf genau denselben Straßen in Richtung Grenze fuhren wie am 15. März 1939, da gab es hinter den vibrierenden Fensterscheiben der alten grauen Häuschen einen stummen Aufschrei aus Verzweiflung und Wut und Scham. Die Erzählung von Utz Rachowski hat mir all diese verschütteten Erinnerungen wieder ins grelle Licht gebracht.

Es gab in diesen schlimmen Tagen eine große Zahl von älteren Menschen, die sich töteten. Etliche haben sich im Dachstuhl erhängt, die Pulsadern aufgeschnitten, was weiß ich. Manche hinterließen einen Brief, ein Zettelchen. Wieder diese verfluchten Panzer! Wie die Väter, so die Söhne. Genauso hatte eine Generation vorher der große Krieg begonnen.

Nun war das schöne Vogtland wieder Aufmarschgebiet. Die allermeisten DDR-Deutschen wollten nicht noch einmal durch die Hölle gehn. Sie wollten nicht noch einmal schuldig sein, nicht durch Mitmachen noch durch Schweigen.

Utz Rachowski kommt von da unten. Und er kommt außerdem von ganz unten. Bei ihm ist das sogenannte Niedrige keine literarische Pose, sondern gewachsene Haltung. Er zottelt uns mit seinen Texten in die sozial armen Schichten der Gesellschaft, er hat dabei nicht den proletarischen, sondern den universelleren, den plebejischen Blick. Die sogenannten einfachen, die kleinen Leute sind seine Helden. Ich sehe beim Lesen der Geschichten des Utz Rachowski beides: was in diesen Menschen irreparabel kaputt gemacht wurde, aber zugleich erkenne ich in ihnen eine humane Grundhaltung, die nicht leicht auszurotten ist.

Seit nun der Streit um die Stasi-Karriere so mancher Geistesgrößen in Ost und West losbrach, fragt man die Schriftsteller nicht mehr zuerst, wieviele gute Bücher sie geschrieben haben, sondern wieviele gute Freunde sie verrieten. So entsteht im Westen ein falsches Bild, das womöglich genauso schief ist wie das geschönte Bild vordem.

Solche Menschen wie Utz Rachowski sind eben auch ein echtes DDR-Produkt, im allerbesten Sinne. Nicht nur sein Name klingt slawisch, es ist auch der Seelen-Sound in der Sprache. Östliche Tugenden, die es im Westen genauso gibt, aber vielleicht seltener: altmodische Leidenschaft, moralischer Ernst, melancholischer Humor. Seine Prosa klingt nach Poesie, so wie es auch die hellsichtig verrückte Dichterin Herta Müller aus Temesvar in Rumänien kann. Umgekehrt versucht er mit seiner Poesie, die Höhe guter Prosa zu erreichen. Das ist normal in Deutschland, das prägende Beispiel Brecht. Diese reziproke Ästhetik streben in unserer Zeit die meisten Dichter an, ich auch.

Gewiß wimmelt es im Osten von prominenten Feiglingen, die sich nun mit nie getanen Widerstandstaten brüsten. Hermann Kant schießt mit ruhiger Hand beim Schützenfest der Heuchler mal wieder den Vogel ab. Volker Braun ist viel zu zittrig, viel zu anständig, um seinen jahrelangen Kumpel, den SED-Oberzensor Klaus Höpcke, zu verleugnen. Da läßt er vor Schreck lieber andere Freunde fallen. Auch mich ließ er nun fallen wie den Sandsack aus einem Ballon, der gefährlich an Höhe verlor. Vor lauter Aufräumungsarbeiten im Keller, in dem nicht nur die Leiche Günter Zehm liegt, vor lauter Postenjägerei im Literaturinstitut Leipzig kommt Rainer Kirsch nicht mehr zum Schreiben.

Ich könnte jetzt Utz Rachowski als gutes Gegenstück und tapferes Schneiderlein preisen. Aber das haut auch nicht hin. Mein

Kandidat Utz Rachoswki definiert sich aus sich selber und hat, so kommt es mir vor, auch gar nicht den Ehrgeiz, als moralische Lichtgestalt hochgejubelt zu werden.

Im Prenzlauer Berg, so höre ich, sind allerhand Leute in diesen Tagen sehr aufgeregt. Die Erregung ist begründet. Es ist alles noch ernster, als ich in Darmstadt sagte. Damals setzte ich das provokative Reizwort Sascha Arschloch in die Welt. Wer wüßte nicht, daß ein Schimpfname noch lange kein Argument ist und schon gar kein Beweis. Aber ohne diesen lutherischen Furz hätte es statt einer politischen Kontroverse in Germany weiterhin den small talk gegeben. Wir hätten womöglich geschwiegen, bis das Stasiaktengesetz wie ein Maulkorb über unser Land gestülpt ist. Ich will nicht, daß unser explodierter Stasiaktenberg so wie der Tschernobyl-Reaktor einfach einbetoniert wird. Der Beton aus Bonn würde bald Risse kriegen, und der Schrecken aus Lüge, Angst und Erpressung würde kein Ende haben.

Inzwischen hat Sascha Anderson selbst zugegeben, daß er jahrelang und immer wieder und ohne die geringste Hemmung zur Stasi gelaufen ist und alles über alle erzählt hat. Traurige Tatsachen kommen ans Licht, und wir kriegen sie in den nächsten Wochen Schwarz auf Weiß von Jürgen Fuchs geliefert. Auch die Zaungäste können dann mit hektischem Desinteresse alles bequem im Wochenblättchen nachlesen. Im großen ZEIT-Interview vor einer Woche tat der traurige Held vom Prenzelberg noch so, als ob er ein Spitzel von der somnambulen Sorte war. Er redete wirr, in lyrischen Andeutungen und kindlichen Paradoxen und mit einer Naivität, die leider, leider nicht naiv war. Er tat so, als habe er gar nicht so recht begriffen, was diese Herren von der Firma MfS seit 1972 in Dresden und dann in Ostberlin immer wieder und immer mehr und immer genauer von ihm hatten wissen wollen. Er offerierte sich uns also als ein Zuträger, der aber nie ein Zuträger war, frei nach Heinrich Heines schönem Lied von der Loreley:

Ich weiß nicht was soll es bedeuten
Daß ich ein Spitzel bin
Eine Unterschrift aus uralten Zeiten
Die geht mir nicht aus dem Sinn...

Es ist alles viel banaler, viel mieser und krimineller, als ich am Anfang dachte. Deshalb nehme ich das Wort Sascha Arschloch zurück. Nicht nur, weil einige empfindsame Geister sich über dieses grobschlächtige Wort empörten. Ich bilde mir ein, es müßte für Deutsche, die genügend Menschenverstand und Sprachgefühl haben, sowieso klar gewesen sein, daß dieses Schimpfwort viel zu drollig, viel zu familiär und verharmlosend war. Wie auch immer – ich nehme es zurück, denn ich brauche es für bessere Gelegenheiten. Wenn etwa ein im Grunde guter Kerl und Freund etwas tut, worüber man sich im ersten Schreck ärgert, dann kann man so kumpelhaft schimpfen und sich auch wieder vertragen.

Ich höre von kollektiven Haßanfällen einer buntgemischten Gruppe aus ehemaligen Staatsdichtern und halbherzigen Gelegenheitsoppositionellen. Sie alle können es nicht ertragen, daß das SED-Monopol der öffentlichen Kritik jetzt demokratisiert wurde. In der Zeit der Unterdrückung waren die staatstreuen und die staatsfremden Intellektuellen eben vorsichtiger miteinander. Das verband sie trotz aller Konflikte: Angst. Die einen zitterten um ihre Privilegien, die anderen vor dem Knast. Utz Rachowski paßt in keine dieser Gruppen, er gehört halt nicht zu den trauernden Hinterbliebenen des toten Regimes.

Viele haben vieles verloren, manche alles. Also wimmelt es in der ehemaligen DDR-Kulturszene von aggressiven Jammerlappen, die gestern noch in lässig eleganter Haltung mit der ideologischen Peitsche hoch zu Roß durch die Partei-Plantagen ritten. Jetzt pfeifen sie auf dem letzten Loch das verlogene Lied der tapferen Opposition: Ach wenige wenige waren wir – und viele sind übriggeblieben.

Jedes Kind weiß es, und keiner muß so tun, als ob ich es in der Rage vergessen hätte: Natürlich gab es immer auch viele prima Leute in der DDR. Sogar unter den Schriftstellern und sogar unter den Prominenten und natürlich auch unter Genossen der SED. Es geht im richtigen Leben so interessant zu wie im realistischen Roman: sehr gemischt. Es kann ja gar nicht anders sein: Natürlich gab es unter all diesen Menschen auch Menschen.

Fast alle Geschichten, die Utz Rachowski in Poesie oder Prosa schreibt, erzählen von getretenen Landeskindern wie Woyzeck. Und Rachowski weiß das auch ganz genau. So ist es kein Wunder, daß der Preisträger einen seiner besten Texte über eben diesen Woyzeck verfaßt hat. Und zwar schrieb er nicht über die Kunstfigur des Georg Büchner, sondern über den historischen Mörder Johann Christian Woyzeck, der im Jahre 1824 hingerichtet wurde.

Dieser Text ist ein innerer Monolog des armen Mörders auf dem Weg zum Blutgerüst auf dem Naschmarkt. An dem Text begeistert mich ein aufreizender Mangel an mitleidtriefender Moral. Die Tatsachen um den Delinquenten auf dem Schafott und die Gedankenfetzen und Bilderfetzen in ihm werden raffiniert von Utz Rachowski wie in einer Collage montiert. Die scheinbar mitleidlose Sicht des Autors provoziert im Leser ein um so intelligenteres Mitgefühl und provoziert ein gradezu aufrührerisch wildes Erbarmen mit der geschundenen Kreatur.

Georg Büchner läßt den Hauptmann in der ersten Szene zum Woyzeck sagen:

„Woyzeck, Er ist ein guter Mensch, – aber Woyzeck, Er hat keine Moral! Moral, das ist, wenn man moralisch ist, versteht Er."

Das paßt glänzend zu den bevorzugten Helden in Utz Rachowskis Prosa. Sie sind keine ideologischen Sprachtüten, keine homunculi der Literatur. So entsteht was Lebendiges in der Dichtung. Utz Rachowski ist eben ein guter Dichter, und so einer war ja hier gefragt.

Verehrte Stadtmütter und Stadtväter, verehrte Bürger in der schönen kleinen Stadt Fellberg – ich denke, Sie können froh sein mit diesem Kandidaten, dem ich so selbstherrlich, wie ich ja durte und auch sollte, den Förderpreis zum Eduard-Mörike-Preis zuerkennt habe.

Aus: „Der Sturz des Dädalus" von Wolf Biermann
©1992 by Kiepenheuer & Witsch Köln

Utz Rachowski, 1954 in Plauen (Vogtland) geboren, mit 17 Rausschmiß aus der Schule, 1979 Verhaftung, Abschiebung in den Westen, Studium der Philosophie und Kunstgeschichte. Lebt in Berlin und im Vogtland.

INHALT

WARTESÄLE DES SCHWEIGENS

Naschmarkt   7
Der letzte Tag der Kindheit   9
Der Menzer   22
Meine Boheme   33
Der Geruch der Träume   38

ABTEILE

Sebastian   49
Geräusche   50
Väter und Söhne   51
Imagination   56
Szenen aus Thüringen   59
Flugdrachen   63
Die Einladung   73
Der Tag, als die Frauen kamen   75

SCHIENENSCHLÄGE

***   87
Einmal sieh hinaus   89
Kalt und heiß   91
Das Schwarz deiner Haare   94
Soldat Tehemesian kehrt heim   95
Eine Lebende in Warschau   98
Der dritte Satz für ein Deutschlandbuch   104

AUFBRUCH HINTER DIE SPIEGEL

Viertel der halben Brote   109
Die Gerechtigkeit   110
Aufbruch hinter die Spiegel   112
Hälfte des Lebens   115
Bevor Schnee fällt   116
Der Gast   117

ENDLOSE FAHRT

Erster Abend, letzter Morgen   123
Kommilitonen   127
Die Namenlosen   132
Das Eichsfeld   140
Wer ich bin, woher ich komme und wie ich Friseur wurde   156
Die alte Stadt   168

WOLF BIERMANN

Eine kleine Rede über Utz Rachowski
am 13.11.91 in Fellbach   185

»Auch Sokrates hatte die Jugend verdorben...«

Die sechziger Jahre, Reichenbach im Vogtland.
Utz Rachowski beschreibt in Erzählungen wie »Der letzte Tag der Kindheit«, »Menzer« und »Geruch der Träume« das geistige Klima dieser Zeit, in dieser Gegend.
Rachowski flog 1971 wegen politischer Unbotmäßigkeit von der Schule; da hatte Latein- und Deutschlehrer Hieke auf dem Güterbahnhof gearbeitet und durfte nach dieser »Läuterung« in der Produktion wieder Lehrer sein.

Der Lehrer Gerhard Hieke hatte versucht, seinen Schülern etwas von dem weltoffenen, humanistischen Geist der Leipziger Vorlesungen von Ernst Bloch und Hans Mayer zu vermitteln. Er hatte im Unterricht über Brecht und Lukács, Thomas Mann und Nietzsche, über Bobrowski gesprochen und sich damit seinen Vorgesetzten suspekt gemacht. Er stieß an Grenzen aus ideologischen Dogmen und geistiger Enge, geschürt durch die Ereignisse im Frühjahr 1968, als durchs Vogtland die Panzer in Richtung Prag rollten.

Ein anderer Schüler, wie Rachowski später seiner oppositionellen Haltung wegen inhaftiert und in den Westen abgeschoben, war Jürgen Fuchs.
Er führte 1990 mit seinem alten Lehrer einen ausführlichen Dialog über das DDR-Schulwesen, die Stasi, Brüche im Leben und politische Irrtümer.

Jürgen Fuchs/Gerhard Hieke
DUMMGESCHULT?
Ein Schüler und sein Lehrer
128 Seiten, Broschur, 18,- DM
ISBN 3-86163-047-8

Ein letztes Jahr wird besichtigt

Das Thema »deutsche Einheit« stößt derzeit auf brennendes Desinteresse: Alles stöhnt, zahlt zerknirscht und will ansonsten nichts mehr davon hören. Gross hat das Jahr 1990 in der DDR verbracht und jene politisch-sozialen Weichenstellungen studiert, die uns inzwischen eine zweite deutsche Teilung beschert haben. Seine literarischen Briefe beschreiben dieses historische Jahr, aber nicht nur als ein politisches Ereignis, sondern:

– **als eine anarchische Erfahrung:** Wann hat man schon einmal erlebt, wie es zugeht, wenn ein Staat zusammenbricht und die öffentliche Ordnung in Unordnung gerät?

– **als eine schizophrene Erfahrung:** Während die Langsameren erst einmal Atem schöpften, erklärte die grinsende Mehrheit, alles sei bisher in falscher Münze verrechnet worden; und das erstaunlichste war, daß sie alle die neue Währung bereits in der Tasche hatten.

– **als ein archäologisches Ereignis:** Offenbar haben sich unter der realsozialistischen Kruste die Ablagerungen dieses Jahrhunderts eher erhalten als im Westen. Die Maueröffnung glich insofern dem Öffnen einer Katakombe: man konnte den Gestalten vergangener Jahrzehnte noch einmal ins Gesicht sehen, während der einströmende Sauerstoff bereits an ihnen nagte.

Martin Gross hat die Menschen in ihrem plötzlich umgekrempelten Alltag begleitet: zum Beispiel eine Putzfrau im Rathaus, einen entlassenen Stasi-Offizier an seinem letzten Arbeitstag und die beiden Personenschützer eines Ministers.

Martin Gross
DAS LETZTE JAHR
Begegnungen
320 Seiten, Broschur
ISBN 3-86163-050-8

Zeitgeschichten bei BasisDruck

Reimar Gilsenbach
O DJANGO, SING DEINEN ZORN!
Sinti und Roma unter den Deutschen
312 Seiten, 60 Fotos und Dokumente,
Broschur, 28,- DM
ISBN 3-86163-054-0

DIE WIEDERGEFUNDENE ERINNERUNG
Verdrängte Geschichte in Osteuropa
Hrsg. von Alain Brossat u.a.
Aus dem Französischen. Mit einem Vorwort von Annette Leo
272 Seiten, Broschur, 28,- DM
ISBN 3-86163-048-6

Igor Trutanow
RUßLANDS STIEFKINDER
Ein deutsches Dorf in Kasachstan
Mit einem Vorwort von Lew Kopelew
256 Seiten, Broschur, 28,- DM, 2. Auflage
ISBN 3-86163-045-1

Annette Leo
BRIEFE ZWISCHEN KOMMEN UND GEHEN
296 Seiten, 60 Fotos und Dokumente,
Broschur, 26,80 DM
ISBN 3-86163-017-6

Peter Englund
DIE MARX-BROTHERS IN PETROGRAD
Historische Essays
Aus dem Schwedischen von Erik Gloßmann
ca. 180 Seiten, Broschur, ca. 25,- DM
ISBN 3-86163-060-5

BASISDRUCK Verlag GmbH, Schliemannstraße 23, O-1058 Berlin

ISBN: 3-86163-058-3
© BASISDRUCK Verlag 1993
Gestaltung: Bernd Markowsky
Repros: BasisDruck
Druck & Bindung: Druckhaus Berlin Centrum
Alle Berlin